SUPERBRINQUEDOS DURAM O VERÃO TODO

BRIAN ALDISS

Superbrinquedos duram o verão todo

E outros contos de um tempo futuro

Tradução
Beth Vieira

Companhia Das Letras

Todas as personagens desta publicação são fictícias e toda e qualquer semelhança com pessoas da vida real, vivas ou mortas, é mera coincidência.

Título original
Supertoys: last all summer long and other stories of future time

Capa
Raul Loureiro

Foto da capa
Charles S. Anderson Design Company/Photonica

Preparação
Alice Kyoko Miyashiro

Revisão
Cláudia Cantarin
Alexandra Costa da Fonseca

Dados Internacionais de Catalogação na Publicação (CIP)
Câmara Brasileira do Livro, SP, Brasil

Aldiss, Brian Wilson, 1925-
Superbrinquedos duram o verão todo: e outros contos de um tempo futuro / Brian Wilson Aldiss ; tradução de Beth Vieira. — São Paulo : Companhia das Letras, 2001.

Título original: Supertoys last all summer long and other stories of future time.
ISBN 85-359-0160-4

1. Ficção científica inglesa 2. Ficção inglesa I. Título.

01-3862 CDD-823.91

Índices para catálogo sistemático:
1. Ficção : Século 20 : Literatura inglesa 823.91
2. Século 20 : Ficção : Literatura inglesa 823.91

[2001]

EDITORA SCHWARCZ LTDA.
Rua Bandeira Paulista, 702 cj. 32
04532-002 — São Paulo — SP
Telefone (11) 3846-0801
Fax (11) 3846-0814
www.companhiadasletras.com.br

Sumário

Prefácio

Tentando agradar

"Superbrinquedos duram o verão todo" é a história de um garotinho que não consegue agradar à mãe por mais que se esforce. Confuso com a reação dela, o menino não percebe que ele é um andróide, uma construção habilidosa de inteligência artificial, assim como seu único aliado, o ursinho de pelúcia Teddy.

Foi essa a história que comoveu Stanley Kubrick e que ele quis tanto transformar em filme. Depois de certo esforço de persuasão, vendi os direitos para ele e, por algum tempo, trabalhamos juntos num possível roteiro.

Como seria de esperar, achei-o genial mas exigente. Afinal de contas, ele batalhara muito para obter independência. Exigia tanto de si quanto de todos à volta dele.

Presenciei um exemplo dessa independência quando os figurões da Warner Brothers quiseram conhecê-lo. Alegando como desculpa um ódio mortal de avião, em vez de se locomover até os Estados Unidos, Kubrick conseguiu que os diretores, de cujo apoio financeiro dependia, fossem a Londres. Estes, uma vez lá, o convidaram para uma reunião no hotel. Kubrick disse que estava ocupado demais. Os executivos da Warner tiveram de fazer nova viagem, dessa vez até St. Albans, para vê-lo.

Kubrick tratava seus funcionários com esse mesmo egoísmo: era genial mas exigente. Precisava não só manter a independência como também alimentar o mito, o mito de um gênio-ermitão criativo porém excêntrico.

Meu contato com ele foi amistoso. Mencionei seus três filmes de ficção científica em meu livro *Billion year spree* [Orgia do ano bilhão], que traça uma história do gênero, observando que *Doutor Fantástico, 2001: uma odisséia no espaço* e *Laranja mecânica* fizeram dele "o grande escritor de ficção científica da época". Kubrick calhou de comprá-lo e ficou satisfeito com o comentário.

Um belo dia, em meados dos anos 70, recebi um telefonema de Kubrick. Para mim foi uma surpresa. Ele embarcou num longo monólogo, presumivelmente para me testar como ouvinte. Bem, acho que devo ter passado no exame, porque me convidou para um almoço. Encontramo-nos em julho de 1976, num restaurante em Boreham Wood.

Nessa época, Kubrick parecia um perfeito Che Guevara, dos pés à cabeça — botas pesadas, traje verde-oliva, boina enterrada na cabeleira encaracolada e barba. Conversamos sobre filmes, ficção científica e bebida. Foi uma conversa absolutamente agradável e bastante demorada.

Seu filme *Barry Lyndon* fora lançado no ano anterior e, embora a fotografia seja de uma beleza ímpar, a frigidez de cristal polido apresentada no filme não caiu no gosto do público. Talvez Kubrick estivesse incerto sobre que fillme rodar em seguida. Passamos a ter um relacionamento cordial; encontramo-nos uma ou duas vezes para almoçar, no decorrer dos anos, e sempre falávamos sobre o tipo de filme que poderia fazer sucesso.

Recomendei *Martian time-slip* [Tempo de lapso marciano], um romance dos anos 60, de Philip K. Dick. Ele não se interessou. Mais tarde, dois anos de minha vida seriam ocupados tentando levar esse mesmo romance para a tela, escrevendo o roteiro em parceria com meu então agente para a mídia, Frank Hatherley.

Minha mulher Margaret e eu fomos até o Castelo Kubrick algumas vezes e almoçamos com Kubrick e sua mulher Christiane, pintora, cujas telas brilhantes iluminavam diversas paredes da casa. Kubrick gostava de atores e os admirava. Achava Peter Sellers um gênio. Possuía um pequeno elenco de confiança, gente como Sterling, Hayden, Philip Stone, Norman Rossiter e Sellers. "Você não precisa de nenhum diálogo", ele me disse certa vez. "Pode jogar fora. Um bom ator pode transmitir tudo só com um olhar."

Enquanto filmava o romance de Stephen King *O iluminado*, ele permaneceu necessariamente esquivo. Voltou a aparecer em agosto de 1982, mencionando numa carta nosso último almoço, ocasião em que "passamos quase o tempo todo falando de *Guerra nas estrelas* e dos motivos que levam histórias até bem bobas a se tornarem de fato uma forma de arte". Era verdade; naquele dia embarcamos numa conversa fascinante em que tentamos levantar os elementos necessários para fazer, com sucesso, um filme de ficção científica com laivos de conto de fada. Entre os elementos enumerados estavam um rapaz de origem humilde que precisa combater um mal monstruoso, um grupo variado de sujeitos, inúmeros desafios superados, o mal derrotado apesar de todos os empecilhos e o jovem que obtém a mão de uma princesa. Depois demos risada: tínhamos feito uma descrição quase que cena por cena de *Guerra nas estrelas*.

Aquela carta de Kubrick continuava com uma conversa sobre meu conto "Superbrinquedos". A pedido dele, eu lhe enviara alguns de meus livros, inclusive *The Malacia tapestry* [A tapeçaria Malácia] e *Moment of eclipse* [Época de eclipse], uma coletânea de contos publicada pela Faber & Faber que incluía "Superbrinquedos duram o verão todo". Kubrick escreveu: "O que me ficou, no entanto, foi a convicção de que esse conto é com certeza um ótimo começo para uma história mais longa, ainda que, infelizmente, eu não tenha tido nenhuma outra idéia sobre como desenvolvê-la. De todo modo, estou começando a achar que o velho subconsciente não engata para valer em algo que não lhe pertence...".

Esse conto — no fundo uma vinheta — fora publicado inicialmente na revista *Harper's Bazaar* em dezembro de 1969; em 1982, eu tive alguns problemas sérios com o fisco, de modo que, muito relutantemente, vendi o texto a Kubrick. Ele comprou quase todos os direitos; lembro-me de que a frase "para sempre" aparecia com bastante freqüência no contrato. Em retrospecto, percebo que o fato de o conto ter se tornado seu não causou nenhuma grande mudança no processo criativo. Kubrick continuou não conseguindo fazer do conto um filme.

Depois de muito vaivém entre agentes, o contrato foi assinado em novembro de 1982. E eu fui trabalhar com ele no roteiro.

Todos os dias, uma limusine aparecia em minha porta, em Boars Hill, e eu era levado ao Castelo Kubrick, uma residência monumental, nas proporções de um Blenheim, nos arredores de St. Albans. Quase sempre ele estivera acordado metade da noite, vagando por seus imensos aposentos desolados, entulhados de aparelhagens. Ele surgia todo amarfanhado, dizendo: "Vamos tomar um pouco de ar, Brian".

Nós abríamos a porta para todo aquele verde interminável. Kubrick acendia um cigarro e dávamos alguns passos, cerca de metade de um campo de críquete, com ele resfolegando pelo caminho. "Chega de ar fresco", me dizia então. E lá íamos nós de volta para dentro. Era uma espécie de brincadeira. Nosso relacionamento também era uma espécie de brincadeira.

A certa altura, depois de introduzir uma nova personagem no roteiro, Kubrick me perguntou: "Brian, o que será que as pessoas que não fazem filmes nem escrevem ficção científica fazem da vida?". Ele era tão inteligente, tão dedicado a seu trabalho. Infelizmente, também era impaciente e não permitia nem discussão nem exame de algum fio narrativo do qual não gostasse de pronto.

No início, eu não conseguia enxergar de que forma minha vinheta poderia ser transformada em um longa-metragem. Aí um dia, durante o café da manhã, de repente vi tudo. "Achei!", disse eu a Margaret. Liguei para Kubrick. "Venha até aqui", ele falou.

Eu fui. Contei-lhe. Ele não gostou.

E assunto encerrado. Kubrick não era homem de aceitar uma idéia e depois virá-la do avesso para ver se tinha algum mérito. Ainda que isso fosse um sinal de clarividência, talvez houvesse também uma certa fraqueza naquele tipo de abordagem.

Indício funesto, talvez, foi o fato de ter recebido de Kubrick, assim que começamos o projeto, um exemplar ricamente ilustrado da história de Pinóquio. Eu não conseguia, ou não queria, ver os paralelos existentes entre David, meu andróide de cinco anos, e aquela criatura de madeira que se torna humana. Acabei percebendo que Kubrick queria que David se tornasse humano e queria também que a Fada Azul se materializasse. Nunca, jamais, em sã consciência, reescreva antigos contos de fada, eu diria.

Trabalhar com Kubrick foi sem dúvida instrutivo. O problema é que eu vinha trabalhando sozinho por cerca de trinta anos; não me agradava a idéia de trabalhar *com* e, menos ainda, *sob* qualquer pessoa. Mas nosso relacionamento foi amistoso.

Quando empacávamos, saíamos para dar uma volta e dizer alô a Christiane. Em geral ela estava pintando numa enorme sala vazia, com janelas magníficas para a vasta savana kubrickiana. Kubrick também gostava de preparar o nosso almoço, em geral bife e vagem.

Eu não conseguia ver aquela minha vinheta transformada em longa-metragem. Ele me tranqüilizava. Dizia que era mais fácil aumentar um conto do que reduzir um romance para um filme. Um filme continha no máximo sessenta cenas, ao passo que um romance podia conter centenas, cada uma delas diluindo-se em outra, sem despesas adicionais.

Além disso, ele dizia, já tinha conseguido transformar o conto de Arthur C. Clarke, "O sentinela", também de duas mil palavras como "Superbrinquedos", num grande filme. Poderíamos fazer o mesmo com meu conto. Só mais tarde percebi a falha dessa linha de raciocínio: enquanto a história de Arthur olha para fora, para o sistema solar, minha história olha para dentro.

Começamos a trabalhar a sério. Todos os dias, eu anotava nosso progresso num grande livro vermelho. Quando voltava para casa, à noite, Margaret e eu conversávamos um pouco sobre como fora o dia, tomando um drinque. Depois eu jantava e em seguida ia para meu escritório transcrever as notas em forma de roteiro sem diálogo, como Kubrick queria. Então eu enviava os trechos para ele, por fax. Na época ainda estava na moda ter fax; não poderíamos ter trabalhado tão bem sem ele.

Concluída essa tarefa, eu anotava num diário particular os acontecimentos e os não-acontecimentos do dia. Houve por exemplo a semana em que o mundo parecia estar mergulhando na recessão. Kubrick acompanhava de perto os mercados de capital. Um dia entrou na sala onde eu trabalhava e aconselhou, muito soturno: "Brian, se eu fosse você, vendia todas as suas ações e comprava barras de ouro". Minha barra de ouro teria sido do tamanho de um tablete de goma de mascar.

Na manhã seguinte voltávamos a nos reunir e repassávamos o trabalho do dia anterior, muitas vezes apenas para descartá-lo por completo. Não é de admirar que fumássemos feito chaminés e tomássemos galões de café...

Por uns tempos tudo andou bem. Escrevi um episódio chamado *Taken out* [Arrancado] em fevereiro de 1983 e o enviei por fax no meio da noite. Ele me ligou, entusiasmado. "É simplesmente brilhante. Estou muito emocionado. O jeito de fazer ficção científica é este, contar as coisas como se tudo fosse normal, sem que nada precise ser explicado."

Eu: "Em outras palavras, você trata o leitor/espectador como se ele também fizesse parte do futuro que você está descrevendo".

Kubrick: "Acho que sim, você simplesmente não entra em todos aqueles detalhes científicos horrendos".

Eu: "Quanto mais você explica, menos convincente fica".

Kubrick: "Parece que você tem duas maneiras de escrever — uma brilhante e outra não tão boa assim".

Tivemos nossas desavenças. Nunca mais consegui agradálo tanto quanto com *Taken out*. Embora muitas vezes déssemos boas gargalhadas enquanto trabalhávamos, não fazíamos progresso. Era trama atrás de trama escavada na areia.

Kubrick não queria nem ouvir falar em confiar na narrativa, como eu advogava. Salientava que, mesmo que um filme pudesse conter no máximo sessenta cenas, para ele eram necessárias apenas umas oito "unidades não-submersíveis", como ele as chamava (conseguimos três, antes de interromper o trabalho, adaptando dois de meus contos anteriores — "All the world's tears" [Todas as lágrimas do mundo] e "Blighted profile" [Perfil iluminado] — ao conto original).

Esse método de unidades não-submersíveis fica muito claro em *2001*. Parte do mistério do filme vem dos contrastes entre as seções díspares. O método funciona melhor ainda em *O iluminado*. Nesse caso, quadros-negros anunciando aridamente "um mês depois" ou tão-somente "quinta-feira, 4 da tarde" avisam a platéia deliciada que alguma coisa de horrível vai ocorrer e que Jack Nicholson vai ficar ainda mais ensandecido que antes.

Stanley Kubrick era um homem fechado. Nunca discutia os outros projetos nos quais trabalhava. Até o momento, o livro que avaliou melhor sua obra é o de Thomas Allen Nelson, *Kubrick: inside a film artist's maze* [Kubrick: por dentro do labirinto de um artista de filme] (Indiana University Press, 1982). O autor faz afirmações em grande parte muito convincentes sobre aquilo que outros enxergam como meras inconsistências em *O iluminado* (1980), explicando-as como pressupostos em qualquer fantasia de horror. Ainda assim, o filme poderia ser melhor se houvesse um pouco mais de nuance na personagem de Wendy Torrance (interpretada por Shelley Duvall). Parafraseando Shakespeare, me parece que a dama tagarela demais.

Foi uma surpresa descobrir que Kubrick não tinha certeza sobre o caminho a seguir. Uma vez ele me perguntou que tipo de filme seria capaz de arrecadar tanto quanto *Guerra nas estrelas* e de lhe permitir ao mesmo tempo manter a reputação de homem com consciência social.

Um dia cheguei ao Castelo Kubrick e ele só queria falar de *E.T.—O extraterrestre*. Talvez admirasse a forma como *E.T.* foi filmado, com a câmera na altura da cintura, numa simulação da visão de uma criança, assim como parte de *O iluminado* foi filmada com uma Steadicam da perspectiva do jovem Danny Torrance. Ele adorava filmes de ficção científica. Assistimos a

Blade Runner — O caçador de andróides, de Ridley Scott, quase inteiro em disco laser.

Kubrick estava convencido de que um dia a inteligência artificial tomaria conta do mundo e de que a humanidade seria superada. Os seres humanos não eram confiáveis nem inteligentes o suficiente. Durante um de nossos freqüentes impasses, discutimos a possibilidade da derrocada da União Soviética, com o Ocidente enviando tanques-robôs e andróides para salvar o que fosse possível. Era um acontecimento dramático o bastante para insuflar nossa imaginação. Isso foi em 1982 e nós entendíamos que poderia ocorrer um colapso econômico na URSS — mas como seria? Em que circunstâncias?

Depois de um ou dois dias, desistimos da idéia. Mas vamos supor que tivéssemos pensado em todas as possibilidades e tivéssemos sido capazes de reproduzir exatamente os verdadeiros acontecimentos de 1989, que estavam a sete anos de distância apenas. Vamos supor que tivéssemos criado uma figura à Gorbachev para presidente da União Soviética, que tivéssemos mostrado a Hungria abrindo seus portões para que os alemães do Leste entrassem em Berlim e no Ocidente, que tivéssemos mostrado o Muro de Berlim sendo derrubado, governos comunistas renunciando ao poder, ditadores sendo executados, o fim da Guerra Fria e o maior movimento jamais acontecido em um único dia na história dos povos europeus. Na verdade, um momento único na história mundial.

E se tivéssemos posto isso tudo na tela em 1982? Ninguém teria acreditado em nós. Até mesmo a ficção científica é a arte do plausível. Então, talvez digam os críticos, aí está a fraqueza da ficção científica. É a vida real que se encarrega da arte do incrível, como fez no final dos anos 80 — e continua a fazer, com a ascensão e o crescimento da União Européia.

Os anos foram se arrastando. Não chegávamos a parte alguma. Kubrick foi ficando impaciente. Mas a Fada Azul ainda ressurgia dos mortos. Eu tinha a sensação de estar sendo tragado, ao mesmo tempo que tentava continuar sendo marido e pai.

Kubrick via um problema fundamental com David, o menino andróide. Ele poderia perfeitamente ser representado, no filme, por alguém de carne e osso fantasiado de andróide. No entanto, o perfeccionismo de Kubrick sugeria que o melhor era construir um andróide de verdade. Examinamos essa possibilidade com alguma profundidade. O primeiro obstáculo tecnológico a superar era fazer a criaturinha se mover de forma a parecer um menino mesmo — andar, virar, sentar e por aí afora. A tecnologia do cinema progrediu muito, de lá para cá, claro, e hoje em dia a simulação computadorizada daria um jeito nisso.

Em 1987 foi lançado *Nascido para matar*. Essa retomada tardia da Guerra do Vietnã foi um grande sucesso no Japão, mas nem tanto em outros lugares do mundo. Com a ajuda de trinta e seis palmeiras importadas da Espanha, Kubrick criou um Vietnã no meio de algumas ruínas da zona leste londrina (onde hoje é Canary Wharf, no East End). "É quase impossível construir uma ruína convincente", dizia ele. "E o entardecer do inverno na Inglaterra se parece com o entardecer no Vietnã." Os atores pelados filmaram em pleno inverno, com aquecedores soprando ar quente o tempo todo sobre eles, para que não ficassem arrepiados. Ah, a magia do cinema!

Por volta de 1990, estávamos em dificuldades. Agentes e advogados trocavam cartas. Kubrick e eu estávamos trabalhando com a possibilidade de inundar Nova York apenas para que a Fada Azul pudesse emergir das profundezas. Tentei persuadi-lo a criar um grande mito moderno capaz de rivalizar com *Doutor Fantástico* e com *2001* e a fugir dos contos de fada.

Era absurdo de minha parte. Fui sumariamente eliminado do filme.

Ele nunca disse adeus nem pronunciou nenhuma falsa palavra de agradecimento. Não. Um novo cigarro foi aceso, as costas foram viradas. E "Superbrinquedos" foi rebatizado de "A.I." — e destinado a jamais ser rodado por ele.

Kubrick era dois tipos de gênio. Além dos filmes, com sua variedade fascinante, possuía o dom de manter o mundo longe de sua porta criativa e o de cultivar a lenda de ermitão. Ele sempre soube que o tempo era curto.

Os gênios não se preocupam com as cortesias do dia-a-dia. Têm outras coisas na cabeça. O melhor a fazer é não ficar sentido com seus hábitos mais mesquinhos. Nem mesmo Arthur C. Clarke, o parceiro de Stanley em *2001*, foi capaz de expandir minha vinheta e transformá-la num grande filme. Eis aí uma lição para todos nós, se ao menos eu conseguisse imaginar qual seja.

Foi um alívio seguir meu próprio — e doce — caminho de novo. Durante alguns anos havia servido como um dos tentáculos de Kubrick. Ele tinha muitos tentáculos. Numa ocasião, quando debatíamos o conceito de usar um andróide de verdade, Stanley declarou que os americanos viam os robôs apenas como ameaças. Eram os japoneses que de fato gostavam dos robôs; e seriam eles que com toda certeza gerariam os magos da eletrônica capazes de construir os primeiros andróides genuínos. Chamou Tony Frewin, seu fiel braço direito.

"Ponha o Mitsubishi na linha." (Digamos que fosse Mitsubishi, já que me esqueci realmente do nome da empresa.)

"Com quem você quer falar na Mitsubishi, Stanley?"

"Ponha o senhor Mitsubishi na linha."

Um pouco depois, o telefone tocou. Kubrick atendeu. Uma voz do outro lado disse: "Ah, senhor Stanley Kubrick? Aqui é Mitsubishi. Em que posso ajudá-lo?"

Todo mundo neste planeta conhecia o nome de Stanley Kubrick. Não se podia esperar que um homem desses fosse igual a nós.

Então por que "Superbrinquedos" não foi filmado? Porque as pessoas que vieram depois de mim, cada uma delas tentando em vão fazer a coisa funcionar, foram forçadas a viajar ao longo das linhas estabelecidas por ele.

Acredito que Kubrick se enganou. Obcecado pelo sucesso estrondoso dos filmes de ficção científica da época, decidiu levar minha penosa cena doméstica para os confins da galáxia. Afinal de contas, tinha feito algo parecido e com grande sucesso com o conto de Clarke.

Mas, para começo de conversa, "O sentinela" olha para fora. Fala de um mistério em alguma outra parte, ao passo que "Superbrinquedos" fala de um mistério interior. David sofre porque não sabe que é uma máquina. Esse é o verdadeiro drama; como disse Mary Shelley de seu *Frankenstein*, "ele fala aos receios misteriosos de nossa natureza".

Uma possibilidade para o filme seria mostrar David enfrentando sua verdadeira natureza. Seria um choque perceber que é uma máquina. David poderia desenvolver um defeito e o pai então o levaria à fábrica, onde mil outros andróides idênticos estão sendo fabricados. Ele se autodestrói? A platéia deve ficar sujeita a um tenso e alarmante drama de claustrofobia, deve ser deixada com as perguntas finais. "Importa de fato que David seja uma máquina? Deveria importar? E até que ponto somos todos máquinas?"

Por trás dessa charada metafísica há uma história simples — a história que atraiu Stanley Kubrick —, de um menino que nunca foi capaz de agradar à mãe. Uma história de amor rejeitado.

Stanley Kubrick morreu em 1999. O homem-mistério virou notícia. Eu me cansei de gravar entrevistas. Estava tentando escrever um romance. Ocorreu-me reler "Superbrinquedos". E aí vi que estava contando a mim mesmo o que acontecia em seguida. Trinta anos depois daquele primeiro, escrevi um segundo conto, continuando as aventuras de David e Teddy, o ursinho.

Um dia recebi uma visita. Uma visita muito simpática de Jan Harlan, cunhado e sócio de Kubrick. Jan queria que eu figurasse num documentário que estava fazendo sobre a vida de Kubrick. No final da tarde, eu lhe dei o novo conto, "Superbrinquedos quando vem o inverno".

Jan enviou o conto para Steven Spielberg, que herdara todos os projetos inacabados de Kubrick.

Nesse meio tempo, eu havia escrito para Spielberg. Na carta, sugeria que David poderia se ver diante de mil réplicas de si mesmo. Ele gostou da idéia e Jan ofereceu-se para comprar a frase contendo a idéia. Claro, quem não ficaria encantado com a possibilidade de vender uma frase, uma única frase? Mas, àquela altura, eu já sabia como o ciclo de David deveria terminar e escrevera um terceiro conto. Os três contos juntos continham os contornos daquilo que eu acho ser necessário a um filme. Nada de Nova York inundada, nada de Fada Azul. Apenas um drama muito intenso e poderoso de amor e inteligência.

O conto "Superbrinquedos em outras estações" foi enviado para Jan e Spielberg. Nele estava incluída a frase mágica.

Por meio de um arranjo amigável com a Warner Brothers, Spielberg adquiriu todos os três contos.

Embora me sinta feliz de ser o único homem a ter vendido contos para dois cineastas magníficos, Kubrick e Spielberg, sei que Spielberg concordou em filmar "Superbrinquedos" — agora intitulado *A.I.* — da forma como Kubrick planejara fazê-lo.

As filmagens começaram em Long Island em junho de 2000. O lançamento do filme foi programado, muito apropriadamente, para 2001.

Superbrinquedos duram o verão todo

No jardim da sra. Swinton era sempre verão. As adoráveis amendoeiras tinham folhas o ano inteiro. Monica Swinton apanhou uma rosa cor de açafrão e a mostrou a David.

— Não é linda?

David ergueu os olhos para ela, sorriu sem mostrar os dentes. Pegou o botão, saiu correndo pelo gramado e desapareceu atrás do canil, onde o ceifator, agachado, fazia plantão para cortar, varrer ou aparar o que se fizesse necessário. Sozinha, Monica estacou na trilha impecável de cascalho plástico.

Bem que ela tentara amá-lo.

Quando finalmente se decidiu a ir atrás dele, encontrou-o no pátio, brincando de barquinho com a rosa num pequeno lago ornamental. Muito entretido, ainda de sandália nos pés.

— David, querido, será que precisa ficar assim tão feio? Vamos já para dentro tirar essas sandálias.

Ele a acompanhou sem protestar, a cabecinha de cabelos escuros balançando à altura da cintura da mãe. Aos cinco anos de idade, não demonstrava o menor receio da secadora ultra-sônica na cozinha. Mas antes mesmo que Monica pegasse os chinelos, David já tinha se desvencilhado dela e desaparecido na casa silenciosa.

Com certeza estaria à procura de Teddy.

Monica Swinton, vinte e nove anos, de formas graciosas e olhos tremulantes, sentou-se na sala, arrumando as pernas com elegância. Começou por sentar-se e pensar; mas logo estava apenas sentada. O tempo esperava empoleirado em seus ombros com a preguiça maluca que reserva às crianças, aos doidos e às mulheres cujos maridos estão fora, melhorando o mundo. Quase por reflexo, estendeu a mão e mudou o comprimento de onda das janelas. O jardim sumiu; em seu lugar, surgiu à sua esquerda o centro da cidade, cheio de multidões, bombarcos e prédios — mas ela abaixou o som. E ali ficou, sozinha. Um mundo superpovoado é o lugar ideal para se estar sozinho.

Os diretores da Synthank participavam de um farto almoço para comemorar o lançamento de seu novo produto. Alguns usavam máscaras plásticas no rosto, muito em voga no momento. Todos eram muito elegantes e esbeltos, apesar da comida suntuosa e das bebidas que ingeriam. Suas mulheres eram igualmente elegantes e esbeltas, apesar de toda a comida e bebida que, elas também, devoravam. Uma geração mais velha e menos sofisticada teria os considerado todos pessoas bonitas, à exceção dos olhos. Os olhos eram frios e calculistas.

Henry Swinton, presidente da Synthank, estava prestes a fazer um discurso.

— Pena que sua mulher não possa estar aqui conosco hoje — disse-lhe o vizinho de mesa.

— Monica prefere ficar em casa, tendo belos pensamentos — falou Swinton mantendo o sorriso.

— É de se esperar que uma bela mulher tenha belos pensamentos — declarou o vizinho.

"Larga de pensar na minha mulher, seu desgraçado", pensou Swinton, ainda com um sorriso nos lábios.

E levantou-se para fazer o discurso, em meio aos aplausos.

Depois de algumas gracinhas, falou:

— O dia de hoje marca um verdadeiro avanço para nossa empresa. Hoje faz quase dez anos que introduzimos nossas primeiras formas de vida sintética no mercado mundial. Todos nós sabemos o sucesso que vêm fazendo, sobretudo os dinossauros em miniatura. Só que eles não têm inteligência. Parece um paradoxo que nos tempos de hoje sejamos capazes de criar vida mas não inteligência. Nosso primeiro produto, a Tênia Crosswell, vende mais que todos os outros, e é o mais burro deles.

Todos riram.

— Embora três quartos de nosso mundo superpovoado passem fome, temos sorte de possuir mais que o suficiente, graças ao controle de população. Nosso problema é a obesidade, não a subnutrição. Desconfio que não há ninguém em volta desta mesa que não tenha uma Crosswell trabalhando em seu intestino delgado, um verme parasitário perfeitamente seguro que permite a seu hospedeiro comer até cinqüenta por cento mais e ainda assim manter o corpo esbelto. Certo?

Acenos gerais de cabeça.

— Nossos dinossauros em miniatura são igualmente burros, ou quase. Mas hoje estamos lançando uma forma de vida sintética inteligente: um serviçal em tamanho natural. Inteligente, mas sem exageros. Acreditamos que o cidadão comum sentiria medo de um ser com cérebro humano. Nosso serviçal tem um pequeno computador no crânio. Verdade que existem entidades mecânicas à disposição nos mercados, hoje em dia, que têm minicomputadores no lugar do cérebro, mas são coisas de plástico sem vida, superbrinquedos. O que nós finalmente descobrimos é uma forma de ligar os circuitos do computador à carne sintética.

David estava sentado em frente à comprida janela de seu quarto de brinquedos, lutando com papel e lápis. Por fim, parou de escrever e começou a rolar o lápis para cima e para baixo, no tampo inclinado da escrivaninha.

— Teddy! — chamou.

Teddy estava em cima da cama encostada à parede, debaixo de um livro de gravuras semoventes e de um soldado de plástico gigante. O padrão de fala da voz de seu dono o ativou e ele sentou-se.

— Teddy, não consigo pensar no que dizer!

Saltando da cama, o ursinho caminhou todo rígido até o menino e agarrou-se a suas pernas. David ergueu-o e colocou-o sobre a escrivaninha.

— O que é que você já escreveu?

— Eu escrevi... — Apanhou a carta e olhou fixamente para ela. — Eu pus "Querida mamãe, espero que esteja bem agora. Eu amo você".

Houve um longo silêncio até que o ursinho disse:

— Parece muito bom. Vá lá embaixo e dê para ela.

Mais um longo silêncio.

— Não ficou direito. Ela não vai entender.

Dentro do ursinho, um pequeno computador examinou o programa de possibilidades. — Por que você não faz de novo com lápis de cor?

David olhava pela janela. — Teddy, sabe no que é que eu estava pensando? Como é que a gente distingue as coisas que são reais das que não são?

O ursinho rearranjou suas alternativas. — Coisas reais são boas.

— E será que o tempo é bom? Eu acho que a mamãe não gosta muito do tempo. Outro dia, muitos dias atrás, ela disse que o tempo estava passando. Será que o tempo é real, Teddy?

— Os relógios marcam o tempo. Os relógios são reais. A mamãe tem relógios, logo ela deve gostar deles. Ela tem um relógio no pulso, ao lado do sintonizador.

David tinha começado a desenhar um avião no verso da carta. — Você e eu somos reais, não somos, Teddy?

Os olhos do ursinho encararam o menino sem pestanejar. — Você e eu somos reais, David. — Era especializado em oferecer conforto.

Monica caminhava devagar pela casa. Estava quase na hora de o correio da tarde chegar. Discou o número da O.L. no sintonizador que tinha no pulso, mas não chegou nada. Alguns minutos mais.

Ela poderia pintar alguma coisa. Ou poderia sintonizar uma das amigas. Ou podia esperar até Henry voltar. Ou podia ir lá em cima brincar com David...

Foi até o hall e parou ao pé da escada.

— David!

Nenhuma resposta. Chamou uma segunda vez e mais outra. Nada.

— Teddy! — Dessa vez em tom mais áspero.

— Pois não, mamãe! — Depois de uma curta pausa, a cabeça de pêlos dourados de Teddy apareceu no topo da escada.

— O David está no quarto, Teddy?

— O David saiu para o jardim, mamãe.

— Desça até aqui, Teddy!

Impassível, ela esperou até que a figurinha peluda de pernas curtas descesse degrau por degrau. Quando chegou, apanhou-o do chão e levou-o para a sala. O urso ficou imóvel em seus braços, olhando-a fixamente. Ela sentia apenas uma ligeira vibração do motor.

— Teddy, quero falar com você. — Ela o pôs sobre o tampo de uma mesa e ele ficou conforme o programado: braços estendidos à frente e abertos, no eterno gesto de um abraço.

— Teddy, por acaso o David lhe disse para me dizer que tinha ido para o jardim?

Os circuitos do cérebro do urso eram simples demais para artifícios.

— Disse, mamãe.

— Quer dizer que você mentiu para mim.

— Menti, mamãe.

— Pare de me chamar de mamãe! Por que o David está me evitando? Ele não tem medo de mim, tem?

— Não. Ele ama você.

— Por que não conseguimos nos comunicar?

— Porque o David está lá em cima.

A resposta deixou-a emudecida. Por que perder tempo falando com aquela máquina? Por que não ir simplesmente até o quarto, apanhar David nos braços e conversar com ele, como uma mãe amorosa deve fazer com um filho amoroso? Ouviu o silêncio absoluto da casa, com uma qualidade diferente de silêncio saindo de cada aposento. No hall de cima, alguma coisa se movia muito silenciosamente — David, tentando se esconder dela...

Henry estava perto do fim de seu discurso. Os convidados prestavam atenção, assim como os integrantes da mídia, que forravam duas das paredes do salão de banquete, gravando suas palavras e de vez em quando registrando sua imagem.

— Nosso serviçal será, sob muitos aspectos, um produto do computador. Sem o conhecimento do genoma, jamais teríamos conseguido decifrar a sofisticada bioquímica necessária à carne sintética. O serviçal será também uma extensão do computador, porque levará um dentro da cabeça, um computador microminiaturizado, capaz de lidar com praticamente qualquer situação que venha a encontrar numa casa. Com reservas, claro.

Risadas profusas; muitos dos presentes sabiam dos acalorados debates que haviam tomado conta da diretoria da Synthank antes da decisão final de deixá-lo um ser neutro, sem sexo, por baixo do uniforme impecável.

— Diante dos triunfos de nossa civilização e, é verdade, diante dos problemas devastadores da superpopulação, é triste pensar nos muitos milhões de pessoas que sofrem de solidão e isolamento crescentes. Nosso serviçal será uma dádiva para elas; lá estará ele, sempre com uma resposta pronta, e nem mesmo a conversa mais tola será capaz de chateá-lo. Para o futuro, estamos planejando novos modelos com desenho mais avançado, verdadeiros seres bioeletrônicos, de homens e mulheres, sendo que muitos sem as limitações deste primeiro, eu prometo! No futuro, além de computadores próprios, capazes de programação individual, os serviçais já virão conectados com a Ambient, a Rede Mundial de Dados. Assim todo mundo poderá usufruir de um verdadeiro Einstein dentro de casa. O isolamento pessoal estará banido para sempre!

Sentou-se sob aplausos entusiasmados. Até mesmo o serviçal sintético, sentado à mesa e de terno simples, aplaudiu com vontade.

Arrastando sua malinha, David contornou a casa pé ante pé. Subiu no banco que havia debaixo da janela da sala e espiou para dentro com toda cautela.

A mãe estava parada bem no meio da sala. O rosto inexpressivo; aquela falta de expressão deixou-o com medo. Ele olhava fascinado. Não se movia; ela também não. O tempo poderia ter parado, como tinha parado no jardim. Teddy olhou em volta, viu o dono, saltou da mesa e aproximou-se da janela. Tateando com as patas, conseguiu por fim abri-la.

Os dois se entreolharam.

— Eu não presto para nada, Teddy. Vamos fugir!

— Você é um menino muito bonzinho. Sua mamãe ama você.

Devagar, o menino abanou a cabeça.

— Se ela me ama, então por que não consigo conversar com ela?

— Você está sendo bobo, David. A mamãe é muito sozinha. É por isso que ela tem você.

— Ela tem o papai. Eu não tenho ninguém, a não ser você, e eu sou sozinho.

Teddy lhe deu um tapinha amistoso na cabeça. — Se está se sentindo assim tão mal, é melhor ir ver o psiquiatra de novo.

— Eu detesto aquele velho psiquiatra. Eu me sinto como se não fosse real com ele. — E David se pôs a correr pelo gramado. O urso saltou da janela e seguiu-o tão de perto quanto lhe permitiam as pernicas.

Monica Swinton estava lá em cima, no quarto de brinquedos. Chamou o filho uma vez e depois parou, indecisa. Estava tudo quieto.

Lápis de cor espalhavam-se sobre a escrivaninha. Obedecendo a um impulso súbito, aproximou-se e abriu o tampo. Dentro, havia dezenas de folhas de papel. Muitas escritas com lápis de cor, na caligrafia atrapalhada de David, com cada letra numa cor diferente da anterior. Nenhum dos bilhetes estava terminado.

MINHA QUERIDA MAMÃE, COMO ESTÁ VOCÊ, SERÁ QUE ME AMA TANTO QUANTO

QUERIDA MAMÃE, EU AMO VOCÊ E O PAPAI E O SOL ESTÁ BRILHANDO

QUERIDA QUERIDA MAMÃE, TEDDY ESTÁ ME AJUDANDO A ESCREVER PARA VOCÊ. EU AMO VOCÊ E O TEDDY

MAMÃE QUERIDA, EU SOU SEU FILHO QUERIDO E GOSTO TANTO DE VOCÊ QUE ÀS VEZES

QUERIDA MAMÃE, VOCÊ É A MINHA MÃEZINHA E EU DETESTO O TEDDY

MAMÃE QUERIDA, ADIVINHA O QUANTO EU GOSTO

QUERIDA MAMÃE, EU SOU SEU FILHINHO, NÃO O TEDDY E EU AMO MUITO VOCÊ MAS O TEDDY

QUERIDA MAMÃE, ESTA É UMA CARTINHA PARA DIZER A VOCÊ O QUANTO QUANTO QUANTO

Monica deixou cair os papéis e saiu chorando do quarto. Em suas cores alegres e imprecisas, as cartinhas voaram em leque e pousaram no chão.

Henry Swinton tomou o expresso de ótimo humor e de vez em quando trocava algumas palavras com o serviçal sintético que estava levando consigo para casa. O serviçal respondia, educada e formalmente, se bem que nem sempre com frases inteiramente relevantes à pergunta, pelos padrões humanos.

Os Swinton moravam numa das regiões mais sofisticadas da cidade. Incrustado em outros apartamentos, o deles não tinha janelas para o mundo exterior; ninguém queria ver o mundo superpovoado que havia lá fora. Henry destrancou a porta usando o scanner de padrão de retina e entrou, seguido pelo serviçal.

De imediato, foi rodeado pela agradável ilusão de jardins instalados num eterno verão. Impressionante o que um Espaçograma era capaz de fazer, criando miragens enormes em espaços reduzidos. Por trás de rosas e glicínias, ficava a casa. A ilusão era completa: lá estava sua mansão georgiana.

— Que tal? Gostou? — ele perguntou ao serviçal.

— As rosas às vezes sofrem com pulgões.

— Estas rosas têm garantia contra qualquer imperfeição.

— É sempre aconselhável comprar produtos com garantia, mesmo que custem um pouco mais.

— Obrigado pela informação — disse Henry secamente. As formas de vida sintéticas tinham menos de dez anos, os velhos andróides mecânicos menos de dezesseis. As falhas de sistema ainda estavam sendo eliminadas, ano após ano.

Abriu a porta e chamou por Monica.

Ela saiu da sala de estar no mesmo instante e jogou-se em seus braços, beijando-lhe com ardor o rosto e os lábios. Henry ficou espantado.

Afastando-se para olhá-la de frente, viu que ela parecia emanar luz e beleza. Fazia meses que não a via tão emocionada. Instintivamente, apertou-a um pouco mais.

— Querida, o que foi?

— Henry, Henry, ai, meu querido, eu estava desesperada... Mas eu sintonizei o correio da tarde e... você não vai acreditar! Ah, é tão maravilhoso!

— Pelo amor de Deus, mulher, o que é maravilhoso?

Foi então que viu de relance o cabeçalho da fotocópia que ela tinha na mão, ainda morna do receptor de parede: Ministério da População. Sentiu o sangue lhe fugir do rosto, com o súbito choque e esperança.

— Monica... ah... Não me diga que o nosso número foi sorteado!

— Foi, meu amor, foi sim, nós ganhamos a loteria dos pais da semana! Já podemos conceber nosso filho agora mesmo!

Ele deixou escapar um grito de júbilo. Saíram dançando pela sala. A pressão populacional era tanta que a reprodução tinha que ser rigidamente controlada. Ter um filho exigia permissão do governo. Eles haviam esperado quatro anos por esse momento. Davam gritos de satisfação.

Por fim pararam, ofegantes, ainda no meio da sala, um rindo da felicidade do outro. Ao descer do quarto de brinquedos, Monica desopacificara as janelas, de modo que elas agora exibiam uma vista do jardim. A luz do sol artificial se alongava dourada sobre o gramado — e David e Teddy estavam olhando para eles através da janela.

Vendo o rosto dos dois, Henry e a mulher ficaram sérios.

— O que vamos fazer *deles?* — Henry perguntou.

— Teddy não é problema. Ele funciona muito bem.

— O David está com defeito de novo?

— Seu centro verbal de comunicação continua dando problema. Acho que ele vai ter que voltar para a fábrica mais uma vez.

— Certo. Vamos ver como ele se sai até o bebê nascer. Por falar nisso, tenho uma surpresa para você: ajuda bastante quando se precisa de ajuda! Venha até o hall ver o que eu trouxe.

Enquanto os dois adultos desapareciam da sala, menino e urso continuaram sentados debaixo das rosas padrão.

— Teddy... eu suponho que a mamãe e o papai sejam reais, não é mesmo?

E Teddy falou:

— David, você faz cada pergunta boba. Ninguém sabe o que "real" quer dizer de verdade. Vamos entrar.

— Primeiro vou pegar outra rosa! — Apanhando uma flor muito cor-de-rosa, levou-a consigo para dentro de casa. Ela ficaria sobre o travesseiro quando ele fosse dormir. Sua beleza e maciez o fariam lembrar-se da mãe.

Superbrinquedos quando vem o inverno

No jardim da senhora Swinton nem sempre fazia verão. Monica se aventurara até a cidade apinhada, com David e Teddy, e comprara um VRD para "Eurinverno". Agora as amendoeiras estavam todas despidas. Com os galhos vergados de neve. A neve não derreteria jamais, desde que o disco continuasse tocando.

E assim, nas falsas paredes e janelas da casa de simulação dos Swinton, a neve permaneceria alojada para sempre nos parapeitos. As gotículas congeladas penduradas dos beirais não derreteriam jamais, desde que o disco continuasse tocando.

O gélido céu azulado de inverno permaneceria o mesmo para sempre, desde que o disco continuasse tocando.

David e Teddy estavam brincando no tanque ornamental congelado. A brincadeira era simples. Saíam escorregando de lados opostos e quase se abalroavam no meio. Isso sempre provocava muitas risadas.

— Quase derrubei você desta vez, Teddy! — gritou David.

Monica observava da janela da sala de estar. Entediada com os movimentos repetitivos dos dois, desligou a janela e deu as costas. O serviçal sintético saiu com passos trêmulos de seu quarto e perguntou com voz grave se ela queria alguma coisa.

— Não, obrigada, Jules.

— Estou vendo que a senhora ainda está muito magoada, madame. Sinto imensamente.

— Está tudo bem, Jules. Qualquer hora passa.

— Talvez queira que eu convide sua amiga Dora-Belle para vir visitá-la?

— Não é preciso.

Pouco tempo antes, Henry Swinton equipara o serviçal com um upgrade. Só que a atualização afetara sua capacidade de locomoção e ele agora andava com um passo trôpego. Tornara-se, realisticamente, muito mais velho, mas o defeito não fora corrigido. Por outro lado, passara a falar de modo mais humano e Monica gostava mais dele.

Ela chamou Henry na Ambient. Seu rosto apareceu sorridente no globo.

— Monica, olá! Como vão as coisas por aí? Olha, parece que a aquisição vai mesmo sair. Vou falar com Havergail Bronzwick em nove minutos, EST. Se nós conseguirmos fechar negócio, a Synthmania vai se tornar a maior empresa de sintéticos do planeta, maior do que qualquer coisa no Japão ou nos Estados Unidos.

Monica ouvia com atenção, embora tivesse percebido que o marido continuava ensaiando mentalmente o discurso que faria a Bronzwick.

— Quando penso de onde saímos, Monica... Se este negócio der certo, eu vou... nós vamos ficar três milhões de mondos mais ricos. Já tenho grandes planos para nós. Vamos mudar para um lugar melhor, vender o David e o Teddy, comprar uma nova leva de sintéticos, adquirir uma ilha...

— Você volta logo para casa?

A pergunta interrompeu o fluxo agitado da conversa de Henry. Com muita cautela, ele disse:

— Você sabe que eu vou ficar fora a semana toda. Espero estar de volta na segunda-feira...

Ela desligou.

Sentada em sua cadeira giratória, as mãos cruzadas, avistou um movimento qualquer de relance, com o canto dos olhos. David e Teddy continuavam escorregando no tanque, soltando gritinhos de alegria. Talvez continuassem assim para sempre. Levantou-se, pressionou a janela para que abrisse e os chamou.

— Está na hora de entrar, crianças. Vão brincar lá em cima.

— Está bem, mamãe! — Saindo do tanque congelado, David virou-se para ajudar o amigo desajeitado a pular a borda de plastóide.

— Estou ficando tão gordo, David — falou Teddy. E riu.

— Você sempre foi gordinho, Teddy. É isso que eu gosto em você. É bom de abraçar.

Passaram rápido pela porta da frente, que fechou em seguida com um chape-chape. E lá foram eles, escada acima, fingindo alegria entre si.

— Aposto que você não me alcança! — gritou David para Teddy.

Era tudo tão infantil. Monica viu com certa melancolia os calcanhares irem sumindo por entre as barras do corrimão.

O relógio de sua Ambient deu cinco horas e ela a ligou. Virou-se para a máquina e entrou em rede. Em todo o planeta, outras pessoas, na maioria mulheres, começaram a discutir questões religiosas. Algumas despachavam seus pensamentos eletrônicos para que chegassem em papel. Outras mostravam fotomontagens que haviam feito.

— Eu preciso de Deus porque fico muito sozinha — falou Monica para a multidão. — Meu bebê morreu. Mas eu não sei onde Deus está. Talvez ele não visite as cidades.

Choveram respostas.

— Será que você é louca a ponto de imaginar que Deus passa a vida no campo? Se é assim, esqueça. Deus está em toda parte.

— Deus está apenas a uma oração de distância, onde quer que você more. Eu vou rezar por você.

— Claro que você está só. Deus não passa de um conceito, inventado por um homem infeliz. Vá cuidar da vida, minha cara. Dê uma olhada nas neurociências.

— É por pensar que está só que Deus não consegue chegar até você!

Examinou as respostas, gravando todas elas, durante duas horas. Depois desligou a Ambient e ficou em silêncio. O silêncio predominava também no andar de cima.

Um dia, ela estava decidida, faria uma análise de todas as mensagens recebidas. Uma síntese seria valiosa. Faria uma Ambprodução com os resultados. Ficaria famosa. Até ousaria passear — com escolta — pelas ruas da cidade. As pessoas diriam: — Olha lá, é a Monica Swinton!

Desvencilhou-se dos devaneios. Qual seria o motivo daquele silêncio lá em cima?

David e Teddy estavam esparramados no chão do quarto, vendo um vidlivro. Divertiam-se com as estripulias dos animais atores. Um elefantinho rechonchudo de calça xadrez caía a todo momento sobre um tambor que rolava rua abaixo, rumo a um rio.

— Ele vai acabar caindo naquele rio, mais cedo ou mais tarde! — falou Teddy, às gargalhadas.

Os dois ergueram os olhos quando Monica apareceu. Ela curvou-se, apanhou o livro e fechou-o com rispidez.

— Vocês ainda não se cansaram deste brinquedo? Já faz três anos que vocês têm isso. A esta altura já devem saber muito bem o que vai acontecer com esse elefantinho idiota.

David baixou a cabeça, embora estivesse acostumado às censuras da mãe.

— É que a gente gosta do que vai acontecer, mamãe. Aposto que, se a gente assistir de novo, o Elly vai rolar direto para o rio. É tão gozado.

— Mas a gente não assiste, se a senhora não quiser — Teddy acrescentou.

Monica arrependeu-se do estouro; afinal de contas, conhecia a limitação dos dois. Devolvendo o vidlivro ao carpete, disse entre suspiros: — Vocês nunca vão crescer.

— Eu estou tentando crescer, mamãe. Hoje de manhã, vi um programa científico de história natural na DTV.

Monica disse que isso era bom e lhe perguntou o que aprendera. David falou que aprendera sobre golfinhos.

— Nós fazemos parte do mundo natural, não fazemos, mamãe?

Quando ergueu os braços para ganhar um abraço, ela recuou, a mente engasgada com a idéia de ficar presa para sempre numa infância eterna, sem nunca se desenvolver, sem nunca escapar...

— Acho que a mamãe anda muito ocupada — David comentou com Teddy, depois que Monica saiu.

Ficaram ali sentados, os dois, olhando um para o outro. Sorrindo.

Henry Swinton estava jantando com Petrushka Bronzwick. Duas loiras decorativas lhes faziam companhia à mesa. Estavam num restaurante com um anacrônico quarteto tocando ao vivo, em alguma parte. A aquisição amigável da Havergail Bronzwick PLC estava transcorrendo de modo bastante satisfatório para a Synthmania; os advogados deveriam completar toda a documentação em dois dias.

Cena: um restaurante só para os ricos. Orgulho: uma janela de verdade no teto, permitindo a entrada da luz do verão, conspurcada apenas de leve pela poluição.

Petrushka e Henry, com suas damas, estavam atacando dois leitõezinhos que giravam em espetos ao lado da mesa. Os leitões chiavam e pingavam benesses. Os convivas acompanhavam tudo com champanhe do bom.

— Ai, isto é muito bom! — exclamou a loira que se autodenominava Bubbles. Ela era de Petrushka Bronzwick. Limpando o queixo com um guardanapo de puro linho, acrescentou: — Eu podia continuar comendo para sempre, você não?

Debruçado sobre a mesa, garfo e faca empunhados, Henry dizia:

— Nós temos que estar sempre um passo à frente da competição, Pet. Cada centímetro cúbico do córtex cerebral de um humano contém cinqüenta milhões de células nervosas. É contra isso que estamos lutando, percebe? A época dos cérebros sintéticos está acabada, enterrada. Esqueça isso. Nós estamos fabricando cérebros de verdade desde ontem.

— Claro — concordou Petrushka, debruçando-se ela também para fatiar mais um pedaço da barriga do leitão e dispensando o garçom que se aproximara. — Os garçons são sempre tão miseráveis com as porções. — Sua risada prateada era famosa, e temida em alguns quadrantes. Mal acabara de entrar na casa dos vinte, já firme no Preservanex, esquelética, usava o cabelo multicor bem curtinho, tinha olhos azuis e um leve tique na face esquerda policromada. — E estamos falando aqui de cem milhões de células nervosas. Mas, desde que largamos o silício, entramos no caminho certo. A questão, Henry, é onde vamos conseguir o dinheiro.

Abocanhando um pedaço bem suculento de carne de porco antes de responder, Henry disse:

— A Tênia Crosswell da Synthmania se encarrega dessa parte. Você já viu os números. O PIB do Curdistão perde longe. A produção cresceu de novo este ano, catorze por cento. A Crosswell foi nosso primeiro produto a estourar nos mercados, isso na época em que ainda éramos Synthank. Ela conquistou o mundo ocidental. A Pill não tem nada contra ela.

— Pois é, eu estou com uma Crosswell aqui dentro — interveio Angel Pink, apontando o dedinho mimoso para baixo, na direção do colo. Era nela que Henry estava de olho. Mais enfática, acrescentou, olhando de viés para Henry: — Está dentro de mim o tempo todo.

Inclinando-se para o lado de Angel, Henry lhe concedeu uma piscada e uma de suas ladainhas prediletas. — Três quartos deste nosso mundo superpovoado passam fome. Temos sorte de possuir o suficiente de tudo, graças ao arrocho na produção de população. Nosso maior problema é a obesidade, não a subnutrição.

— Nem me diga! — suspirou Bubbles. Lábios cor de carmim, dentes alvos, triturou sonoramente um pedaço dourado de torresmo.

— Haverá alguém que não tenha uma Crosswell trabalhando em tempo integral no intestino delgado? — perguntou Henry, abanando a cabeça em resposta à própria pergunta. — Jim Crosswell era um nanobiológo genial. Fui eu que o descobri, que lhe dei um emprego. Esse verme parasitário totalmente seguro permite que qualquer pessoa coma até cem por cento a mais de comida sem perder a silhueta, certo?

— Claro, uma das grandes invenções do passado — falou Petrushka, com ar contrariado. — O nosso Senoram é quase tão lucrativo quanto a Crosswell.

— Mas custa bem mais, para começo de conversa — interrompeu Bubbles.

Seu comentário foi soterrado pelo furor provocado pelas belas mãozinhas de Angel Pink aplaudindo. — Nós vamos arrasar! — E, erguendo a taça: — Um brinde a duas criaturas espertíssimas!

Enquanto respondia ao brinde, Henry se perguntava de onde ela teria tirado aquele "nós". Ela iria pagar pelo erro. Que esperasse para ver.

Monica estava saindo para esquiar. O serviçal sintético iria acompanhá-la até sua cabina instalada no callerium. Ofereceu-lhe o braço de modo cortês. Ela aceitou. Adorava aquele toque de elegância. Para ela, evocava uma infância longínqua semi-esquecida, onde havia... Não se lembrava mais do que havia. Um pai carinhoso, talvez?

Uma vez na cabina, afivelou-se e discou a imagem "montanha de neve". No mesmo instante começou uma tempestade de neve fortíssima. A visibilidade era pequena. Forçou-se a subir. Era assustador. Estava absolutamente só. Uma árvore solitária surgiu envolta em branco.

Assim que chegou ao abrigo, entrou e descansou, ofegante, antes de colocar os esquis. O desafio era o frio, eram as forças impiedosas da natureza. Enfrentara-os e vencera. A nevasca estava diminuindo. Antes de mergulhar montanha abaixo, ajustou a máscara no rosto. Naquela grande corrida exuberante, seu corpo preparou-se para lutar contra a enlouquecida, trovejante, furiosa e insuportável atmosfera. Por trás da máscara, a boca se abriu num grito de pura alegria. Isto era liberdade — esse abraço da gravidade!

Acabara. Estava sozinha, nua, no cubículo fechado.

Depois de se vestir, saiu da cabina. Hora talvez para um gole de vodca. Ela preferia a da Lácteas Vodka United, que já vinha com leite misturado.

Encontrou David e Teddy parados, muito sem jeito.

— Estávamos só brincando, mamãe — disse David.

— Não fizemos barulho nenhum — falou Teddy. — Foi o Jules que fez barulho quando caiu.

Virando-se, Monica viu Jules deitado no chão. A perna esquerda ainda repuxava lentamente. Na queda, o serviçal tentara se apoiar em alguma coisa e derrubara uma reprodução de um Kussinski de que Monica muito se orgulhava — sobre a qual sempre fazia algum comentário quando a amiga Dora-Belle ligava. Lá estava a peça, estilhaçada ao lado do crânio do robô. A cabeça se abrira ao meio, revelando as matrizes auditiva e da fala.

Ao ver Monica de joelhos ao lado do corpo, David disse:

— Não tem importância, mamãe. Nós só estávamos brincando quando ele tropeçou. Ele é só um andróide.

— É, ele é só um andróide, mamãe — repetiu Teddy. — Logo a senhora compra outro.

— Ó Deus! É o Jules. Pobre Jules! Ele era meu amigo. — Cobriu o rosto com as mãos. Não derramou uma lágrima.

— Logo a senhora compra outro para nós, mamãe — falou David. Timidamente, tocou-a no ombro.

Ela se virou para ele.

— E o que você pensa que é? Você não passa de um pequeno andróide também!

Assim que deixou escapar as palavras, Monica arrependeu-se. David emitiu uma espécie de grito, no qual as palavras se enroscavam.

— Não... um andróide não... Eu sou real... real feito o Teddy... feito a senhora, mamãe... Só que a senhora não me ama... meu programa... nunca me amou... — Ele corria em pequenos círculos e, quando as palavras terminaram, disparou para a escada, soltando aquela sua espécie de berro.

Teddy foi atrás. Os dois sumiram de vista. Monica pôs-se de pé e continuou parada, trêmula, ao lado do corpo do serviçal. Cobriu os olhos com as mãos. Mas não era assim tão fácil sumir com o desespero.

Dos aposentos no andar de cima vinham vários estrondos. Cautelosa, Monica subiu para investigar.

Teddy jazia esparramado sobre o tapete, os braços estendidos. David estava ajoelhado sobre ele. Abrira a barriga do urso e estava examinando os mecanismos complexos lá de dentro.

Teddy viu o olhar de horror no rosto de Monica. — Está tudo certo, mamãe. Eu deixei o David fazer. Estamos tentando descobrir se somos reais ou só... urrrp...

David puxara um plugue do alto do peito do urso, perto do estabilizador, onde ficaria o ventrículo esquerdo em um humano.

— Coitado do Teddy! Está morto! Ele era mesmo uma máquina. O que significa que eu...

Ao mesmo tempo que disse isso, começou a balançar os braços descontroladamente. Caiu no chão e bateu o rosto. E o rosto rachou, revelando o plástico que havia por baixo.

— David! David! Não chore! Nós podemos consertar...

— Pare! — Ele gritou essas palavras com todas as suas forças, ergueu-se, passou feito uma bala por ela, saiu correndo do quarto e desceu a escada aos pulos.

Monica continuou ao lado do inerte ursinho de pelúcia, escutando os barulhos que David fazia lá embaixo. Claro, pensou ela, os olhos dele não conseguem mais focar direito. A carinha dele, coitado, ficou despedaçada.

Temerosa, aproximou-se da escada. Precisava pedir ajuda a Henry. Henry tinha que voltar para casa.

De repente, uma crepitação estrondosa. O intenso estalido de eletricidade liberada. Luz ofuscante. Escuridão.

— David! — Mas ela estava caindo.

David arrebentara o controle central da casa, arrancando-o da parede numa fúria de dor e desespero. Tudo parou de funcionar.

A casa desapareceu e o jardim também. David se viu em meio a uma carcaça esquelética de arame sustentada aqui e ali com tijolo vazado. Sob seus pés, apenas ruínas. Uma fumaça acre permeava todo o rés-do-chão.

Depois de permanecer um bom tempo imóvel, ele avançou alguns passos, pisando no local onde a casa existira, pisando onde antes havia um jardim forrado de neve, onde brincara tantas vezes com seu amigo Teddy.

Estava numa viela, num mundo desconhecido, de velho calçamento limoso. O mato crescia entre os blocos de concreto. Os detritos de uma época mais antiga estavam por toda parte. Chutou uma lata amassada na qual se lia "oka-col".

Uma luz modorrenta permeava tudo; o dia de verão chegava ao fim. Não conseguia enxergar muito bem, mas, com o olho direito, avistou uma roseira maltratada perto de um muro quase em ruínas.

Cruzou a viela, foi até a planta e apanhou um botão. Uma vez mais, a beleza e a maciez da flor o fizeram lembrar-se da mãe.

Ao lado do corpo dela, David disse:

— Eu sou humano, mamãe. Eu amo a senhora e sinto tristeza igualzinho às pessoas de verdade, por isso devo ser humano... Não é mesmo?

Superbrinquedos em outras estações

Refugo era uma cidade esparramada nas cercanias do centro da cidade. David foi para lá, levado por um enorme Fixer-Mixer. O Fixer-Mixer tinha vários braços e mãos de dimensões diferentes. Mantinha-os todos bem guardados na carapaça enferrujada. Caminhando sobre pernas de aranha extensíveis, era um gigante perto de David.

No trajeto, David perguntou:

— Por que você é tão grande?

— O mundo é grande, David. Por isso eu sou grande.

Depois de um silêncio breve, o garotinho de cinco anos disse:

— O mundo ficou grande depois que a mamãe morreu.

— Máquinas não têm mãe.

— Fique você sabendo que eu não sou máquina.

Refugo ficava no fim de uma ladeira íngreme, parcialmente oculta do mundo humano circundante por um muro alto de tijolo vazado. A rua que levava a essa cidade de restos era larga e de trânsito fácil. Lá dentro, tudo era irregular. Formas estranhas estavam na ordem do dia. Muitas se mexiam, ou podiam se mexer, ou poderiam, talvez. As cores eram muitas, algumas exibindo letras ou numerais gigantescos. Marrom-ferrugem era o tom predominante. Elas, as formas, se especializavam em arranhões, grandes amassados, vidros espatifados, painéis quebrados. Amontoavam-se em poças e vertiam ferrugem.

Essa era a terra do obsoleto. Para Refugo iam, ou lá eram jogados, todos os modelos antigos de autômatos, robôs, andróides e outras máquinas que não eram mais úteis para a ocupada humanidade. Ali estava tudo o que um dia já funcionara de alguma maneira, de torradeiras e facas elétricas de cortar carne a guindastes e computadores que só conseguiam contar até o infinito menos um. O pobre Fixer-Mixer perdera uma das garras e nunca mais conseguiria levantar uma tonelada de cimento.

Era uma cidade especial. Cada objeto atirado fora ajudava outro objeto atirado fora. Cada velho modelo de calculadora de bolso podia calcular alguma coisa útil, ainda que fosse apenas a largura necessária a uma pista entre duas pilhas de automobilidades sucateadas, para permitir a passagem de rolantes e motoceifas.

Um velho servitor de supermercado, todo esbodegado, tomou David a seus cuidados. Passaram a dividir a carcaça queimada de uma unidade de refrigeração.

— Você ficará confortável aqui comigo, até seus transístores queimarem — falou o servitor.

— É muita bondade sua. Eu só queria que o Teddy estivesse aqui comigo.

— O que tem esse Teddy de tão especial?

— A gente brincava junto, o Teddy e eu.

— Ele era humano?

— Era como eu.

— Só uma máquina, hein? Melhor esquecer o assunto, então.

David pensou consigo mesmo: "Esquecer do Teddy? Pois sim. Eu gostava mesmo dele". Só que a unidade de refrigeração era muito aconchegante.

Um dia, o servitor perguntou: — De quem você era?

— Eu tinha um pai chamado Henry Swinton. Mas ele parava pouco em casa, estava sempre viajando a negócios.

Henry Swinton estava viajando a negócios. Com outros três sócios, estava enfurnado num hotel de uma ilha dos mares do Sul. A suíte em que a reunião se realizava dava para as areias douradas da praia. Tamargueiras cresciam sob as janelas, as copas oscilando de leve com a brisa que diminuía a ardência do calor tropical.

O murmúrio das ondas quebrando na areia não penetrava a vidraça tripla à prova de som.

Henry e seus colegas tinham garrafas de água mineral e blocos de notas à sua frente. Henry estava de costas para a paisagem agradável.

Conseguira, por esforço próprio, chegar à diretoria da Worldsynth-Claws. Sua posição era superior à de todos os outros à mesa. Entre eles, uma em especial, chamada Asda Dolorosaria, se auto-elegera para falar em nome da oposição.

— Você está a par dos números, Henry. O investimento que você propõe para Marte não vai se pagar nem em um século. Por favor, seja razoável. Esqueça essa idéia maluca.

Henry retrucou:

— Ser razoável é uma coisa, Asda. Tino é outra bem diferente. Você conhece o volume de negócios que fazemos com a Ásia Central. A região do planeta mais parecida com Marte. Ali somos os donos dos mercados. Não há um único mecano na região que não tenha saído de nossas fábricas. Eu investi na Ásia

Central quando ninguém mais queria saber do assunto. Vocês têm de confiar em mim nessa questão de Marte.

— Samsavvy é contra — interveio Mauree Shilverstein, em tom seco. Samsavvy era o megasoftador Mk.V que, na verdade, controlava a Worldsynth-Claws. — Vai me desculpar. Você é brilhante, mas sabe o que Samsavvy acha. — Oferecendo-lhe uma imitação de sorriso, concluiu: — Ele não quer nem ouvir falar.

Henry abriu as mãos e juntou as pontas dos dedos, formando um arco de sabedoria.

— Tudo bem. Só que Samsavvy não tem a intuição que eu tenho. E minha intuição me diz que, se conseguirmos introduzir nossa sintassistência em Marte agora, o controle da produção de atmosfera ficará conosco. Em pouco tempo... bem, em meio século, digamos, a Worldsynth terá sua *própria* atmosfera. E isso é o equivalente a ter o próprio planeta. Todas as atividades humanas dependem da respiração, certo? Será que vocês não entendem isso? — E esmurrou a mesa de madeira garantidamente reconstituída. — É preciso ter tino. Eu construí essa empresa toda com base no tino.

O velho Ainsworth Clawsinski não tinha dito nada até ali, contentando-se em fitar Henry com um olhar resoluto. Ele era o Claws da empresa. O plugue no ouvido esquerdo indicava seu contato constante com Samsavvy. Mas, naquele momento, pronunciou-se da cabeceira da mesa.

— Foda-se o seu tino, Henry.

Os colegas, incentivados, fizeram coro.

— Os acionistas não raciocinam em termos de meio século, Henry — reforçou Mauree Shilverstein. Ela era uma das poucas que havia se inclinado na direção dos planos de Henry.

— Marte não tem valor para os investidores. Está provado — falou Asda Dolorosaria. — E eles estão trabalhando com mão-de-obra tibetana. É mais barata. E descartável, ainda por cima. O melhor é deixar os outros planetas de lado, Henry, e concentrar seu cerebrozinho neste aqui e na queda de dois por cento que tivemos nos lucros.

Henry ficou roxo.

— Esqueçam o passado. Vocês estão desatualizados, vocês três! Marte é o futuro. Ainsworth, com todo o respeito, você já está velho demais para pensar no futuro! Vamos fazer uma pausa e voltamos a nos reunir às três e meia. Mas prestem atenção... eu sei o que estou fazendo. Marte será nosso de bandeja.

Pegando seu bloco, saiu da sala com passos duros.

David descobriu que Refugo tinha uma Damos-Jeito-em-Você. E lá foi ele pelas vielas enferrujadas, até encontrar a oficina, situada num tanque de água estático, virado de cabeça para baixo, com uma entrada aberta do lado por um soldador. Dentro do abrigo ecoante, pequenas máquinas diligentes trabalhavam, remendavam, serravam e juntavam. Circuitos ainda válidos eram canibalizados, motores reformados, o velho ficava menos velho, o antiquado virava apenas velho.

E lá consertaram o rosto quebrado de David.

Lá também ficou conhecendo os Devlins Dançantes. Um encaixe na perna do Devlin masculino se deslocara. A sociedade de consumo o considerara sucata. Além disso, ele e sua máquina feminina, com seu número de dança movimentado, tinham saído de moda. Estavam ganhando menos dinheiro. Foram jogados fora.

O encaixe foi substituído. As baterias, recarregadas.

Agora Devlin (M) podia dançar outra vez com Devlin (F). Levaram David até o minúsculo cortiço deles. Chegando lá, executaram muitas e muitas vezes seu número alucinante de dança. David não se cansava de assistir. Adorou a apresentação.

— Nós não somos mesmo maravilhosos, rapazinho? — perguntou Devlin (F).

— Eu gostaria ainda mais se o Teddy estivesse aqui comigo.

— A dança é a mesma, meu caro, com ou sem esse Teddy.

— Não, vocês não entenderam...

— O que eu entendo é que nossa dança é muito boa, mesmo quando não tem ninguém assistindo. Antigamente, centenas de pessoas de verdade vinham nos ver dançar. Mas era muito diferente, então.

— É diferente agora — falou David.

A areia cedia sob seus pés. Henry Swinton chutou fora os tênis e deixou-os largados na praia. Caminhava às margens do oceano. Estava desesperado. Caíra de um altíssimo penhasco de sucesso.

Depois dos pífios resultados da reunião matinal, ele fora até o bar do hotel tomar uma bela e generosa dose de vodcalacta, a bebida do ano. "Vodcalacta — a saúde intacta". Os colegas evitaram-no. Em seguida tomara o elevador até o apartamento de cobertura que ocupava no hotel.

Peaches se fora. As malas também.

Seu perfume, porém, ainda não de todo varrido pelo arcond, continuava ali.

No espelho, rabiscara com batom LEIA SUA AMBIENT!!! DESCULPE E ADEUS! P

— Ela está brincando — pensou Henry em voz alta. Mas sabia que não. Peaches nunca brincava.

A Ambient já estava no canal particular da Worldsynth. Henry foi até o globo e o ligou.

SS MV.V. MENSAGEM PARA HENRY SWINTON. APOSTA DE MARTE INACEITÁVEL PARA ACIONISTAS. PROJETO SUPÉRFLUO PARA NOSSOS PLANOS FUTUROS.

POR FAVOR ACEITE UM OBRIGADO E APOSENTADORIA INSTANTÂNEA A PARTIR DE AGORA. ABERTO A NEGOCIAÇÃO SOBRE VALOR DO ACORDO FINAL, CASO NÃO HAJA ARGUMENTAÇÃO CONTRÁRIA. VER LEI DO TRABALHO 21066[A] CLÁUSULAS 16-21. ADEUS

O oceano que parecera tão brilhante e límpido da janela do hotel cuspia garrafas plásticas ao longo da praia, junto com peixes mortos. Henry acabou se atirando na areia, exausto. Engordara bastante nos últimos tempos, apesar da sua tênia Crosswell, e não estava acostumado a andar.

Gaivota nenhuma pousava naquela ilha. Mas andorinhas, havia aos montes. As aves voavam em círculos, no alto, de vez em quando dando um mergulho para apanhar um inseto no ar. Uma vez preso o inseto, o pássaro ia até os beirais do hotel para alimentar os filhotes que se esgoelavam no ninho. Depois voltava a esvoaçar sobre os dejetos que marcavam o encontro do oceano com a terra. Parecia não haver descanso para os pássaros.

Da perspectiva baixa de Henry, o hotel mostrava-se como que adernado. Fora construído na areia. Devagar, uma das extremidades estava afundando. Parecia um vasto navio de concreto em apuros num mar cor de sépia.

Sentia uma fúria de ódio contra todos que conhecia, todos que tinham cruzado seu caminho desde o início. O ronco surdo de garrafa plástica chocando-se contra garrafa plástica fazia o acompanhamento para sua raiva.

Cogitou matar Ainsworth Clawsinski, seu inimigo na diretoria já havia algum tempo. Ao fim e ao cabo, a ira virou-se contra ele próprio.

"Mas o que foi que eu fiz? O que tenho sido? O que tenho na cabeça? Um grande sucesso! Sucesso vazio... Sim, vazio. Eu apenas vendia coisas. Sou um vendedor, nada mais que isso. Ou *era* um vendedor. Comprando e vendendo. Deus meu, eu queria comprar *Marte*. Um planeta inteiro... Eu enlouqueci de cobiça. Estou louco. Estou doente, mortalmente doente. Com que ou com quem eu me importei a vida toda?

"Nunca fui criativo. *Pensava* que fosse criativo. Nunca fui um cientista. Não passo de um espertalhão. O que eu sei de fato sobre os mecanos que vendo... Ai, Deus, que fracasso, que tremendo fracasso que eu virei. Agora fui longe demais. Por que não vi antes? Por que não cuidei de Monica? Monica, minha querida... Monica, eu amava você, juro. E acabei lhe impingindo um filho de brinquedo. Filhos. David e Teddy.

"Bom, pelo menos David amava você. David. Pobre brinquedinho, seu único consolo."

"Deus meu, o que será que aconteceu com David? Quem sabe..."

As andorinhas gritavam no alto.

Um caminhão da prefeitura descia devagar a rua espaçosa que levava a Refugo. Uma vez transpostos os portões, virou seu focinho maciço para a esquerda, entrando no local conhecido como Praça do Lixo.

Automáticos começaram a inclinar lentamente a plataforma traseira. Uma série de robôs obsoletos, que durante longo tempo tinham servido o público trabalhando no sistema de transporte subterrâneo, escorregaram da carroceria. E despencaram no chão. O caminhão raspou o último robô, agarrado à tábua de trás, para a pilha.

Um ou dois se quebraram na queda. Um deles jazia de cara para o chão, balançando impotente um dos braços, até que outro mecano o ajudou. Juntos, afastaram-se pelas profundezas das vielas enferrujadas.

David correu para ver a comoção. Os Devlins Dançantes suspenderam o show e o seguiram.

Os robôs recém-chegados foram se dispersando, até que só restou um. Sentado na terra, agitava os braços para a frente e para trás, de maneira padrão.

Aproximando-se o máximo que a ousadia lhe permitiu, David perguntou ao mecano por que fazia aquilo.

— Eu ainda funciono, não funciono? Pois então, não funciono? Posso trabalhar no escuro, mas minha lâmpada quebrou. Minha lâmpada não funciona. Bati minha lâmpada numa trave. Tinha uma trave em cima. Bati minha lâmpada nela. O computador-chefe me mandou para cá. Eu ainda funciono.

— O que você fazia? Trabalhava no metrô?

— Eu trabalhava. Sempre trabalhei bem, desde que fui construído. Ainda trabalho.

— Eu nunca trabalhei em nada. Eu brincava com o Teddy. Ele era meu amigo.

— Tem alguma instrução? Eu ainda funciono, não funciono?

Enquanto essa conversa se desenrolava, uma limusine negra lustrosa entrou em Refugo. Havia um homem sentado no banco dianteiro. Baixando o vidro da janela, tirou a cabeça para fora e perguntou algo.

O que ele disse foi: — David? Você é David Swinton?

David foi até o carro. — Papai? Puxa, papai, quer dizer que veio mesmo me buscar? Na verdade Refugo não é meu lugar.

— Entre, David. Vamos fazer uma boa limpeza em você, em homenagem a Monica.

David olhou em volta. Os Devlins Dançantes estavam parados ali. Não dançavam. David disse adeus para eles. Os Devlins Dançantes não se mexeram. Não tinham sido programados para dar adeus. Não era a mesma coisa que se curvar para receber aplausos.

Assim que David entrou no carro do pai, começaram a executar o número de dança. Era o número predileto deles. Era o número que haviam apresentado cem mil outras vezes.

Henry Swinton não era mais um homem rico. Não tinha mais uma carreira. Não tinha mais mil mulheres à sua volta. Não tinha mais ambição.

Mas tinha tempo.

Num apartamento barato de Riverside, perto do rio, pôs-se a conversar com David. O apartamento era velho e maltratado. Uma das paredes desenvolvera uma gagueira. Às vezes mostrava uma vista falsa do rio em que barcos antigos movidos à roda, enfeitados com bandeirolas, subiam e desciam sem parar as águas que eram azuis. Às vezes mostrava um comercial de Preservanex, com um casal por volta dos cem anos executando lentos movimentos de cópula.

— Como é que eu posso não ser humano, papai? Eu não sou igual aos Devlins Dançantes nem a nenhuma das outras pessoas que eu conheci em Refugo. Eu sinto tristeza, sinto alegria. Amo as pessoas. Portanto, sou humano. Não é assim?

— Você não vai entender isso, David, mas sou um homem destroçado. Eu arruinei minha vida toda. Como as pessoas costumam fazer.

— A minha era boa, quando morávamos naquela casa com a mamãe.

— Eu disse que você não ia entender.

— Mas eu entendo sim, papai. Podemos voltar para lá?

Henry fitou com olhar melancólico o garotinho de cinco anos de idade parado diante dele, um meio sorriso no rosto marcado.

— Não se pode voltar nunca.

— A gente podia voltar na limusine.

Henry pegou o menino e segurou-o num abraço muito apertado.

— David, você foi um dos primeiros produtos a sair da minha primeira fábrica de mecanos — a Synthank. De lá para cá, você foi superado. Você apenas acha que sente tristeza ou alegria. Você apenas acha que gostava do Teddy e da Monica.

— Você gostava da Monica, papai?

Henry soltou um suspiro fundo.

— Eu achava que sim.

Henry colocou David no automóvel, dizendo-lhe que aquela obsessão com ser real seria considerada uma neurose se ele fosse humano. Havia alguns seres humanos que tinham doenças que os faziam imaginar que eram máquinas.

— Vou lhe mostrar.

Dos destroços da carreira de Henry Swinton, pouco restava. Uma coisa, entretanto, continuava intacta. Ainda sobrevivia, numa região desolada entre a cidade e os búrbios, a unidade de produção da Synthank, a primeira empresa de Henry, que não fora engolida por seus sonhos cada vez mais megalomaníacos.

Detivera o controle financeiro da Synthank. E seus produtos não tinham sido destruídos. Sobreviveram, ainda que num nível muito baixo de produção, supervisionados pelo velho amigo de Henry, Ivan Shiggle. Shiggle exportava os produtos da Synthank para os países subdesenvolvidos, onde, com sua simplicidade, eram bem-vindos como mão-de-obra adicional.

— Podíamos inserir cérebros melhores neles. Aí ficariam mais atualizados. Mas para que gastar esse dinheiro? — disse Henry, enquanto ele e o menino entravam no pátio da fábrica.

— Talvez eles ficassem contentes de ter um cérebro melhor — sugeriu David. Henry limitou-se a rir.

Shiggle saiu para recebê-los. Apertando a mão de Henry, baixou a vista para David.

— Um dos primeiros modelos. O que a Monica achou dele?

Henry não teve pressa de responder. Enquanto entravam no prédio, disse:

— Você sabe como é, a Monica era uma mulher meio fria.

Lançando-lhe um olhar de simpatia, Shiggle falou:

— Mas casou com ela, não casou? Gostava dela?

As luzes se acenderam quando entraram num corredor, passando por uma porta de vaivém de vidro. David seguia os dois humildemente.

— Claro, claro que eu gostava dela. Mas não o bastante. Talvez ela também não me amasse o bastante. Não sei. Minha ambição levou a melhor... ela devia achar difícil conviver comigo. Agora está morta, por causa da minha negligência. Minha vida está um caos total, Ivan.

— Você não é o único. O que foi que eu fiz da minha vida? Quantas vezes não me faço essa pergunta.

Henry pôs a mão no ombro dele.

— Você tem sido um bom amigo. Nunca me traiu nem se virou contra mim.

— Ainda está em tempo — disse Shiggle, e ambos riram.

Tinham chegado à linha de montagem, de onde os produtos saíam prontos para empacotamento e exportação. David adiantou-se, espantado, os olhos arregalados.

Viu-se diante de mil Davids. Todos iguaizinhos. Todos vestidos iguaizinhos. Todos de prontidão, iguaizinhos. Todos silenciosos, olhando para a frente. Mil réplicas de si mesmo. Sem vida.

Pela primeira vez, David entendeu realmente.

Então ele era isso. Um produto. Apenas um produto. A boca abriu-se. Parou estatelado. Não conseguia mais se mover. O giroscópio parou dentro dele. Caiu de costas no chão.

Na tarde do dia seguinte, Shiggle e Henry, em mangas de camisa, sorriram um para o outro e cumprimentaram-se com um aperto de mão.

— Eu ainda sei trabalhar, Ivan! Que incrível! Talvez ainda haja esperança para mim.

— Você pode vir trabalhar aqui. Nós vamos nos dar bem. Quer dizer, desde que o cérebro neural desse seu filho funcione.

David estava deitado na mesa de trabalho, entre os dois homens, ainda conectado por um cabo, aguardando o renascimento. As roupas tinham sido substituídas por material de estoque, o rosto fora corretamente remodelado. E recebera um tipo mais atualizado de cérebro, mas suas memórias anteriores foram mantidas.

Estivera morto. Agora era hora de ver se conseguiria viver outra vez e se iria gostar de ter um cérebro muitas vezes mais diversificado em seus poderes do que o velho.

Os dois amigos interromperam a conversa. E pararam em volta do corpo prostrado.

Henry virou-se para a figura parada ao lado, os braços bem abertos num eterno gesto de amor e boas-vindas.

— Está pronto para isso, Teddy?

— Estou, e também estou muito ansioso para brincar com David de novo — disse o urso. Era apenas um urso do estoque da unidade de produção, só que aparelhado com reexecução de memória. — Senti muita falta dele. David e eu nos divertíamos tanto juntos, antigamente.

— Isso é bom. Então, bem, vamos trazer David de volta à vida. Que tal?

Mas ainda assim os dois homens hesitaram. Tinham feito manualmente o que em geral era feito automaticamente.

Teddy sorriu satisfeito.

— Oba! Lá onde a gente morava antes era sempre verão. Até o fim. Depois virou inverno.

— Bem, agora estamos na primavera — falou Shiggle.

Henry pressionou o botão de carga. A figura de David teve um estremecimento. A mão direita puxou automaticamente o cabo de conexão e ele abriu os olhos.

Sentou-se. Levou as mãos à cabeça. Sua expressão era de espanto.

— Papai! Que sonho mais estranho eu tive. Eu nunca tinha tido um sonho antes...

— Bem-vindo de volta, meu garoto.

Com um abraço, tirou-o da mesa. David e Teddy entreolharam-se maravilhados. Depois caíram um nos braços do outro.

Foi quase humano.

Apogeu de novo

Acredite ou não, houve um tempo em que eu vivia num mundo diferente. Muito parecido com o nosso, mas um tanto diferente.

Uma das diferenças era a maneira como o sexo feminino se comportava. Nessa época, como aliás sempre quisemos acreditar, as mulheres tinham asas e voavam. As asas não eram iguais às dos anjos: pareciam mais um rabo de pavão, de aspecto frágil, multicoloridas, em tons que captavam e refletiam a luz do dia. E eram enormes: do comprimento de um gomo de fortebol. Ah, as mulheres pareciam tão lindas voando nuas lá no alto. Alguns rapazes até morreram, chocados com tanta beleza.

Devido à natureza da dieta que seguiam, o cocô delas era leve e flutuava delicadamente até o chão, quase um desafio à gravidade.

As mulheres moravam no topo de enormes colunas ocas, é preciso que se diga. Ninguém sabia quão antigas eram as colunas; ninguém que soubesse teria sido digno de crédito. Era nessas colunas que se apoiavam as plataformas. As mulheres, jovens e velhas, voavam de uma imensa plataforma aérea para outra — para aquelas imensas plataformas onde homem nenhum tinha permissão de pôr os pés. Claro que, como vou contar adiante, as mulheres voadoras desciam ao chão de vez em quando. Algumas casavam-se com homens. No dia do casamento, ou quando perdiam a virgindade, o que viesse primeiro, as penas caíam. A estrutura das asas murchava e morria. Daquele dia em diante, a mulher casada era obrigada a andar para se locomover. E a comportar-se como uma pessoa comum, que não pode sequer imaginar-se alçando vôo. Havia, nessa época da qual falo, quando o mundo estava escurecendo e o sol encolhendo, um ditado entre os homens: "Se Hallon quisesse que voássemos, ela não teria nos dado testículos".

Os homens que viviam no chão não possuíam crenças. Até mesmo a idéia de que havia uma Hallon viera das mulheres. Eles viviam o dia-a-dia, o que significava que achavam difícil imaginar qualquer coisa que não estivesse diante de seus narizes. Mas as mulheres tinham fé, bem ridícula por sinal, cheia de imaginações bizarras.

Segurando a genitália, elas costumavam recitar: "Acredito que nossa vida breve não é tudo. Acredito que, depois que nossas vidas acabarem, virá a escuridão. Acredito que os dragões voarão e nos comerão a todas, cada pedacinho nosso, inclusive estas partes úteis que tenho agora nas mãos".

Eram tomadas por arrepios deliciosos enquanto recitavam seu mantra, todos os dias ao anoitecer. Porque ao mesmo tempo que acreditavam, deixavam de acreditar. A idéia de dragões voadores soava tão — bem, meu caro, absurda, no fundo.

Claro que as mulheres tinham várias outras coisas com que se preocupar. Cantar era praticamente uma arte marcial. Limpar e arrumar as penas consumia boa parte do tempo. Exercitar as asas era obrigação diária. Contava-se que de vez em quando, à noite, duas mulheres operando em conjunto desciam sobre algum desavisado e voavam de volta com ele para sua plataforma, onde o dividiam. Nessas ocasiões, as asas não murchavam.

As mulheres cantavam sua felicidade lá no alto. Os homens ouviam fiapos da música. Alguns até morreram por causa disso, de tanto que amaram a melodia. Grandes amplificadores de lata batida tinham sido inventados para que a música pudesse ser ouvida com mais clareza. Os amplificadores eram obra dos amplifideiros.

Produtor de calor era uma profissão malvista. Ninguém podia inventar o fogo, uma vez que as chamas não tolerariam nossa atmosfera complexa.

O ofício favorito ao rés-do-chão em nosso planeta era o de ascendeiro. Os ascendeiros estavam sempre criando asas falsas que o comprador podia afivelar no corpo e com elas tentar chegar até as plataformas. Qualquer coisa para capturar uma daquelas beldades aladas! Mas apenas o jovem Boaventura tinha conseguido. Houve outros que chegaram às plataformas, mas as mulheres os repeliram com paus até que, exaustos de bater os braços, mergulharam rumo à morte no chão distante.

Assim é que as mulheres voavam livres, usufruindo as brisas, e os homens trabalhavam ou cuidavam de seus rebanhos. As mulheres voavam livres, ao encontro de um céu turquesa que aos poucos ia mudando de cor, mês a mês, adquirindo um tom de cinza mais funesto e depois de um vermelho empanado. As mulheres voavam livres enquanto o calor cedia lugar ao frio.

O ascendeiro Wissler era um homem que conhecia um pouco desses assuntos. Foi Wissler quem convocou uma assembléia e declarou pela primeira vez que o que ele chamava de Sfriação Gloubal estava acontecendo e que chegaria um tempo em que a atmosfera se congelaria, a menos que — ah, a menos que o *quê*? A questão foi muito discutida.

Por fim, ficou decidido que era preciso consultar as mulheres a respeito do assunto. Os grandes amplificadores de lata foram invertidos. Agora eram as mulheres que ouviam os sons vindos de baixo.

— Belas damas, estamos sofrendo terríveis mudanças em nosso mundo. O sol gloubal está se afastando. Antes que atinja a distância máxima, nosso ar se tornará um oceano. Assim dizem os sábios.

— E os sábios falam de dragões devorando o mundo.

— Como poderemos devolver o calor à nossa terra? Apenas pelo calor de nossos corpos. É por esse motivo que pedimos humildemente vossa permissão para que um determinado número de belos rapazes suba os dois mil degraus ocultos dentro de vossas colunas e entre nas plataformas. Ali, coabitarão convosco e, pela introdução do pingulim em vossos magníficos lares, entrarão em cópula convosco. A fricção resultante devolverá o calor a nosso sofrido mundo. Por caridade, dizei-nos que aceitais a oferta.

Risadas prateadas desceram do mundo superior. Vozes zombeteiras gritaram com desprezo. Algumas disseram:

— Boa tentativa, homens tolos! Mas não serão capazes de nos enganar!

Outras ainda berraram:

— Nós é que não vamos receber o bando de vocês aqui em cima! Nem pensar!

Assim foi que os homens voltaram a cuidar de suas ovílias e uacas.

O tempo começou a esfriar. Nossa atmosfera era composta de quatro gases. O gás a que dávamos o nome de espargo foi ficando agitado. Começaram a ocorrer tempestades estranhas. Embora não fosse possível respirar o espargo isolado, ele parecia facilitar nossa respiração. Mas esse gás começou a subir, de modo que estávamos todos, no chão, com dificuldades respiratórias. Quanto mais frio ficava, mais o espargo subia.

Quanto às mulheres lá em cima, estando nuas, sofriam tremendamente. As formosas asas perderam o brilho. As penas foram caindo até que a maioria já não podia mais voar. Por fim, quando o céu parecia ter se avermelhado para sempre e uma estranha névoa envolvia tudo, uma mulher mais velha, que ainda tinha asas, voou até o chão para convocar uma reunião com o ascendeiro Wissler e com os outros.

Ao se dirigir à multidão que se reunira para ouvi-la, disse:

— Falo em nome da maioria de nossas mulheres. Temos observado que o ar está ficando mais frio e que está mais difícil respirar. Portanto, propomos descer até o chão e apresentar nossos lares a vossos pingulins a fim de que ocorra conjunção carnal em massa e para que, com isso, possamos gerar o calor que devolverá ao nosso planeta o estado de felicidade em que se achava antes. Estamos cientes de que essa ação pode ser desagradável, mas não vemos alternativa. Os rapazes terão de cumprir seu dever, pelo bem da raça.

Não demonstrou surpresa quando os rapazes concordaram prontamente com a proposta. Muitos deram um passo à frente, apresentando-se como voluntários. Confessaram que os pingulins já estavam a postos para cumprir o dever de entrar em vários lares.

Foi acertado o dia, um tanto às pressas, na verdade, uma vez que o frio cada vez mais forte ameaçava produzir uma letargia terrível. O sol já era pouco mais que um olho congelado, quase sumido debaixo de sua pálpebra de nuvem eclipsante. Os homens estavam atordoados porque alguns animais dos quais dependia seu sustento já haviam mergulhado numa estranha catalepsia de que se viu que era impossível tirá-los.

As mulheres, no dia combinado, desceram os dois mil degraus de suas imensas colunas. Nenhuma podia voar. As asas inúteis raspavam nas paredes internas, à medida que desciam. Pendurados no rebordo dos imensos degraus, pelo lado de baixo, grandes objetos que lembravam lesmas balançavam no alto. Às vezes um ou outro se movia quando as mulheres passavam. Um ou dois chegaram até a estender rijas antenas oscilantes de camarão, como se mantivessem a procissão descendente sob vigilância.

Para as mulheres, o chão parecia muito escuro. Algumas sentiram medo. Os homens receberam-nas com tochas cheias de pássaros de fogo, embora se comentasse que os fachos não brilhavam com a mesma intensidade de antes. Aquelas coisas foscas, no entanto, foram suficientes para que os homens conduzissem as mulheres até o Grande Salão, onde quarenta camas rústicas tinham sido arrumadas, forradas com tapetes de cores vibrantes, vinte de cada lado da sala, com um espaço estreito no meio, por onde todos podiam entrar para tomar suas posições.

Quase todas as mulheres tinham pedaços de pano em volta do corpo, por causa do frio. Enquanto se despiam desses panos, os homens tiravam apressadamente seus trajes grosseiros. Depois apresentaram-se às parceiras. Alguns dos pingulins já estavam de prontidão. Outros precisaram de um pouco de persuasão. Soou o gongo — de notas um tanto tediosas. Os quarenta casais entraram nas respectivas camas, lado a lado. Beijaram-se e apalparam as partes principais uns dos outros, o pingulim, lar e tuti.

A um novo sinal do gongo, começou a fornicação em massa.

Oitenta traseiros moveram-se em uníssono. O aposento encheu-se de chope-chopes. Muita excitação e calor foi gerado. De fato, como comentou o atônito superintendente mais tarde:

— Gerou-se sêmen bastante para encher garrafas de late suficientes para alimentar todas as uacas do planeta.

A lógica do comentário dificilmente se manteria de pé a um exame mais rígido, ao contrário dos pingulins envolvidos.

Lá pelo final do evento, que durou um dia inteiro, os homens perceberam que preferiam a imobilidade. Estava ocorrendo um efeito neuroléptico. Um traseiro atrás do outro foi parando de mexer e se tornando tão imóvel quanto uma estátua. As mulheres desvencilharam-se e levantaram-se com dificuldade porque, elas também, se achavam propensas à paralisia. Passando por cima dos corpos inertes dos homens, deixaram o Grande Salão de Recreação e Cópula. E foi então que se depararam, de olhos semicerrados, com uma estranha visão.

Uma névoa densa muito azul, quase tão espessa quanto melado, cobria o chão todo, perto da altura dos joelhos, e continuava subindo. O ar era uma mancha de flocos de neve, repleto de ruídos estranhos, alguns rudes, outros musicais. A atmosfera estava se precipitando para fora. Agarrando-se umas nas outras em busca de apoio, em muitos casos com os panos do corpo esvoaçando ao vento feito longas caudas, as mulheres tomaram o caminho de volta para suas colunas.

Lutaram para conseguir entrar, lutaram para subir alguns degraus, até que uma estranha catalepsia tomou conta de todas. A última a entrar, dando uma espiada para cima, viu por uma brecha na nuvem que o sol, outrora tão amistoso, não passava de uma faísca distante.

— Nós entendemos errado — conseguiu falar. — Obrigada, Hallon!

O fenômeno do apogeu começou então a aumentar, a ocorrer mais velozmente, como se o próximo periélio não estivesse a vários milhares de anos de distância.

Qual uma lâmpada no céu atormentado, a lua apagou-se. Deixou de iluminar. Rolou morta em sua órbita. E a neve que caía desabou em longas varetas rodopiantes, em vez de flocos individuais. A densa névoa azulada tornou-se ainda mais espessa e foi ficando fluida, à medida que adensava. Em poucas horas, até mesmo o Grande Salão de Recreação e Cópula estava inundado. Apenas o telhado aparecia na superfície. Depois o próprio telhado foi tragado pelas ondas sombrias. Não houve nenhum grande grito saindo da garganta de homem algum: todos tinham se enamorado da escuridão, da submersão e dos silêncios vorazes da eternidade. E continuava a chover. E a inundação subiu pelas laterais das colunas.

E o que teria sido feito das mulheres dentro das colunas?

A mudança na atmosfera reduzira todas à catalepsia, bem ali, nos grandes degraus. Elas se encolheram em grupos, numa paródia de alguma catástrofe étnica, tornaram-se sólidas. Os pulmões pararam de trabalhar, os corações pararam de bater, o sangue parou de fluir. Os úteros, aquele receptáculo de um futuro distante, tornaram-se porcelana. E o que estava contido dentro daquela câmara de porcelana era uma coisinha minúscula e paciente, uma mera multiplicidade de células, satisfeita de esperar através dos séculos de gelo e escuridão, até que uma vez mais o planeta e o primário pudessem navegar em séculos de contigüidade.

Por cima dessas pilhas de maternidade mumificada, as conchas penduradas nos rebordos dos degraus davam sinal de vida. Havia coisas se mexendo, acordando de um longo sonho filogênico em que a noite era dia e o dia era noite, e em que todas as dimensões estavam contidas dentro do escroto de um camarão.

E os camarões foram despertados e levados, ainda semizonzos, para o alto, através dos cilindros inundados — para explodir finalmente gloriosos em seu ambiente propício e revivido, todo de escuridão fosforescente e ar refrescante de espargo. O espargo, com seu baixo ponto de congelamento, impelido pelos novos ventos, roçava o grande mar bojudo que, de vez em quando, espatifava e quebrava nas plataformas.

Abaixo deles, tudo era um oceano de velha atmosfera. Acima, tudo era um magnífico manto estrelado, como se a galáxia inteira fulgurasse com chamas recém-ateadas. Havia fogo, de fato, transformado em diamantes...

Os bigodes dos camarões cresceram ao ver e cheirar aquilo. Os corpos espicharam qual meias elásticas. Suas inúmeras pernas adquiriram altura, músculo e atividade. A cor ondulou ao longo de seus organismos ocos. Corriam soltando gritinhos de felicidade, rejubilando-se com o privilégio de estarem vivos, conscientes — *aerotransportados*. Ao correrem, suas asas brotaram feito flores gigantes, espalhando-se, batendo, agitando-se como pipas, levando seus frágeis corpos para o alegre espargo negro.

Quando os corpos subiram, também se alçaram os espíritos. O espargo estava iluminado de cores aceleradas.

E lá eles navegaram, a raça negativa, livre de informação, livre de conhecimento, livre de qualquer sabedoria exceto a de velejar nos ventos acima do oceano — da atmosfera que haveria de permanecer oceano por milhares de anos —, para espalhar suas sementes em grandes serpentinas perfumadas pelos zéfiros gelados, até surgir a alvorada solar e, uma vez mais, a luz refletida executar seus deveres para com as criaturas que existiam às cegas abaixo do oceano atmosférico.

Nenhuma das espécies sabia da existência da outra. Cada uma delas teve seu momento de felicidade. Para cada uma, a outra espécie não passava de um sonho.

Como eu disse, esse mundo era muito semelhante ao nosso, só que um tanto diferente.

I.I.I.

Boa noite. Dirijo-me a vocês na qualidade de representante visual da I.I.I., outrora conhecida como Companhia de Liquefação San Mondesancto, proprietária legítima do satélite Europa, o mais valioso do nosso sistema solar, localizado na área de Júpiter.

A história insigne de nossa empresa vem de longa data. Como é do conhecimento de todos, a San Mondesancto foi fundada na Terra em 1990. Sempre mantivemos uma política empresarial íntegra, assim como sempre fomos firmes adeptos do livre comércio. À época de nossa criação, quando fizemos a aquisição dos Sistemas Bancários de Xangai e do Oriente, o problema da falta de água em todo o planeta "ainda não era manchete", como costumávamos dizer então. Mas claro que a crise, já então iminente, era uma velha conhecida das várias agências governamentais dos países desenvolvidos. Nós formulamos nossos planos tendo essa questão em mente.

Durante os estágios iniciais, a Nasa fez uma descoberta notável. A Nasa, é bom que se lembre, era a National Aeronautics & Space Administration, predecessora da I.I.I., a nossa Indústrias Interplanetárias Internacionais. Como eu dizia, a Missão de Prospecção Lunar da Nasa detectou milhões de toneladas de gelo nas regiões polares da Lua.

Com as tecnologias limitadas da época, não havia a menor possibilidade de que esses campos gelados pudessem ser explorados. Foi aí que entrou em ação o gênio da San Mondesancto. Com a realização de investimentos criteriosos por meio de várias *holdings*, estabelecemos uma pequena frota de veículos espaciais operados por controle remoto. Sem carga humana, o custo desses veículos espaciais era relativamente baixo, o que possibilitou sua rápida entrada em operação nos dois pólos lunares. Estações de bombeamento começaram a funcionar de imediato, perfurando a profundidades de vinte e três metros.

Nesse ínterim, a falta de água doce na Terra começou a se agravar. Muitas regiões em países antes férteis ficaram reduzidas à condição de aridez ou semi-aridez, ao mesmo tempo que, mais importante ainda, as indústrias das nações ricas se viram prejudicadas.

A San Mondesancto ofereceu-se para fornecer aos países do G-7, de início, dois milhões de toneladas de água doce fóssil por semana, entregues em forma sólida, em troca dos direitos sobre as estações de dessalinização do mundo todo. Mediante uma série de contratos visionários, a empresa obteve o controle das principais fontes de abastecimento de água da Terra. A operadora neste planeta era nossa subsidiária, a Tubulability.

Por intermédio de mais uma de nossas empresas subsidiárias, a Irrigações Aéreas, outra estratégia muito bem-sucedida de ionização de nuvens nos permitiu obter o controle de noventa e um por cento das precipitações atmosféricas. Uma das primeiras vitórias foi a inibição das monções anuais, que poderiam reduzir países subjacentes a condições desérticas, a menos que nações prósperas como a Índia pagassem uma taxa marginal de uns poucos milhões de rupias ao ano.

Operando com cautela máxima e sempre dentro dos princípios democráticos e capitalistas, em meados do século passado a San Mondesancto já obtivera o controle praticamente total de todos os climas terrestres.

Todavia, os planos da empresa eram ainda mais ambiciosos. Sempre nos orgulhamos de nossa capacidade de visão.

Observamos, já desde o começo de nossas operações na Lua, que o gelo existente naquele satélite oferecia benefícios enormes à futura conquista de nosso sistema solar. Portanto, a San Mondesancto marcou presença em território lunar desde o início, ao lado dos principais fomentadores do desenvolvimento da região, operando com o nome Indústrias Interplanetárias Internacionais. Muitos dos melhores rapazes, moças e andróides sentem orgulho de fazer parte das fileiras da San Mondesancto.

Organismos vivos inusitados, alguns multicelulares, foram descobertos nos lençóis de gelo lunares. Organismos que foram pronta e silenciosamente exterminados para que o progresso e o desenvolvimento não fossem lesados. Alguns de nossos mais eminentes cientistas, no entanto, notaram que esses arremedos de vida alienígena continham a promessa de existência de outros alienígenas em outros corpos astronômicos, que poderiam ser utilizados como alimento em expedições futuras.

Do H_2O lunar, por um processo de hidrólise, o oxigênio foi separado do hidrogênio. O hidrogênio forneceu um dos combustíveis essenciais para os foguetes. O oxigênio proporcionou uma atmosfera respirável para veículos bitripulados. Esses veículos, usando o planeta Marte como trampolim, fizeram a longa jornada da Terra a Júpiter. Tem sido fonte de orgulho constante para nós que as aeronaves da San Mondesancto tenham sido as primeiras a chegar ao satélite Europa. Nosso slogan "A San Mondesancto chegou lá primeiro" é dessa época. É verdade que uma de nossas tripulações se perdeu nas banquisas de gelo, mas as outras duas sobreviveram e fizeram jus à afirmação.

Trabalhos preliminares de reconhecimento dessa lua confirmaram que abaixo da superfície gelada e fragmentada do Europa havia um oceano global. Medições sônicas indicaram que esse oceano tinha entre quinze e dezoito quilômetros de profundidade em certos lugares. Mais que isso, o efeito gravitacional do grande planeta gasoso que assomava listrado nos céus do Europa provocara um aquecimento considerável desse mesmo oceano.

Fendas e brechas entre as banquisas de gelo exibiam uma exuberante vida de criaturas semelhantes ao krill, de pouco menos de dois milímetros de comprimento. Quando cozidas e cautelosamente degustadas, mostraram-se comestíveis, ainda que um tanto insossas. Durante esses testes alimentares, uma gigantesca cabeça surgiu do gelo. De linhas aerodinâmicas, tinha o pêlo grosso e branco, com narinas rosadas frementes e longos bigodes. A impressão geral era de um cruzamento de golfinho com filhote de gato.

Um relatório feito na época — censurado por não estar confirmado e ser inconveniente — asseverava que a criatura batia no gelo como se estivesse enviando um sinal. Ela não vinha à superfície porque sua permanência em condições desprovidas de ar lhe teria sido letal.

A tripulação da San Mondesancto ficou alerta. Um homem, armado, aventurou-se a sair para inspecionar o animal de perto, mas ele desapareceu com um remoinho de água antes que pudesse ser capturado.

Na época, o brutamontes foi apelidado de *splunger*, e o nome pegou.

Esse incidente marcou o modesto começo das operações daquela que veio a ser a nossa principal companhia, a Latador, que em cinco anos se tornou a maior empresa de enlatados de todo o sistema, sem exceção.

Ainda falamos dos *splungers*, embora estejam agora extintos. Infelizmente foram varridos do mapa por causa de um excesso de pesca, assim como ocorreu com outros moradores das profundezas do Europa. Seja como for, *splungers* e krills alimentaram muitos bravos exploradores dos sertões do sistema solar, bem como os escravos que trabalham nas fábricas de Marte.

Durante esse período, o nome da San Mondesancto foi ultrajado em vários quadrantes pelo público mal informado. A fim de estabelecer melhores relações, o nome original da empresa foi tirado de circulação. Dessa época em diante, tornamo-nos mais conhecidos como I.I.I., Indústrias Interplanetárias Internacionais.

Somente quando Tritão, a lua de Netuno, foi alcançada, é que se descobriu outra fonte de alimento. E, de novo, foi uma descoberta da I.I.I. Os *flabbers* tinham claramente uma linguagem própria, com a qual tentaram ao máximo se comunicar, embora o Q.I. dessas criaturas tivesse sido considerado baixo. Só muito depois é que a extraordinária cidade que construíram, conhecida dos homens como Cidade Definitiva, foi descoberta. Inteligentes ou não, os *flabbers* com certeza eram bastante saborosos e muito ajudaram a humanidade — graças à poderosa subsidiária da I.I.I., a Latador.

No momento, a primeira estrelonave I.I.I., que ostenta o logotipo da I.I.I., está sendo lançada da órbita de Plutão. Ela levará a civilização humana para os confins da galáxia — e o nome e a fama da I.I.I. para as próprias estrelas.

Obrigado pela atenção dispensada, senhoras e senhores.

A velha mitologia

Os escoantes enredavam-se pelos altos muros de todas as urbolméias. Centenas, milhares, interromperam por instantes o vaivém e ergueram a vista, deliciados, invejosos ou catatônicos, para o radiante rosto feminino que cintilava nas paredes desprovidas de janelas. O urbocondutor inteiro faiscava com os olhos, o nariz atrevido, as gengivas rosadas e os dentes imaculados de DoraDeen Englaston.

E ela falou.

— Em breve serei Dia, apenas Dia! Estou tão empolgada com tudo isso e com a sorte tremenda que tive. Cá estamos nós, no primeiríssimo dia do maravilhoso século XXII e eis que eu tiro a sorte grande! Ganhei o primeiro prêmio na competição. E vou ser transportada no PDT, o fabuloso Projetor de Deslocamento Temporal. Minha nossa!

Zum, zum, fez o mecaolho até quase se perder entre aqueles lábios tenros cor de carmim, aconchegando-se na épica epiglote.

— O PDT vai me mandar de volta a um lugar de minha preferência, onde aparecerei na pele da pessoa escolhida por mim, no período que eu determinar. Não é uma gracinha, isso? A máquina está sendo ligada neste momento.

DoraDeen era atriz de uma supernovela. Não lhe restava nem mais um único osso verdadeiro no corpo. Corpo que começou a se contorcer à medida que o PDT ganhava velocidade.

— Minha nossa, é uma sensação tão estranha. Estou definitivamente a caminho agora... — Os horizontes de eventos de tempos idos passavam por ela velozmente. — Ah, sim... Credo, ali vai o Império Britânico. E... santo Deus, os romanos! A Grécia! E aqueles, quem são? Os cíntios? Nunca ouvi falar deles...

A voz já estava bem sumida, a imagem nas paredes do urbocondutor bem mais reduzida.

— Ah, que bom poder escapar dos horrores de meu próprio século, da comercialização, dos tiroteios, das tinturas de cabelo, das drogas. E, acima de tudo, das tristezas da vida em família. Ora, é por isso que estou voltando para o eolítico, quando o mundo era novo, antes de a gente começar a enredar. Quero pertencer a uma família qualquer de gente decente da Idade da Pedra, com um pai bondoso e uma porção de irmãos carinhosos. Existe um novo horizonte de justiça mais à frente... transbordando de amor, repleto de valores tradicionais...

A voz de DoraDeen foi sumindo até desaparecer por completo. Lá embaixo, recomeçou a correria doida.

À volta toda, estendia-se uma imensa floresta. Homem nenhum seria capaz de dizer onde ela terminava. As grandes árvores se sucediam até que, fileira por fileira, chegavam aos oceanos.

De vez em quando viam-se pequenas comunidades. Numa delas, os porcos fuçavam e grunhiam, amarrados pelas pernas a algumas varetas. Suas vidas eram tão frugais quanto a de seus senhores humanos. Resmungavam sua aversão à domesticidade.

Onde antes havia a clareira existe agora um entroncamento de rodovias que abarcam imensas distâncias, no qual há vários postos de abastecimento e urbocondutores gigantescos. As borboletas se foram, juntamente com as florzinhas de olhos azuis. Muita coisa mudou — mas não a vida familiar que Dora-Deen tanto queria.

Harmon arrumava-se, preparando-se para o festim. Seus filhos tinham declarado que a festa seria uma celebração de seu poder. Aparou as suíças com a borda de uma concha. Ungiu os ombros com óleo espremido de uma erva rara. Prendeu uma pena luminosa no cabelo. Vestiu uma túnica nova, amarrando-a de forma a cobrir-lhe a barriga e as regiões inferiores. Estava um lorde, sem tirar nem pôr.

Depois pôs-se a caminho, andando rigidamente.

As nuvens se acumulavam no alto. O dia ainda mal começara a ser gasto. O Deus Sol esparramara diversas camadas de névoa sobre o chão. As brumas retrocediam à medida que Harmon avançava rumo ao local do encontro. O canto constante dos pássaros foi interrompido por uma nota longínqua de trompa.

Na clareira, fora erigido um trono de madeira. As três filhas de Harmon tomaram seus lugares ao lado do trono, decorativamente postadas uma de cada lado. Tinham pouca idade, as moças, e menos roupa ainda. Nos cabelos penteados com refinamento ostentavam flores cor de laranja e, nos pêlos que lhes cobriam o monte de Vênus, pequenas flores azuis a primeira e pequenas flores rubras a segunda. A terceira, chamada Dia, trazia um ramo de louro nas partes vitais.

A filha escura atendia pelo nome de Via, a loura pelo de Roa. Cumprimentaram o pai com acenos formais. Como fez também a morena, de nome Dia, um tanto indecisa, porque já fora DoraDeen, mas fazia tanto tempo que até parecia um conto de fada.

Harmon parou. Pressentindo perigo, segurou com firmeza o cajado que levava. Olhou em volta, movendo a velha cabeça de grenha hirsuta de um lado a outro. Não parecia haver motivo para alarme.

Devagar, aproximou-se do trono. Beijou primeiro Roa, depois Via e em seguida Dia, no rosto. As moças não demonstraram emoção; apenas Dia pensou consigo mesma: "Que divertido, isto! Puxa, de volta à Idade da Pedra, com minhas novas irmãs! Já estou entrando no papel". Elas inclinaram o rosto para receber os beijos ásperos. Harmon juntou as dobras da túnica em volta do corpo e sentou-se no trono — que até recentemente fora um toco de árvore.

Mais um toque de trompa.

Ele falou às filhas com um quê de impaciência na voz:

— Onde está a festa para a qual meus filhos me convidaram?

— Só mais um pouco, pai — falou Roa. — Tente ser paciente.

— Logo receberá tudo o que merece, pai — disse Via.

— Está para acontecer alguma coisa — pensou Dia. E estremeceu de leve.

De diferentes partes da imensa floresta surgiram três rapazes. Vinham de braços estendidos à frente, à maneira de quem traz oferendas, e sobre os braços carregavam uma espada, uma adaga e um machado.

Aquele que levava a espada tinha o nome de Voundrel.

Aquele que levava a adaga tinha o nome de Cedred.

Aquele que levava o machado tinha o nome de Aledref.

Aledref, Cedred e Voundrel vestiam apenas uma tanga; na cabeça, traziam capacetes de couro negro adornados de chifres. Aledref portava uma trompa pendurada ao ombro. Esses eram os filhos de Harmon, jovens, ferozes, alertas.

Aproximaram-se do pai. As armas, depositaram a seus próprios pés. Curvaram-se para Harmon, que os recebeu com cortesia.

— Então, meus filhos, eu os saúdo calorosamente — grunhiu Harmon, com ar mais descontente do que sugeriam suas palavras —, embora estejam atrasados. Que cerimônia é esta? Eu esperava ser festejado com comidas e ânforas de vinho. Por que me trazer armas quando o que quero é uma virgem? Por que me trazer expressões como as que me exibem, feições sem alegria?

— Nós viemos matá-lo, pai — disse Aledref.

— Nossas armas são para a morte, não para a celebração — falou Cedred.

— Mas primeiro ouviremos o que tem a dizer — completou Voundrel.

— Dizer? Eu não tenho nada a dizer! — rugiu Harmon. — Não ousem falar em me matar! Sempre fui um bom pai para vocês. E para as meninas. Alimentei a todos. Limpei os traseiros sujos de vocês quando eram bebês. Carreguei-os nos ombros quando eram pequenos. Deixei que vivessem à minha volta. Ensinei-os a correr, a lutar. Contei-lhes histórias de minha juventude, de como matei aquele dragão.

Cedred disse:

— O senhor nunca matou dragão nenhum. Aquilo foi pura invenção.

— Filho, você não sabe o que coragem nua e crua significa. Por Jarl, que vida você resolveu levar, que grande aborrecimento você foi! Perturbando meu sono, estragando minhas sestas, arruinando minha vida amorosa. Até quando eu conseguia que sua mãe deitasse e...

— Não queremos ouvir isso — gritou Aledref.

Harmon apontou um dedo trêmulo para ele.

— Ah, você pode botar banca, Aledref, mas você foi o pior de todos. Um menino cretino, arrogante! E no entanto me sacrifiquei durante anos pelo seu bem-estar.

Aledref falou com um tom de voz gelado:

— Nossa queixa não é contra o que fez ou deixou de fazer, pai, e sim contra o que o senhor é.

— É mesmo? E o que sou eu, exatamente, segundo essas cabeças-duras de vocês?

Cedred respondeu, a voz tão fria quanto a do irmão mais velho.

— O senhor é uma nulidade, pai. É disso que mais nos ressentimos. E é por isso que vamos matá-lo.

— Eu? Uma nulidade? Ora, seus idiotas, eu sou a fonte da vida de vocês. Sou conhecido por toda parte pelas minhas habilidades marciais. Por acaso nao rio, choro, sangro e mijo com alguma força e esplendor, entre muitas outras coisas? Uma nuli... o quê? Nunca ouvi tamanho absurdo. Cá para mim, acho que vocês três juntos não servem também para muita coisa! Pois não fui eu o inventor daquela máquina de voar?

— Ela despencou, pai — disse Aledref.

— Porque você não bateu as asas com velocidade suficiente.

— Chega de conversa, pai — falou Cedred, olhando de lado para Aledref, em sinal de aprovação. — O senhor está cheio de vento como sempre. Agora é hora de matá-lo.

Voundrel interveio, dizendo:

— Deixemos que nosso pai faça um último sacrifício ao Deus Sol antes de morrer.

— O Deus Sol que vá se catar — rugiu Harmon. — Eu quebro a cabeça de vocês com meu cajado se ousarem se aproximar. — Virando-se para as filhas, Via, Roa e Dia, falou: — O que vocês acham que a pobre mãe de vocês, agora falecida, diria se pudesse ouvir essas impertinências, meninas?

Via riu.

— Oh, ela diria "Quem sai aos seus não degenera", eu acho.

— Você nunca levou nada a sério, sua peste — falou Harmon. Virou-se para Roa: — Tem algo de bom a dizer sobre mim, Roa querida? Você bem sabe que eu sempre gostei mais de você do que das outras.

— Verdade, papai? Ainda assim esqueceu meus aniversários. Sempre estava fora quando eu precisava do senhor, nem chegava perto de mim quando eu estava doente...

— Você sempre foi uma criatura cheia de doenças.

— Doenças? Eu estava era subnutrida. Você sempre deu preferência a esses três grandes porcalhões insaciáveis, sempre me obrigou a servi-los, a limpar a sujeira que faziam, mesmo que fosse óbvio, sempre foi óbvio, que eu era muito mais inteligente do que eles. Quem foi a primeira pessoa que teve a idéia de cozinhar e temperar a carne com ervas? Ora, fui *eu*, claro!

— Quem teve a idéia das ervas foi a mamãe — interveio Dia, em voz baixa, cumprimentando-se pelo comentário.

— A mamãe! — exclamou Roa com nojo. — A mamãe... o que ela fazia na vida? Uma inútil. Pessoalmente, pai, desconfio que resolveu se casar mais por causa da *burrice* dela... Na verdade, no fundo, precisava de alguém que fosse mais burro ainda que o senhor. Não admira que seus filhos tenham saído uns poltrões.

— Olha só quem fala! — exclamou Aledref. — Quem foi que acidentalmente sentou numa jibóia? Quem foi que inventou os vestidos? Quem foi que caiu no rio e teve de ser resgatada quando criança?

Roa retrucou irada:

— Eu caí porque você soltou de propósito a minha mão quando eu estava debruçada na margem. E o que eu estava fazendo? Tentando ensiná-lo a fazer cócegas numa truta! Mas não, você e os outros dois paspalhos nunca conseguiram aprender a arte, assim como jamais conseguiram aprender a pescar com uma linha. Quanto a...

— Parem! — trovejou Harmon. — Calem essa boca já, já, todos vocês! Que coisa, estão sempre brigando. Sempre brigando. Vai ser assim até o fim. Vocês todos são é uma grande amolação. Todos juntos transformaram minha vida num inferno. Nunca mais me casei porque vocês estavam sempre grudados em mim.

E assim a discussão continuou. O Deus Sol ergueu-se, pálido e estiolado, enquanto a família remexia e revivia velhos ressentimentos. Uma vez, veio o silêncio, quando os filhos de Harmon se deitaram na relva úmida, tentando se lembrar de velhas queixas.

Foi Harmon quem, debruçando-se sobre o cajado, se levantou, com um suspiro fundo, sacudindo a terra da túnica.

— Bom, velho ou não, vou-me embora. Vou deixá-los todos entregues à própria sorte. Vou gozar de uma vida de verdade, em meus últimos anos.

Aledref apanhou o machado que ficara a seus pés a manhã inteira.

— Não vai escapar de nós assim tão fácil, pai. O senhor quer é ficar perambulando em algum lugar, tentando estragar nossas vidas. Mas acabou! Estão prontos, rapazes?

Voundrel ergueu a mão.

— Não, não sejamos tão apressados, Aledref. Quer dizer, se pensarmos bem, o pai tem uma certa razão, quando diz que a gente vive brigando. Eu queria só saber...

— Mas nós não vivemos brigando — Cedred exclamou. — Vocês é que vivem brigando. Quando foi que eu impliquei com vocês? Eu sempre fico de bico calado, do contrário Aledref me dá uns cascudos.

— Eu não lhe dou uns cascudos faz anos!

— Mas você é meio metido a valentão, admita.

— Não sou, não. Sou seu protetor, isso sim. Quem foi que lutou com aquele mandril, a semana passada?

— Eu estava tentando transformá-lo em animal de estimação.

— Ai, Jarl! Que dois energúmenos! — exclamou Voundrel, interrompendo o diálogo. — A Roa tem razão. Sem dúvida, vocês se comportam feito paspalhos. Ela é mais inteligente... e com certeza mais bonita.

Roa jogou um beijo para Voundrel.

— Venha para minha cama de novo esta noite, caro irmão! — disse ela.

— Certo, já basta! — falou Harmon. — Declaro a reunião encerrada. Está quase na hora do almoço. Vamos andando. Via, vá preparar alguma coisa simples para nós. Não se esmere muito. Nada de iguana com cotovias entuchadas na goela. E que tenhamos todos uma tarde agradável. Por que não descem até as margens do rio, sem brigas, todos amigos?

Ao ouvir essas palavras, Aledref empunhou imediatamente o machado e Cedred, sua adaga. — Você não escapa assim tão facilmente. Nós vamos matá-lo, sua nulidade! Agora mesmo!

Via deu um salto à frente, agitando as mãos em desespero. Parou na frente do pai, enfrentando os irmãos.

— Esperem! Eu sei que talvez o pai mereça ser morto, por todas as coisas horríveis que fez, e pelas boas coisas que deixou de fazer... como por exemplo, pelo menos no meu caso, não me dar instrução. Mas podiam ao menos ter a bondade de matá-lo com honestidade. Esqueçam essa história de nulidade. Nós somos todos umas nulidades. Ah, somos sim, Aledref. Do contrário, por que estaríamos ainda morando nesta floresta miserável? Por que eu não tenho uma flor decente para pôr no cabelo?

— Nós somos um pouco primitivos — falou Dia, rindo nervosamente. Os outros a ignoraram.

— Jarl do céu, essa mocinha não dá folga! — falou Aledref, zombando de Via. — Saia do caminho, querida, ou corre o risco de morrer junto.

— Se quiser entrar na minha cama de novo esta noite, é melhor ouvir o que eu tenho a dizer — Via disse a ele.

Exibindo os quadris, foi até o pai e altivamente colocou um braço no ombro do velho.

— Pai, esses rapazes tolos são incapazes de lhe dizer por que estão prestes a matá-lo; eles têm uma capacidade limitada de análise. Por isso *eu* vou lhe dizer. A verdade é que, não importa o que façam, se sentem sufocados pela sua presença. Eles nunca poderão ter uma vida madura enquanto o senhor estiver aqui. Talvez o senhor seja uma nulidade, talvez não seja, mas é a sua vida, o fato de existir na Terra, o que sufoca a existência deles.

Harmon encolhera-se no trono improvisado, diante da ameaça dos filhos. Mas já estava recuperado. Respondeu à filha com calma, em voz baixa:

— Não, isso não é verdade. Eu não sufoco a vida de ninguém. Essa "sensação de sufoco" é uma expressão da própria incompetência deles. Não tem nada a ver comigo. Na verdade, eu sou a esperança deles, de todos vocês. De Aledref, de Cedred, de Voundrel, de Roa, de Dia e sua, minha boa Via. Porque quando eu for trespassado pelas flechas do Deus Sol, quando tiver partido deste mundo para os braços Dele, então vocês descobrirão Seu olhar posto em vocês. A geração de vocês será a próxima a partir. Enquanto eu estiver aqui, andando, bebendo, suando, perseguindo mulheres, xingando, cagando, fazendo seja lá o que for que tanto desgosta vocês, poderão se sentir em segurança. Assim que eu me for, bem, aquelas flechas douradas estarão apontadas para os tristes corações egoístas de vocês.

Fez-se um grande silêncio após essas palavras. Até mesmo Aledref voltou seu olhar feroz para o chão, enquanto tentava pensar. Era como se já estivesse sentindo aquele arco dourado estirado e aquela flecha portadora da morte voltada na direção de seus órgãos vitais.

Dia juntou coragem para falar.

— Nós não podemos simplesmente matar nosso pai desse jeito. Tem de haver um julgamento justo. Além do mais, o que a mamãe não pensaria de nós? Vocês sabem que existe a possibilidade de que ela esteja nos olhando de... bom, de alguma outra esfera. Talvez esteja nos olhando bem agora... A minha teoria é que ela simplesmente virou uma corça e correu para a mata.

Roa riu zombeteira.

— Mais provável que tenha virado um hipopótamo!

Mas Dia não se deixou abater. Disse-lhes que havia um aspecto espiritual no que chamava de "toda essa conversa tola de matança". Disse-lhes que tinham de entender que o pai, se fosse assassinado pura e simplesmente, poderia se transformar numa ameaça ainda pior ao bem-estar de todos e mandar seu fantasma assombrá-los o tempo todo. Talvez o fantasma envenenasse o poço ou infestasse as choças com baratas.

Voundrel respondeu-lhe altivo que as baratas ainda não tinham se desenvolvido. As coisas que rastejavam por lá eram trilobites. E pisou num que passava.

Parecia a Dia haver ali certas condições que poderiam ser facilmente melhoradas. Quanto à questão de moradia, disse ela, era muito pouco saudável ter um fogo no meio da choça. O fogo soltava fumaça e a fumaça era ruim para eles. Pressionou os irmãos e perguntou-lhes por que não construíam uma lareira e uma chaminé, em vez de ficarem deitados sem fazer nada o dia todo.

— Estamos cansados — disse Cedred. — É a subnutrição.

— Não consigo visualizar essa tal de chaminé — falou Voundrel.

— Estou pensando em me casar — disse Aledref.

Harmon fitava pensativo os dedos do pé.

— Nunca mais me casei. Vocês viviam o tempo todo pendurados em mim, com seus comentariozinhos desairosos. Brigando sempre, brigando o tempo todo. Agora vou abandoná-los à própria sorte. Vou passar meus últimos anos vivendo minha própria vida.

— Minha nossa, minha santa Bárbara! — exclamou Dia. — Vocês são sempre assim tão cruéis uns com os outros? Vendo isso, começo a achar o século XXII uma delícia. Como será que eu faço para voltar para lá?

Via lhe deu um beliscão por falar bobagem. Dia caiu em prantos, o que serviu para fazer os outros rirem.

— Bom, eu já disse o que tinha para dizer. Agora estou indo — falou Harmon, com um suspiro, levantando-se.

Aledref barrou-lhe o caminho. Disse que enquanto o pai fosse vivo, estaria o tempo todo em algum lugar nas redondezas, fazendo os filhos se sentirem inferiores. Virou-se para os irmãos e passou um dedo sugestivamente pela garganta.

Voundrel lhe disse para esperar, afirmando que no fim das contas havia um pouco de verdade no que o pai dissera a respeito das briguinhas constantes.

Cedred negou que estivessem sempre às turras.

— De todo modo, são vocês que vivem brigando.

— E quando foi que eu briguei? — Voundrel perguntou,

com raiva. — Se eu não fico com a matraca fechada, Aledref bate em mim.

Aledref negou. Fazia anos que não batia em Voundrel. Cedred lhe disse que mesmo assim ele era um valentão.

Aledref negou isso também. Por acaso não fizera o papel de protetor de Cedred? Lutara com o mandril que estava atacando Cedred não fazia nem uma semana.

— O que você conseguiu foi assustar o bicho. Mas o que *eu* estava tentando fazer era domesticar o animal. Você está sempre se metendo na minha vida.

Voundrel estava deitado de costas, tentando compor uma corrente de margaridas com os dedos dos pés. Deu uma olhada de desprezo para os irmãos.

— Vocês são dois paspalhos, mesmo, sempre tagarelando. A Roa tinha razão quando disse isso. Ela é muito mais inteligente do que nós jamais seremos. Além disso, ela cheira melhor e tem uma cara melhor.

Roa mandou um beijo para Voundrel e convidou-o a ir para sua cama de novo, ao entardecer.

— Será que nós já não passamos por isso antes? — indagou Dia, sentindo-se desconfortável. A memória deles parecia ser alarmantemente curta.

Harmon bateu as mãos e declarou a reunião encerrada. Virando-se para Dia, ordenou-lhe que preparasse alguma iguaria com a qual vinha sonhando, por exemplo, lagartixa assada com tordos entuchados na goela. Dia recuou enojada à simples menção do prato. Assoou o nariz numa folha.

Quando Harmon se levantou, mudando, desajeitado, a posição do corpo de uma perna para a outra, Aledref apanhou o machado e Cedred, a adaga. Avançaram para o pai, chamando-o de nulidade e dizendo que estavam prestes a atacar. Via interpôs-se, protetora, entre o pai e os irmãos.

— Esperem! — disse ela. — Eu sei que papai merece tudo e mais um pouco. Não só pelas coisas ruins que fez como pelas coisas boas que deixou de fazer, tais como não me ensinar astronomia e não me dar instrução. Eu não faço idéia de quanto é dois vezes dois! Mas, no fim das contas, nós também somos nulidades, a raspa do tacho da evolução.

— Ah, mas isso não é verdade — interveio Dia. — Eu, pelo menos, não acho que seja verdade. Eu desconfio que somos o *homo erectus*. Mas talvez esse seja um beco sem saída...

— Pare de dizer asneiras — falou Aledref, empurrando a irmã para o lado. — Eu não sei vocês, meninas, mas eu surgi de um macaco, um macaco superior. Abram caminho, crianças, ou vão morrer também.

Via deu-lhe um chute na canela. — Acho melhor me ouvir, se quiser voltar para minha cama esta noite. Portanto, cale a boca! — Ela se virou para o pai, fazendo movimentos horripilantes com as mãos espalmadas ao lado da cabeça, para chamar sua atenção.

— Pai, esses cretinos dos seus filhos não ousam dizer os motivos verdadeiros que os levam a querer matá-lo, de modo que eu mesma digo. A verdade é que eles se sentem sufocados por sua presença. Sentem que não poderão levar uma vida madura até que o senhor esteja mortinho.

Com essas palavras, Harmon explodiu. Poucas vezes ouvira tamanho despropósito, disse ele. Jamais tentara sufocar quem quer que fosse — ao passo que, ele sim, sempre fora sufocado por seu pai. O problema é que eram todos uns incompetentes, essa é que era a verdade, e estavam procurando desculpas. Aliás, ele era a única esperança que tinham. A única.

— O quê? — exclamou Dia. — E a religião, não entra nesta história? Vocês devem ter alguma religião, por certo.

Harmon mandou que ela mantivesse o Deus Sol fora da discussão.

— Agora eu me vou — disse ele, ameaçando partir.

— Não, pai, por favor, espere — falou Voundrel, adiantando-se e pegando no braço de Harmon. — Eu não encaro a questão da mesma forma que Via. Há um fundo de verdade no que diz, mas ela não passa de uma moça e as coisas são mais fáceis para as moças.

— Pois sim, que são! — esgoelou Roa. — Seu porco!

Mas Voundrel não se intimidou e continuou, em voz baixa:

— Será que o senhor não percebe que enquanto estiver por aqui, se pavoneando, bem, Aledref, Cedred e eu não... bem, nós somos apenas *filhos*. Quer dizer, não somos nada além de filhos.

— Mas vocês são *meus* filhos! — falou o velho, orgulhoso.

— O problema é justamente esse. Nós queremos ser homens, não filhos.

— Vocês são homens. Homens muito débeis... De que está falando? — Harmon olhou enfezado para o filho. — Por que ainda não inventaram a psiquiatria?

— O que estou tentando dizer é que só conseguiremos nos sentir homens de verdade quando o senhor tiver partido desta terra. Matá-lo é necessário para que possamos viver como homens, livres, maduros, com o controle de nossos destinos...

— Em outras palavras, matá-lo é uma espécie de rito de iniciação — explicou Aledref. — Assim, ó! — Erguendo o machado acima da cabeça, desceu a lâmina sobre o ombro do pai, perto da orelha esquerda.

Harmon deixou escapar um grito. Tentou manobrar o cajado, mas Cedred avançou e enterrou-lhe a adaga na barriga. Ao cair para trás, seu cajado saiu voando pelos ares, caindo a menos de um metro dali. Roa apanhou-o, avançou e esmagou o crânio do pai com ele.

— Tome isso, por toda a sua malvadeza! — gritou.

Os três filhos, Aledref, Cedred e Roa, continuaram espancando o velho, que rolou de barriga para o chão. Ainda tentou se erguer, pondo-se de joelhos, mas eles o arrebentaram com o machado, a adaga e o cajado. Continuaram sua obra, xingando e ofegando, até bem depois de a alma de Harmon já ter partido para os braços do Deus Sol.

— Por Jarl, já basta — gritou Aledref, exausto. — Agora somos homens, nós três! — Depois de apertar as mãos de Roa e Cedred, sentou-se sobre o corpo retorcido do pai e limpou o suor da testa.

— Não sente aí, não! — gritou Roa. — Vai se sujar inteirinho de sangue e depois quem é que vai ter de lavar sua tanga?

Adiantando-se, Voundrel apelou para Aledref. — Bom, você conseguiu seu feito. Ao menos agora vamos ter a decência de comê-lo.

— Esqueça. Por acaso ele fez alguma coisa por nós quando estava vivo? — Virando-se para os irmãos e para Roa, Aledref estalou os dedos. Levantou-se, dando um empurrão em Voundrel.

Dia estava apavorada. — O horror, o horror! — gritava. — E pensar que minha família era batista.

Cedred e Aledref cortaram a cabeça e os órgãos genitais do pai e os enterraram numa clareira. Da barriga, retiraram os intestinos e os jogaram na floresta.

Voundrel ficou de lado espiando em silêncio, com o rosto pálido.

Via caiu no choro e saiu correndo da clareira. Aquela noite, preparando o jantar, com os olhos ainda turvos de lágrimas, apanhou acidentalmente uma erva venenosa para temperar o guisado. Todos adoeceram.

Quando o Deus Sol esparramou a colcha do alvorecer sobre o mundo, todos os filhos de Harmon estavam mortos. Mas da cabeça enterrada de Harmon nasceu a Árvore da Sabedoria e de seus órgãos genitais enterrados duas pessoas foram criadas, um homem e uma mulher. De seus intestinos, espalhados pela floresta, foi criada uma serpente.

O homem e a mulher, inocentes em sua nudez, olharam o mundo e o acharam bom. Pelo menos até aparecer a serpente. E aí nasceu um novo mito.

Sem cabeça

Uma imensa multidão preparava-se para assistir à autodegolação de Flammerion. O pessoal da televisão ensaiara quase todos os movimentos com ele para que o evento transcorresse sem tropeços. Calculava-se que um bilhão e oitocentos milhões de pessoas estariam assistindo: a maior audiência da televisão desde que a Coréia do Norte fora arrasada por artefatos nucleares.

Alguns optaram por assistir ao vivo. Os lugares no estádio, a preços altíssimos, haviam sido reservados meses antes.

Entre os privilegiados estavam Alan Ibrox Kumar e sua mulher, Dorothea Kumar, a lady Yakafrênia. Eles conversavam enquanto voavam para Düsseldorf.

— Por que cargas d'água ele vai doar toda a renda para o Crianças da Turcomênia, santo Deus? — exclamou Alan.

— Aquele terremoto pavoroso... Não está lembrado?

— Claro que sim, lógico. Mas o Flammerion é europeu, não é?

Como resposta, ela falou:

— Peça mais um gim para mim, está bem? — Ainda não lhe revelara que pediria o divórcio logo depois da decapitação.

A família real sueca reservara dois lugares numa das fileiras de trás. Achava que o país devia ser representado num evento que vinha sendo considerado — ao menos pela mídia — de grande importância. Já o governo da Suécia continuava furioso. Propusera um dos melhores locais de Estocolmo para a realização da autodegola, mas a oferta fora recusada pelo agente de Flammerion.

Felizmente, seis suecos, entre os quais duas mulheres, tinham se apresentado como voluntários para outras autodecapitações, a ser realizadas em Estocolmo ou, preferivelmente, em Uppsala. Designaram as instituições de caridade a que davam preferência.

A doutora Eva Berger comprara seu ingresso no dia em que as bilheterias abriram. Fora assessora de Flammerion e aconselhara-o a desistir de sua drástica ação por motivos de saúde. Ao perceber que não seria capaz de demovê-lo do propósito, implorou-lhe para que ao menos reservasse uma porcentagem dos lucros para o Instituto de Psicanálise. Flammerion retrucara:

— Estou lhe oferecendo meu exemplo psiquiátrico. O que mais você quer? Não seja gananciosa.

Mais tarde, a doutora Berger vendeu seu lugar por dezenove vezes o valor que havia pagado. Sentiu que sua integridade rendera bons resultados.

O irresponsável sobrinho da doutora Berger, Leigh, trabalhava como faxineiro no estádio de Düsseldorf. — Graças a Deus não estou de serviço esta noite — disse ele. — Vai estar uma bagunça danada. Sangue por tudo quanto é lado.

— É justamente isso que chama o público — disse-lhe o patrão. — O sangue leva consigo um simbolismo tremendo. Não é apenas um líquido vermelho, filho. Você já ouviu falar em lavar com sangue, em sangue azul, em sangue fervendo ou em coisas feitas a sangue-frio, não ouviu? Temos toda uma mitologia nas mãos, esta noite. É preciso que você trabalhe umas horas extras.

Leigh perguntou, com um tom velhaco, o que seria feito da cabeça depois que Flammerion tivesse terminado o trabalho. O patrão lhe disse que seria leiloada na Sotheby's de Londres.

Algumas pessoas estavam lucrando bastante com o evento, entre elas Cynthia Saladin. Vendera sua história para a mídia mundial. Quase todo mundo no globo estava familiarizado com o que Cynthia e Flammerion tinham feito na cama. Cynthia esforçara-se ao máximo para entreter e agora estava casada com um empresário japonês. Seu livro, *Teria a circuncisão feito Flammy perder o juízo?*, fora impresso às carreiras e estava disponível em toda parte.

Flammerion era razoavelmente bem-apessoado. Os comentaristas repararam no número de homens feios que haviam comprado entrada para assistir ao vivo à autodecapitação. Entre eles Monty Wilding, o cineasta britânico cujo rosto já fora comparado a um saco plástico amassado. Monty estava espalhando aos quatro ventos que sua película de exploração, *Problema à vista*, já estava em fase de montagem.

O Partido Verde protestou contra o filme, e também contra a auto-execução, declarando que aquilo era pior que o esporte da caça e que sem dúvida alguma daria ensejo a modismos. Os esportistas britânicos estavam igualmente em polvorosa. A decapitação coincidia com a final da Copa. LIGA PERDE A CABEÇA, dizia a manchete do *Sun*.

Havia outras pessoas na Grã-Bretanha igualmente irritadas com o que estava acontecendo no continente europeu. Entre elas, os que continuavam totalmente sem a menor idéia de onde ficava a Turcomênia.

Como muitas vezes acontece em épocas conturbadas, as pessoas recorreram a seus advogados, ao arcebispo da Cantuária e a Gore Vidal — não necessariamente nessa ordem — para obter consolo.

O arcebispo fez um excelente sermão sobre o assunto, lembrando à congregação que Jesus dera Sua vida para que nós pudéssemos viver e que esse "nós" incluía as pessoas comuns da Inglaterra, bem como os membros do Partido Conservador. E que agora surgia outro jovem, Borgo Flammerion, preparado para dar sua vida pelas crianças carentes da Ásia Central — se é que era ali que ficava a Turcomênia.

Era verdade, continuou o arcebispo, que Cristo não permitira que Sua crucificação fosse feita diante das câmeras de televisão, mas isso em razão de um mero acidente infeliz de cronometragem. As poucas testemunhas da Crucificação, cujas palavras chegaram até nós, sabidamente não eram confiáveis. De fato, havia a possibilidade (pelo menos esse tanto era preciso admitir prontamente) de que a coisa toda não passasse de história da carochinha. Se Cristo tivesse adiado o evento para um milênio ou dois depois, a fotografia teria fornecido um testemunho confiável de Seu auto-sacrifício e todos na Grã-Bretanha acreditariam Nele, em vez de apenas os parcos nove por cento atuais da população.

Enquanto isso, concluiu o arcebispo, devemos todos orar por Flammerion, para que o feito por ele planejado seja realizado sem dor.

Visivelmente contrariada com o sermão, a primeira-ministra britânica fez uma réplica ácida na Câmara dos Comuns no dia seguinte. Entre risadas generalizadas, disse que pelo menos *ela* não estava perdendo a cabeça. — Minha cabeça não está por um fio — pronunciou sob aplausos e gargalhadas gerais.

Acrescentou depois que o arcebispo da Cantuária faria melhor se ignorasse o que se passava na Europa e cuidasse da própria paróquia. Ora, pois se ocorrera um assassinato na Cantuária um mês antes, apenas. Fosse o que fosse que estivesse acontecendo em Düsseldorf, uma coisa era certa: a Grã-Bretanha estava saindo da recessão.

Esse discurso muito aplaudido foi feito poucas horas antes da apresentação pública de Flammerion.

À medida que o estádio se enchia, as bandas tocavam músicas solenes e antigos sucessos dos Beatles. Chegaram inúmeros ônibus de franceses de todos os sexos. Os franceses estavam especialmente interessados em *L'Événement Flammerion*, assegurando que o performático tinha descendência francesa, embora nascido em São Petersburgo, filho de mãe russa. Essa afirmação irritou alguns elementos da imprensa norte-americana, que ressaltaram também haver uma São Petersburgo na Flórida.

Um movimento retardatário estava surgindo para conseguir a extradição de Flammerion para a Flórida, onde ele seria legalmente executado por Intenção de Suicídio, agora uma ofensa passível de punição capital.

Os franceses, muito serenos, enchiam colunas e mais colunas de jornal com longas análises sob títulos como FLAMMY: EST-IL PÉDALE?. Camisetas exibindo o herói sem cabeça nem pênis estavam vendendo muito bem.

O país que mais lucrou com o evento foi a Alemanha. Já havia uma novela na televisão chamada *Kopf Kaput*, a respeito de uma divertida família da Baviera, cujos membros estavam todos muito ocupados comprando serrotes para degolas mútuas. Alguns telespectadores viram uma mensagem política em *Kopf Kaput*.

Tanto a Cruz Vermelha como o Crescente Verde desfilaram em volta do estádio. Eles já tinham se beneficiado enormemente com a publicidade. As ambulâncias do Crescente Verde eram seguidas de perto por caminhões cheios de jovens turcomenos vítimas do terremoto, cobertos de gazes ensangüentadas. Foram saudados com estrondo. Enfim, imperava um ar de festa.

Nos bastidores, as coisas estavam quase igualmente ruidosas. Bandos de simpatizantes e caçadores de autógrafo faziam fila para tentar ver o herói. Um outro grupo de homens e mulheres profissionais esperava ainda, mesmo em momento tão tardio, dissuadir Flammerion de seu ato fatal. Várias objeções ao evento foram levantadas. Entre elas estavam a repugnância moral ao próprio ato, seu efeito sobre as crianças, o fato de que Cynthia continuava amando seu homem, o temor de uma sublevação caso a lâmina de Flammerion não acertasse o alvo e se seria possível realizar o ato conforme o idealizado por Flammerion. Entre a vociferante turma do deixa-disso estavam os cuteleiros, ansiosos por oferecer lâminas mais afiadas.

Nenhum desses indivíduos, tampouco padres, agitadores e cirurgiões com ofertas para repor a cabeça depois da degola, teve permissão de ingressar no camarim ultravigiado de Flammerion.

Borgo Flammerion estava sentado numa cadeira de escritório, lendo um exemplar do *Almanaque do comerciante de galinhas*, uma publicação russa mensal. Quando adolescente, morara numa granja. Obtendo uma promoção, trabalhara uns tempos num matadouro, antes de emigrar para a Holanda, onde roubara uma doceira. Mais tarde, foi vocalista de um grupo chamado As Portas da Eclusa.

Vestia uma jaqueta bufante de lamê dourado, calções justos de zibelina e botas de cano alto, amarradas. Estava de cabeça raspada; aconselhara-se quanto a esse detalhe.

Sobre a mesa à sua frente havia um cutelo novo em folha, especialmente afiado por um cidadão de Genebra, representante da companhia suíça que fabricara o instrumento. De quando em quando, Flammerion lançava um olhar para o cutelo, enquanto lia a respeito de um novo método espantoso para a colheita de ovos. Os números de seu relógio digital marchavam na direção das oito.

Atrás dele, havia uma freira, Irmã Madonna, sua única companhia nos últimos tempos. Fora escolhida por ter feito uma peregrinação equivocada até Ashkhabad, capital da Turcomênia, acreditando estar viajando para Allahabad, na Índia.

A um sinal da freira, Flammerion fechou o jornal. Levantou-se e pegou o cutelo. Galgou as escadas com passos firmes e emergiu em meio à luz resplandecente dos holofotes.

Uma repórter da televisão norte-americana, trajada com um vestido vermelho-sangue, disse docemente: — Se seus planos imediatos para esta noite não incluem decapitação, sugerimos que você desvie os olhos do aparelho por alguns momentos.

Cessados os aplausos, Flammerion assumiu sua posição entre as marcações de giz.

Curvou-se sem um sorriso. Ao passar o cutelo para a mão direita, a lâmina cintilou sob as luzes. A multidão fez um silêncio de morte.

Flammerion desceu a lâmina sem dó, para que lhe fatiasse a garganta até a nuca. A cabeça caiu certinha do corpo.

Ele continuou de pé uns instantes, soltando o cutelo da mão.

A platéia demorou a aplaudir. Mas tudo transcorreu muitíssimo bem, considerando a impossibilidade de Flammerion fazer um ensaio geral.

Carne

— Ainda bem que a vaca foi totalmente extinta! — falou Coentro Avorry, no último ano do milênio.

Avorry participava da conferência de Peterborough, patrocinada pelo Órgão da Crise Ecológica, no final do século passado. Assumira fazia pouco a presidência da Associação OCE. Embora a declaração tivesse provocado aplausos, havia muitos participantes que achavam que a extinção total da vaca — e de noventa e nove por cento do rebanho ovino mundial — chegara tarde demais.

— Durante muito tempo — prosseguiu Avorry —, a agricultura viu-se dominada pelos argumentos de lucratividade e alta produtividade. A biotecnologia substituiu a compaixão. A prática agroindustrial acabou arruinando os chamados países em desenvolvimento, ou, a bem da verdade, em decadência. E por fim, nossa cobiça trouxe o desastre ao Primeiro Mundo.

Foi então que explodiu a bomba. Ela fora instalada debaixo do tablado. Muitos no salão de conferências ficaram feridos, alguns mortalmente, inclusive Avorry.

Sua filha, ela própria ferida levemente, correu para ajudá-lo. Jogou-se ao lado do pai, chorando ao ver os terríveis ferimentos.

Quem pusera aquela bomba? Podiam ter sido os Carnívoros ou, por outro lado, os Mortos-Vivos.

Consideremos a questão com frieza, se possível. Os Mortos-Vivos tinham por objetivo a ruína do Primeiro Mundo. A Fortaleza Europa já fora violada antes com a ajuda de bombas-H fabricadas na Índia e no Paquistão. Embora os Mortos-Vivos fossem em número relativamente pequeno, o fanatismo com que operavam não conhecia razão nem meio-termo. E viviam recebendo constantes reforços das fileiras do Terceiro Mundo.

Se bem que as dívidas do Terceiro Mundo tivessem sido rescindidas e empréstimos conciliatórios tivessem sido oferecidos. "Dinheiro de resgate!", bradaram as gargantas da África. Os Mortos-Vivos vinham de um mundo deslocado. Ali, literalmente bilhões de pessoas viviam e sofriam à beira da fome. Não tinham terra. Companhias poderosas compraram toda a terra para cultivá-la — saqueá-la — com fertilizantes, pesticidas e monoculturas inadequadas. De modo que os sem-terra e os deslocados só podiam obter comida em troca de dinheiro. E quando não puderam mais pagar... bem, a improvidência dos pobres era fato notório. Morreram por causa disso, malquistos e sujos.

E para onde ia a comida produzida na terra que fora deles?

Tomemos a Índia. Segundo as estatísticas fornecidas pelos Mortos-Vivos, quarenta por cento da terra agricultável do país estava sendo usada no plantio de forragem para os animais que eram abatidos e exportados. Uma outra porção das terras era empregada no plantio de soja — exportada para alimentar o gado do Primeiro Mundo. A velha Índia, por frugal que fosse, morrera. Seus agricultores pobres haviam se fiado no gado para obter adubo e tração. Agora os preços estavam fora do alcance da maioria. Esses agricultores e suas famílias tinham morrido — ou estavam fabricando bombas.

Esse era o histórico da maioria dos Mortos-Vivos.

Agora consideremos os Carnívoros. Segundo o argumento deles, se parássemos de comercializar a carne, a economia mundial entraria em colapso. Dessa vez, a afirmação tinha algum fundo de verdade, visto que o colapso era iminente de toda forma.

A imagem anódina que os Carnívoros apresentavam ao mundo mostrava o gado pastando placidamente em verdes campinas. Isso já se tornara uma fantasia muito antes do fim. A verdade é que aquelas criaturas sensíveis — não apenas o gado bovino como também o ovino, os porcos e os galináceos — já não eram mais animais e sim meras unidades de produção de carne, destinadas a percorrer o trajeto até os estômagos glutões do Ocidente da maneira mais rápida e barata possível.

Para manter essas unidades produtoras de carne saudáveis em sua curta existência, elas eram abarrotadas de penicilina. De tal forma que os antibióticos foram ficando cada vez mais ineficazes em sua tarefa de curar uma população cada vez mais doente. População cujo hábito de se empanturrar de carne acelerou o ritmo das doenças.

Foi assim que os Carnívoros, tão dedicados quanto os Mortos-Vivos, ainda que de maneiras diversas, armaram o palco para o desastre global.

E o que finalmente desequilibrou os pratos da balança? A ameaça que as investidas dos Mortos-Vivos representavam levou as populações rurais européias a se concentrar nos centros urbanos cada vez mais policiados. Nas florestas e bosques abandonados, o javali multiplicou-se. Calculava-se que os javalis chegassem a dois ou três milhões somente na França, Alemanha e Polônia. Casos de FSC — Febre Suína Clássica —

eram freqüentes e contaminaram os porcos de criação. Chegou-se inclusive a um ponto em que era uma indecência imaginar qualquer animal vagando sozinho pela mata.

Os governos alemão e francês tomaram para si a tarefa de desenvolver um vírus geneticamente controlado que foi em seguida espalhado pelas manadas selvagens do mesmo modo que, um século antes, a mixomatose fora disseminada entre as populações de coelhos. Governos vizinhos, reticentes quanto aos benefícios da biotecnologia, protestaram, mas de nada adiantou.

Os javalis morreram aos milhares e às centenas de milhares. Seus cadáveres permaneceram nas florestas, matos e campos. O vírus passou por uma mutação e infectou as ovelhas. E das ovelhas uma variante transespecífica contaminou os seres humanos.

Desde a Peste Negra que não sobrevinha tamanha devastação à raça humana. Cães e gatos, bem como todos os outros animais de criação, morreram. As cidades superpovoadas eram o terreno ideal para a propagação do vírus.

O Terceiro Mundo teve seu momento de triunfo antes de ser, ele próprio, atingido. Entre as populações subnutridas, a FSC espalhou-se velozmente.

A economia mundial entrou em colapso, ruindo feito um velho desdentado.

Os poucos sobreviventes tiveram de se virar num mundo bem diferente. Era um mundo ainda mais difícil que o anterior. Mas uma coisa era certa: todos os homens se tornaram obrigatoriamente vegetarianos. Todo o rebanho fora dizimado.

Coentro Avorry sempre fora vegetariano.

Então, quem fora o responsável por sua morte? Os Carnívoros, tentando a todo custo restabelecer a velha ordem? Ou os Mortos-Vivos, tentando a todo custo destruir os resquícios da civilização ocidental?

O mundo estava caótico demais para que o crime pudesse ser solucionado.

Uma coisa era certa, como declarou a filha soluçante. Avorry estava morto.

Assim como as vacas.

Carne Faz Mal a Você. Ela Fez Mal ao Planeta Todo.

Nada na vida jamais é o bastante

Venho trazendo comigo pela vida afora os ecos de uma antiga peça. Era de manhã bem cedo quando, lá pelo final do inverno, pisei pela primeira vez naquela ilha mágica — naquela ilha mágica onde amei antes mesmo de saber o nome do amor. O sol, levantando-se tarde, ofuscou-me os olhos e lançou sombras pálidas em volta. Caminhei por um labirinto de luz e trevas alternadas, seguindo uma trilha entre as árvores que levava do pequeno porto de pedras até uma das construções arruinadas da ilha, uma casa ou castelo, encarapitada numa saliência e no entanto abrigada dos ventos norte por outra rocha um pouco mais alta, que se arredondava protetora por cima de seus rotos telhados e torres.

Segui adiante e ouvi um som que subia por sobre o estrondo das ondas quebrando na praia. Alguns passos mais e estaquei, à escuta. Uma jovem passeava em volta da casa, cantando, cantando por puro prazer. E que prazer senti eu! Seu vulto entrava e saía das sombras. Essa foi a primeira vez que vi Miranda, e a primeira vez que ouvi sua voz adorável.

Um arrepio curioso na pele acompanhou minha aproximação. Premonições conflitantes enchiam-me a mente. Estaria eu a caminho de um estranho encantamento ou estaria na verdade chegando em casa?

Nos últimos anos da década de 1960, a vida era muito diferente do que é agora. Larguei os estudos e saí de casa. Virei o que mais tarde seria chamado de *hippie*. Minha intenção, contudo, era levar minha própria vida, tanto quanto me fosse possível. Pensava que talvez pudesse me tornar poeta.

Minhas perambulações me afastaram para longe da casa de meus pais. Por fim, vi-me no Norte do país, numa região onde eram raras as moradias. Ali adoeci. Um casal que tinha um pequeno restaurante cuidou de mim até eu ficar bom. Ele se chamava Ferdinand Robson, ela, Roberta.

Essas duas pessoas aparentemente caridosas me contaram que também eles tinham escapado de uma vida pela qual não nutriam nenhuma simpatia, a vida das cidades industriais. Entretanto, quando vi o quanto trabalhavam para manter o restaurante funcionando, mais a pequena pousada que havia ali, concluí que os dois tinham se entregado a uma outra forma de servidão.

Ferdinand parecia pensar o mesmo. Seu ar melancólico assim sugeria. Aconselhou-me a ir para a costa, para uma ilha que existia por lá. Sugeriu que talvez eu conseguisse algum trabalho temporário.

— Quem morava na ilha? — perguntei.

A resposta veio ríspida:

— Apenas um autor. Mais ninguém.

E virou-me as costas, com uma expressão sombria no rosto.

Não consigo imaginar por que aquela informação, aquele olhar, me perturbaram tanto.

Quando eu arrumava minhas poucas coisas para partir, Roberta entrou em meu quarto, com seu rosto redondo e sua fisionomia zangada. Disse-me que o marido estava nervoso; que me devia uma explicação pelo comportamento ríspido. Protestei que não, mas ela me ignorou. Isso foi o que ela me disse, olhando fixamente para mim com seus olhos escuros assombrados.

— Não aposte jamais, meu jovem. Não aposte o que tem de seu. Não aposte dinheiro seu. Não aposte pessoas. Nem sua alma. Entendeu?

Minha resposta foi que não, que eu não tinha entendido.

— Como seria possível apostar pessoas? — perguntei.

— Se for louco o bastante, poderá apostar a vida delas. Não existe irresponsabilidade, não existe maldade maior que essa. Será que dá para entender isso, meu jovem?

Embora tenha resmungado que sim, que entendia, não entendi nem seu recado nem a intensidade com a qual me foi dado.

Depois de alguns momentos de silêncio, parecia ter recuperado o controle. Quando falou outra vez, estava mais calma.

— Veremos como você vai se sair naquela ilha, veremos. Você é jovem. Talvez ainda não compreenda que quando tomamos um caminho na vida, temos que abandonar todos os outros. E esses nunca mais se abrirão para nós. Mais tarde, podemos nos arrepender do caminho escolhido, mas é impossível voltar atrás. Tentar fazê-lo é desastre na certa.

Fiquei intrigado com a afirmação. Talvez eu fosse de fato, como ela dissera, jovem demais para entender. Perguntei-lhe se falava de amor.

— Não só de amor como também de muitos outros elementos que compõem a vida. — Pensou uns instantes, depois continuou, impetuosa. — Ferdinand, meu marido, já foi muito rico. Ganhava dinheiro especulando nas bolsas. Era um irresponsável. Fez um casamento equivocado no qual a mulher lhe deu um filho, um filho que cresceu para se tornar um rapaz malvado e dissimulado. Quando Ferdinand e eu nos conhecemos, ele procurou mudar de vida e de estilo de viver. O divórcio lhe saiu caro. Seus negócios faliram. Ele era dono da ilha para onde está indo.

— Compreendo — disse eu.

— Não, não compreende. — Ela se afastou de mim e debruçou-se no parapeito da janela, espiando os campos desertos. — No fim, teve de vender a ilha para comprar isto aqui, ao qual estamos acorrentados agora. Na verdade, ele apostou sua fortuna, o cretino. Ele tem esperança de que possamos um dia ganhar dinheiro suficiente para comprar de volta o que ele ainda acredita ser seu, aquela ilha. É uma bela ilha. Resta saber se conseguiríamos ser felizes por lá... Ele ainda espera poder se mudar para a ilha, antes de ficarmos velhos demais.

— E a senhora espera o quê, senhora Robson?

Ela me olhou com olhos duros. Percebi que achava o fosso a separar nossas experiências largo demais para poder ser transposto com alguma confidência. — O que *eu* espero pouco importa. Vamos, agora vá atrás do que *você* espera.

E deu-me um tapinha no rosto.

Quando cheguei à ilha, bem cedo pela manhã, o céu ainda estava raiado de nuvens vermelhas e douradas, a leste. Miranda estivera ordenhando uma cabra. Levava um balde de leite. Quando me aproximei, ela ficou imóvel, agarrada ao balde. Falou pouco, mal respondeu ao cumprimento, e levou-me pelos fundos até a cozinha. E foi assim que entrei na Prosperity House — como era ambiciosamente chamada a morada.

Havia poucos sinais de prosperidade ou modernidade. Entre outros inquilinos, o castelo fora ocupado, no século XVII, por monges que tinham construído uma pequena capela, agora em desuso.

A mocinha — achei difícil atribuir-lhe uma idade, mas desconfiava que não passasse de uma criança — levou-me até o pai, através de corredores onde quase todas as janelas estavam cerradas; apenas por uma delas o sol tivera permissão de entrar, para espalhar mistério, mais que luz, pelo corredor comprido. Numa porta distante, Miranda bateu timidamente nos gastos painéis da madeira. Uma voz abafada nos disse para entrar.

Ela me empurrou na frente.

Entrei no *sanctum sanctorum* da Prosperity House, um vasto aposento sombrio cujas paredes, forradas de tapeçarias de desenhos diversos, tornavam a sala ainda mais ampla e no entanto mais abafada. Num dos cantos, havia uma enorme escrivaninha, à qual se sentava um homem robusto e pesado, de barba, já passado da meia-idade. A sua frente, uma pilha de papéis em desordem. Ele não fez nenhum cumprimento, limitando-se a permanecer sentado, me olhando com ar de pouco interesse.

A filha, a exemplo do pai, não perdeu tempo com cortesias e foi direto até um reposteiro de tecido pesado que, ao ser puxado, revelou uma janela de face norte. Com a entrada da luz, em vez de a escuridão sufocante ser mitigada, o que aconteceu foi que a lâmpada de mesa pareceu iluminar com menos intensidade ainda.

Avançando até a escrivaninha, anunciei-me, dizendo que fora até lá para trabalhar temporariamente na ilha.

O homenzarrão ergueu-se, debruçou-se por cima da mesa e estendeu uma manzorra, que apertei um tanto hesitante.

— Eric Magistone — disse ele, com voz grossa.

Contemplou-me por sob as sobrancelhas antes de dizer à filha que me mostrasse as tarefas que me cabiam. Depois desabou de volta sobre a cadeira.

Miranda parecia um tanto perplexa quanto ao que me cabia fazer. — Você podia cortar um pouco de lenha, para começar.

Fiz o que me mandaram. Era engraçado receber ordens de uma criança, ainda que bela, sobretudo porque eu mesmo mal saíra da infância.

A casa fora outrora um castelo, construído para defender a costa da pilhagem de outros povos, especialmente dinamarqueses. Seu proprietário anterior, Ferdinand Robson, aumentara-lhe um pouco as dimensões, mandando construir mais uma ala e um jardim de inverno. Uma veneziana, arrancada durante uma borrasca alguns anos antes, estilhaçara o telhado de vidro do jardim de inverno, o que provocara seu fechamento e o conseqüente abandono em que agora se achava. Fui instalado num quarto na torre.

O trabalho não era árduo. Uma vez por semana, chegava um barco trazendo mantimentos e coisas do gênero. A mim cabia a tarefa de ir até o cais com o dinheiro para pagar as mercadorias e levar de volta comigo até a casa o caixote de compras. Também assumi a ordenha da cabra e a coleta dos ovos que as galinhas punham nas redondezas e às vezes dentro da casa.

Comecei a perambular pela ilha quando não tinha o que fazer. Ao sul, havia uma pequena piscina natural onde eu podia nadar. Descobri muitas outras delícias. Os monges, na época em que a ilha abrigara o mosteiro, tinham plantado pomares que continuavam lá. Donos posteriores fizeram hortas. Aqui e ali, em cantos inesperados, topava com arbustos e árvores bem formadas de frutas e nozes, cujas sementes certamente tinham sido levadas pelos pássaros, dos quais havia um grande estoque na ilha; os passarinhos pareciam estar em todas as árvores. Além de aves voadoras, havia faisões, perdizes e alguns pavões, que perfuravam a noite com seus gritos. Gatos selvagens existiam aos montes e coelhos, às dúzias.

A ilha tornou-se meu deleite. Era o paraíso que eu sempre ansiara encontrar e que não tinha a menor esperança de achar. O lugar era especialmente rico em pequenas plantas silvestres, cujos nomes fui aprendendo com os livros da biblioteca. Tive uma satisfação enorme em dizer o nome da pimpinela escarlate, que floria em maio, da urtiga-morta branca, com suas folhas em forma de coração, da sacalina sob cujos talos abambuzados se abrigavam os lírios-do-vale perfumados, da ervilhaca e da erva-andorinha, da bonita columbrina branca, que dá bagas vermelhas. Muitas outras. Samambaias também, e margaridas altas, com diminutas imitações do sol em seu miolo.

Um dia encontrei um lugar abrigado onde havia uma choupana arruinada, quase toda ela oculta por amoreiras. Batizei o local com o nome de Ravina Paraíso. Ali eu ficava horas a fio deitado, quando não tinha trabalho, lendo livros que eu encontrava na biblioteca, livros antiquados: romances de Dumas e Jules Verne, de Thomas Hardy e Dostoiévski, e as peças de Shakespeare — entre as quais uma em especial me encantou, uma vez que se passava numa ilha.

Ao mesmo tempo, ia sabendo alguma coisa a respeito de Eric Magistone pela filha. Ele nascera Derek Stone, de pais razoavelmente prósperos que, desde tenra infância, incentivaram seu amor pelo conhecimento. Embora tivesse entrado para o negócio da família, sua ambição era tornar-se escritor. Aos vinte e um anos de idade, publicou o primeiro livro, *Um cacete de um necromante*. Era um romance cômico, que vendeu muito bem. Depois disso veio outro, no mesmo estilo, *Dá-lhe no necromante*.

E foi então que o primeiro foi comprado por Hollywood.

Protestei quando soube dessa história, aos poucos, da boca de Miranda. Seria possível que aquele homem soturno e solitário, que raramente saía de seu gabinete, pudesse escrever romances cômicos?

Pois era — ou pelo menos fora, na juventude. Porém mais do que isso. Eric Magistone (àquela altura seu nome literário já se tornara seu nome legítimo) acabara indo para Hollywood, onde escrevera o roteiro de seu próprio romance. O filme, uma comédia, foi um tremendo sucesso. E além do mais deu origem a uma série de aventuras cômicas e mágicas, paras as quais Magistone era regiamente pago como roteirista. Acabou virando moda e tornou-se um dos favoritos entre as damas. De uma dessas ligações, nasceu sua filha Miranda.

Esse acontecimento mudou tudo. Ele comprou a ilha, contou-me a menina, de Ferdinand Robson, cujos negócios estavam em franco declínio, e foi morar ali com a amante e a filha. Mas a vida naquele lugar, depois de todo o brilho hollywoodiano, não conveio à amante; uma bela manhã, Magistone acordou e percebeu que ela se fora, deixando atrás de si não só a filha como também uma carta cheia de erros ortográficos com adeuses e desculpas patéticas.

— Ele continua escrevendo comédias? — perguntei a Miranda.

Ela abanou a bonita cabecinha de cachos escuros. — Está escrevendo um livrão enorme, muito sério, muito longo, muito profundo, que vai explicar tudo neste mundo. — Esticou os braços para me mostrar quão grande era tudo.

Encantou-me a idéia. Havia muita coisa necessitando de explicação. Agora entendia por que Magistone era tão severo e solitário; assumira uma responsabilidade bem grave.

— Ele vai explicar a Lua? Vai explicar por que a água congela? Por que nós vemos cores? Falará sobre as várias estações? Vai nos dizer por que morremos? Por que meninos e meninas são diferentes?

Questões como essas, nós discutíamos juntos, Miranda e eu, na Ravina Paraíso, abraçados quando os dias de primavera esfriavam um pouco.

Descobri que Miranda jamais explorara a ilha onde vivia. Na verdade, mal saía de casa, exceto para ir até o barracão da cabra. O pai lhe proibira de sair, alegando que havia perigos desconhecidos à espreita por ali. De início ela sentia muito medo, mas eu agarrava sua mão e a seduzia. Para meu e seu intenso deleite, fui capaz de lhe desvendar todas as belezas da ilha, todos os detalhes modestos e deliciosos da natureza, as moitas de tojo, os canteiros de urzes, as cerejeiras em flor, os narcisos que sacudiam a cabeça com a brisa, as prímulas que espalhavam suas humildes pétalas brilhantes quase até a praia sul e, quando vinha o calor com suas abelhas em busca de mel e seus cheiros doces, as flores do verão.

Ensinei-lhe uma arte que tinha aprendido havia pouco, a de pescar peixes naquela depressão que formava uma piscina natural. Os que pegávamos, assávamos numa fogueira feita na ravina, para comê-los à luz das chamas enquanto a noite se aproximava.

Éramos espontâneos, quando estávamos juntos, essa amada menina e eu. Nós nos beijávamos de pura felicidade e sem ter um ao outro em mente. O ar fresco mudou-lhe o aspecto e, de pálida, foi ficando corada. Era ágil nas rochas como eu. Na baía do lado sul da ilha, passávamos a rede em águas rasas em busca de camarões, que cozinhávamos numa lata e comíamos. Ninguém nos vigiava. Ninguém nos dizia o que fazer nem o que não fazer.

Um final de tarde, enquanto descansávamos na praia, tendo jantado camarões e caranguejos, tiramos a roupa e fomos nadar no mar morno. Brincamos e rimos. Quando saímos, tornamo-nos solenes, fitando maravilhados o corpo um do outro, avermelhado pelo sol poente. Aventurei um dedo em sua pequena fenda, por sobre a qual alguns poucos pêlos escuros começavam a brotar. Ela tocou e depois segurou meu pequeno pinto, que respondeu prontamente ao aperto. Depois nos beijamos com algum conhecimento dos beijos. Minha língua descobriu a doce abóbada de sua boca.

Seria fácil dizer que foi ali que nos apaixonamos. Não tínhamos palavra para o que sentíamos um pelo outro. Acredito que sempre a amei, desde o primeiro momento em que a vi, parada na sombra empunhando um balde de leite de cabra protetoramente na frente do corpo.

Passávamos então a maior parte do tempo juntos, fazendo amor com freqüência, sempre que sentíamos vontade. Ensinei a ela como pegar coelhos e tirar-lhes a pele, e como domar um gato, a quem demos o nome de Abigail. Abigail, alimentado regularmente com peixes e coelhos, seguia-nos por toda parte, feito um cachorro, mas não entrava na casa. Na porta, arqueava o dorso e miava assustado.

Esses foram os dias, semanas e até meses de nossa felicidade. Miranda sabia ler, a seu modo. Muitas vezes eu lia para ela, ou líamos juntos. Choramos os dois com o adorável livro de Alain Fournier: porque compreendíamos muito bem que nossa felicidade existia precariamente num mundo de infelicidades e dores. Sol ou Lua, estávamos sempre juntos, interrompidos apenas de vez em quando pelas exigências do pai insuportável.

Em especial, ensinei-lhe a apreciar a musicalidade da história de Shakespeare na qual vive uma outra Miranda. Achávamos que eu fosse uma espécie de Caliban, o pai, uma espécie de Próspero, e a ilha, claro, aquela ilha mágica das ainda muito debatidas Bermudas.

E o tempo, teria passado? Suponho que sim. O Senhor da Ilha continuava a escrever seu grande tratado para o aperfeiçoamento da humanidade, enquanto a filha e eu continuávamos a viver como espíritos livres, gozando — não, não, fazendo parte da natureza. Vivendo nossas vidas mágicas na ilha.

E veio então um tempo em que o silêncio das nossas noites foi quebrado. Um barulho acordou-me. Eu estava nos braços de Miranda — sim, porque àquela altura não nos separávamos mais nem no sono — e me desvencilhei. Fui até a janela espiar. A chuva que caíra um pouco antes se fora. Olhei para baixo, da janela da minha torre, para a Lua refletida numa poça formada nas pedras do calçamento.

A imagem pura foi rompida por pés pesados.

Batidas fortes soaram na porta lá embaixo. Miranda saltou da cama, assustada. Beijei o incipiente segmento de pêlos úmidos de seu monte de Vênus, tentando acalmá-la. Mas tudo o que ela conseguia repetir, num estado frenético, era:

— Ai Deus, é a manhã do meu décimo terceiro aniversário! A manhã do meu décimo terceiro aniversário!

Pus rapidamente a roupa e desci a escada em caracol. A luz do pré-alvorecer já criava formas vagas no mundo. No térreo, fachos acendiam e apagavam. Lá estava Eric Magistone, imóvel como uma estátua, lançando sua sombra gigante na parede. Perto dele, andando inquietos de um lado ao outro, dois homens rudes, de paletó de cânhamo, balançavam lanternas e resmungavam um com o outro em tom de lamúria. A grande porta da frente escancarava-se para o mundo exterior, deixando entrar seu hálito gelado.

— Vá buscar minha filha — disse Magistone, ao me ver. — Estes homens estão aqui por causa dela.

— Por quê? O que ela fez?

— Vá buscar minha filha, estou lhe dizendo, garoto! — A ordem foi dada num rugido. Corri para lhe obedecer.

No andar de cima, achei-a vestida, o cabelo ainda desfeito, grudada a uma pequena sacola de pano. À meia-lua, tinha o rosto pálido, até fantasmagórico. Embora não derramasse uma lágrima sequer, a expressão do rosto era de extrema angústia.

Com a voz embargada, falou-me:

— Teremos de nos separar para sempre, meu adorado amor.

Lá embaixo, o pai rude beijou-a antes de entregá-la aos dois sujeitos.

— Vamos lá, senhorita — disse um deles. — A maré está subindo.

Depois, com uma olhada para trás, para mim, ela se foi da casa, foi-se entre os dois homens.

Quando fiz menção de segui-los, Magistone me segurou pelo braço.

— Seja lá o que for que vocês dois andaram aprontando, você não vai segui-la. Ela se foi. Maldita seja minha loucura.

Só muito lentamente é que acabei compreendendo que Miranda era vítima de uma história complicada. Num determinado momento, Magistone e Ferdinand Robson tinham sido amigos. Gostavam de jogos e apostas. Moraram juntos depois que Magistone voltou da Califórnia e dividiram a mesma mulher, a quem Roberta descrevera como primeira mulher de Ferdinand. Mas Roberta me contara mentiras, como aliás parecia que todos tinham feito, profundas mentiras adultas. O filho nascido dessa mulher não era de Ferdinand, e sim de Magistone. Tampouco fora um menino malvado e dissimulado, como dissera Roberta. Ironicamente, também ele se chamava Ferdinand. E Ferdinand fora espancado e maltratado pelos dois adultos.

No fim, acabaram se desentendendo. Com a ruína financeira, Ferdinand Robson teve de ceder a ilha a Magistone, agora seu inimigo, para poder pagar as dívidas. Conseguiu, no entanto, impor uma condição, a saber: que Magistone entregaria sua filha Miranda, no seu décimo terceiro aniversário, para ser esposa de seu (conforme ele reivindicava) filho, o infeliz Ferdinand Segundo.

Eu não ficara conhecendo esse Ferdinand mais jovem, durante minha breve estada com os Robsons. Ele estava fora, trabalhando numa cidade grande.

Poder-se-ia dizer que Magistone agira com honradez ao cumprir sua parte do trato e entregar a filha. No entanto, não pensou na infelicidade que esse pacto causaria a ela. Mas sem dúvida pensou, deliciado com a grande ironia, no ato incestuoso que seria aquele casamento, já que Miranda se casaria com o irmão.

Ou seria mentira, isso também? Não consegui chegar a uma conclusão porque, noite após noite, até que o verão se decompôs em outono, fui forçado a cuidar de Magistone, a fazer-lhe companhia, enquanto ele falava e bebia até se esquecer de que existia.

Mas também eu tinha meu segredo. Naquele dia em que os homens levaram Miranda para seu destino, eu conseguira me libertar de Magistone e correra até a beira da água — a tempo de ver Miranda — minha Miranda! — sendo carregada através das ondas matutinas numa lancha.

Foi a última vez que a vi. Alguma coisa dentro de mim estilhaçou-se para sempre. De jovem, tornei-me um velho. Sem seu frescor e a pureza de seu corpo, meu próprio corpo parecia deteriorar-se. Como é terrível o aprendizado da sabedoria!

Mesmo com meu estímulo maior aniquilado, não me passara pela cabeça deixar a ilha onde tínhamos vivido nossa felicidade. Durante o dia, Magistone acomodava suas carnes embrutecidas na penumbra — eu o via da janela — a escrever seu livro interminável, pavoroso. Ao passo que eu — eu ficava deitado na Ravina Paraíso, reescrevendo a obra-prima de Shakespeare para acomodar minha dor.

Shakespeare cometera um grave erro. Shakespeare não compreendera. Digo isso do grande dramaturgo e talvez me arrisque a provocar desprezo. Mas aquele que disse "Maturidade é tudo" esqueceu-se das próprias palavras. Agora eu sabia como sua peça deveria ter terminado.

É a história de Caliban. O grupo de homens que naufragou na ilha dirige-se para a praia, entre eles Ferdinand, príncipe de Nápoles. Próspero queimou seu imenso livro impossível e também vai deixar a ilha. Leva consigo a filha, Miranda, que terá de se casar com o presunçoso Ferdinand. Ela não tem voz na questão. O casamento é decisão do pai.

Todos se reúnem na praia, enquanto os marujos aprontam o barco que irá conduzi-los até o galeão ancorado na baía. Logo Caliban se verá sozinho na ilha que por direito é sua.

Mas aí — isso o bardo não previu — Miranda retira a mãozinha que segurava a de Ferdinand e corre! Corre o mais que consegue! Esconde-se numa ravina, numa espessa moita de sa-calina. Os soldados procuram por ela. Mas vem a noite, a noite que tudo esconde. Além disso, as marés se indispõem contra eles. Todos têm que partir, sem a futura noiva de Ferdinand.

Quando tudo escurece por completo, salvo as estrelas no firmamento, e ela tem certeza de que todos zarparam, Miranda sai do esconderijo. Chama através do bosque de carvalhos pelo nome de Caliban, aquele menino da natureza que lhe enriqueceu a infância, que lhe ensinou todos os prazeres secretos da ilha, as fontes puras onde se banharam juntos, nus, as tocas de coelho, os cogumelos que, quando mordiscados, transformavam suas vidas num lugar dourado.

Ele foi ter com ela, uma figura robusta envolta em negrume, mas reconfortante, e levou-a até sua caverna. Ali viveram, livres de todas as obrigações.

Caliban entoa uma música a seu adorável prêmio.

Cantam os rouxinóis
Nos pomares amigos,
Enquanto mágoas antigas
Quiçá a outros aflijam.

O verão embala nosso repouso.
Nossa felicidade é segredo nosso!
Sob as bênçãos perenes das ninfas,
Ao som espumado do mar jubiloso.
Dlindlon! Dlindlon!

Miranda lhe deu filhos. E, dessa forma, as palavras que Shakespeare põe na boca de Caliban se tornam verdade; sim, porque, quando Próspero o acusa de tentar violar a honra da filha, Caliban ri e diz:

— Tu me impedistes. De outro modo bem que a teria povoado com muitos Calibans. — Agora o ato está feito, com consentimento mútuo e total enlevo.

Os pequenos brincavam nos pacíficos vales da ilha, ou divertiam-se no mar. Muitos já nadavam antes mesmo de aprender a andar. Essa foi a época de ouro para Miranda e Caliban, ali naquela ilha onde tinham ambos passado parte da infância e encontrado um ao outro.

E assim passaram-se dez anos. Até que um dia, o príncipe Ferdinand voltou. Todo aquele tempo, gasto com mulheres de má vida, não diminuíra seu desejo por Miranda. Tornara-se um homem muito rico depois de herdar a coroa de Nápoles. Vestia-se bem. Com muito exercício, mantivera o corpo em forma. Apenas o rosto se mostrava agora mapeado por linhas que diziam que sua juventude estava quase no fim.

De modo que em seu quadragésimo aniversário apresentou-se coberto de jóias para recuperar o antigo amor e realizar o antigo sonho.

Ele e ela param um diante do outro. Miranda segura sua filha mais nova pela mão e tem um ar de desafio no rosto. Não diz palavra.

Ferdinand está bastante desconcertado. O sonho deparava-se com a realidade. Ela não é mais a virgem delgada cuja imagem permanecera intacta em sua mente durante todos aqueles anos.

— Miranda, por acaso pensas que tua testa ainda está livre de rugas? Que teus membros pesados ainda são virginais e esbeltos? Que teu claro olhar é de inocência? Teus doces encantos se foram, tal qual o tecido infundado de um sonho se rompe quando acordamos. Dormir com renegados não te fez bem à figura. Por que haverás de receber meus presentes?

Ao que Miranda retruca, humilde:

— Senhor, olhai para mim e enchei vossos olhos com minha satisfação! Sou uma esposa cuja experiência vivida vê com desprezo isso que pretendeis ter em tão alta conta — minha castidade! O toque de Eros é mais gentil que o do Tempo, com mais beijos por minuto. Minhas carnes quem me deu foi o amor, ao passo que vós exibis uma falta delas. O que vos devora, real príncipe de Nápoles, tão pródigo e magro? Desejos, ambições, ódios? Vejo a varejeira em vosso olhar.

Ferdinand ergue o braço para esconder o rosto.

Logo depois, ele lhe pergunta, com voz hesitante, por que ela o deixou naquele dia em que estavam prestes a zarpar rumo a Nápoles, onde teriam se casado numa catedral e morado num palácio. A tristeza daquele dia ainda o persegue.

A resposta dela é delicada, mas definitiva.

— Quem é filha informal da natureza não pode ser noiva da cerimônia.

Prosseguindo, ela lhe conta que de início o admirou, com seu ar presunçoso, suas roupas elegantes, sua adulação. Ela seria rainha de Nápoles e usaria — ah, esqueceu-se do quê, exatamente. Mas, ao conhecê-lo um pouco melhor, percebeu que trajes, anéis e tronos eram só aparências, meras coisas materiais. E naquele instante na praia, prestes a abandonar a ilha, viu que estava tomando o caminho errado na vida.

Pensou em Caliban...

Porque, ele sim, desprezado e surrado, era seu verdadeiro amigo, sem fingimentos. Porque, ele sim, lhe ensinara a rir e a tocar flauta. Domesticara uma lebre para oferecer-lhe, dera cambalhotas para diverti-la. Mostrara-lhe os tesouros naturais da ilha, as fontes de água doce onde os dois se banhavam nus, as tocas dos coelhos, os cogumelos que, ao serem mordiscados, transformavam o mundo.

— E além do mais obteve em minha fenda sensações tamanhas como eu jamais conheci. Antes que sexo tivesse um nome, já deitávamos juntos, não uma, mas infinitas vezes. De modo que, naquele momento de decisão, eu sabia que não precisava de vossas promessas. Na ilha estava minha felicidade, não em Nápoles.

Arrasado, Ferdinand atira os presentes no chão. Vira-se e corre de volta para a praia. Miranda e Caliban seguem-no, de mãos dadas, para vê-lo partir. Ele sobe em seu barco e começa a remar.

Depois guarda os remos e levanta-se, imprudente, para gritar com voz sufocada:

— Eu a amava tanto, Miranda...

Caliban responde, orgulhoso:

— Então deve ter sido o bastante.

E o grito do príncipe retorna, já sumido sob o rugido das ondas, para nos assombrar até o dia de nossa morte:

— Nada na vida jamais é o bastante...

A distância fulgurante leva o barco embora.

Mas isso é apenas o que escrevi. O que eu vivi é outra história.

Uma questão de matemática

Era engraçado isso, em Joyce Bagreist. Ela só comia iogurte e pão com geléia. Nunca lavava o cabelo. Não era muito benquista na faculdade. No entanto, o Atalho de Bagreist mudou o universo. Pura e simplesmente. De modo chocante, inevitável e irrecuperável.

Claro que era uma questão de matemática. Tudo mudou.

No início da humanidade, a percepção estava trancada numa casa toda fechada. Uma a uma, as venezianas se abriram, ou foram arrombadas. O mundo "real" foi então percebido. Porque a percepção — como tudo o mais — evoluiu.

Nunca poderemos ter certeza absoluta de que todas as venezianas foram abertas.

Houve uma época, nos "velhos tempos", em que era sabido de todos que as cavernas de Altamira, no Norte da Espanha, tinham sido acidentalmente descobertas por uma menina de cinco anos. Ela se afastara do pai. Ele, um arqueólogo, estava ocupado demais estudando uma velha pedra para reparar nisso.

É fácil imaginar a tarde agradável, o homem ajoelhado ao lado da pedra, a menina apanhando flores silvestres. Ela encontra flores azuis, vermelhas e amarelas. Afasta-se, sem pensar muito. O chão é acidentado. Ela tenta subir um barranco. A areia despenca numa versão de brinquedo de avalanche. Ela vê uma fenda. Não sente medo, mas muita curiosidade. Entra. Só um pouquinho. Está numa caverna. Lá dentro, vê na parede de rocha a figura de um animal, um búfalo.

Isso a assusta. Sai de lá correndo e volta até o pai, gritando ter visto um animal. Ele larga a pedra e vai olhar.

E o que encontra é uma imensa galeria de cenas pintadas por caçadores ou magos paleolíticos, ou então por caçadores-magos. A enorme qualidade artística das cenas muda a compreensão que os humanos têm do passado. Acabamos por acreditar que compreendíamos aquela magia quando, na verdade, nunca entendemos do que se tratava. Nossos padrões mentais haviam mudado: éramos incapazes de penetrar o pensamento paleolítico, por mais que tentássemos. Aceitamos um modelo científico, matemático, e tínhamos de viver de acordo com ele.

As pistas para um entendimento verdadeiro do universo estão por toda parte. Uma a uma, elas são encontradas e, quando chega a hora aprazada, podem ser compreendidas. Os grandes répteis cujos ossos jazem nas rochas esperaram milhões de anos para ser interpretados. Esses ossos expandiram amplamente o conhecimento humano da duração e da duração do planeta. Muitas vezes as mulheres são associadas a tais choques de compreensão, talvez porque contenham magia em si (embora houvesse muito pouca magia em Joyce Bagreist). Foi a senhora Gideon Mantell quem descobriu os ossos do primeiro réptil a ser identificado como um dinossauro.

Todas essas descobertas pareciam quase um milagre na época; depois passaram a ser corriqueiras. E assim foi também com o Atalho de Bagreist.

Hoje em dia ninguém mais se lembra, mas foi um acidente semelhante ao de Altamira que levou Joyce Bagreist a compreender e interpretar o sinal das Luzes do Norte, ou *aurora borealis*. Durante um tempo imenso, as luzes foram explicadas como sendo produto da interação de partículas solares carregadas com partículas da alta atmosfera. Verdade, o sinal era ativado pelas partículas carregadas: só que ninguém, até Bagreist, pensara no objetivo desse fenômeno.

Joyce Bagreist era uma mulherzinha cautelosa, não especialmente popular no meio universitário devido à sua natureza solitária. Ela estava criando e construindo muito devagar um computador que trabalhava com base no espectro da cor e não na matemática. Assim que terminou de formular novas equações e montar seu aparato, passou uma temporada preparando-se para o que imaginava viria a seguir. Na privacidade de sua casa, improvisou uma espécie de traje espacial com rodinhas, luz frontal forte, suprimento extra de oxigênio e um farnel de comida. Só depois é que marchou pelo patamar superior da casa, enclausurada naquela sua novidade veicular, ao longo dos 2,5 metros da medição e através do arco de scanners e transmissores de seu aparato.

Ao final do arco, sem grandes safanões a anunciar uma revolução no pensamento humano, viu-se na cratera Aristarco, situada no satélite da Terra, a Lua.

O leitor há de se lembrar que Aristarco de Samos, o homenageado, foi o primeiro astrônomo a ler corretamente um outro sinal celestial agora muito óbvio para todos nós — o de que a Terra orbita em torno do Sol, e não vice-versa.

Lá estava Bagreist, um tanto espantada e ligeiramente vexada. Segundo seus cálculos, deveria ter saído na cratera Copérnico. Obviamente seu aparelho era mais primitivo e falível do que o pretendido.

Incapacitada de escalar a cratera, circulou lá por dentro em seu traje caseiro, sentindo-se satisfeita com a descoberta daquilo que continuamos a chamar de Atalho Bagreist — ou, com maior freqüência e simplicidade, de Bagreist.

Não havia como essa brava descobridora retornar à Terra. Ficou a cargo de terceiros construir um arco na Lua. A pobre Joyce Bagreist morreu ali em Aristarco, com uma última fatia de pão com geléia no colo, talvez não de todo insatisfeita consigo própria. Ela radiografou para a Terra. O sinal foi captado. A Administração Espacial enviou uma nave. Mas ela chegou tarde demais para Joyce Bagreist.

Um ano depois de sua morte, o trânsito era intenso através dos vários arcos e a Lua estava forrada de material de construção.

Mas quem ou o que havia deixado o sinal de códigos coloridos nos céus do Ártico, à espera do momento da interpretação?

Claro que as implicações do Bagreist foram exploradas. Ficou óbvio que o espaço/tempo não possuía a mesma configuração que se presumia. Havia outra força em operação, popularmente conhecida como Força Squidge. Cosmólogos e matemáticos estavam tendo grande dificuldade para explicar a Força Squidge, uma vez que ela resistia a toda e qualquer formulação dentro dos sistemas matemáticos vigentes. Os elaborados sistemas matemáticos sobre os quais nossa civilização global estava alicerçada tinham aplicação apenas local: não se estendiam nem mesmo até a heliopausa. De modo que, ao mesmo tempo que o Bagreist era utilizado de forma prática, permitindo que gente de toda parte (desde que munida de um bilhete) fizesse um curto passeio de casa até a superfície lunar, as lacunas matemáticas eram alvo de intensas e doutas indagações.

Dois séculos depois, eu entro na história. Vou tentar explicar de forma bem simples o que aconteceu. Mas não é só o P-L6344 que entra em ação; entram também na história a senhora Staunton e o general Tomlin Willetts, bem como a namorada do general, Molly Levaticus.

Meu nome, por falar nisso, é Terry W. Manson, L44/56331. Morava na Lunar City IV, mais conhecida como Hera. Ocupava o posto de secretário-geral de Recreações e trabalhava com os fabricantes de DIs, ou drogas individuais, feitas sob medida para realçar os códigos genéticos pessoais.

Anteriormente trabalhara no VAM de Luna, o serviço de Vigilância de Asteróides e Meteoros, e foi ali que fiquei sabendo a respeito dos negócios do general Willetts. Willetts era um grande consumidor de DIs. Comandava o VAM havia três anos. Nos últimos tempos, envolvera-se com Molly Levaticus, que entrara para o serviço na condição de operadora júnior e logo depois fora promovida a secretária particular do general. Em conseqüência desse caso altamente sigiloso — conhecido de quase todos na base —, o general Willetts entrou em parafuso, como se vivesse num sonho.

Quanto a mim, meu problema mais sério também envolvia um sonho. Uma bola de golfe perdida numa praia deserta pode não ter nada de sinistro, a princípio. Mas quando se tem o mesmo sonho todas as noites, a gente começa a ficar preocupado. Lá estava a bola de golfe, lá estava a praia. Ambos monumentos da estase perfeita e, por isso, alarmantes.

O sonho foi se tornando mais insistente com o decorrer do tempo. Parecia — não consigo atinar com uma forma melhor de expressar isso — mover-se mais para perto de minha visão a cada noite que passava. Fiquei assustado. Por fim, marquei uma hora para ver a senhora Staunton, a senhora Roslyn Staunton, a melhor mentatropista de Hera.

Depois de fazer todas as perguntas de praxe, referentes a meu estado geral de saúde, meus hábitos de sono e por aí afora, Roslyn — não demorou para que deixássemos de lado as formalidades — perguntou-me que significado eu atribuía a meu sonho.

— É uma bola de golfe comum, apenas. Bom... Não, ela tem marcas que se assemelham às marcas numa bola de golfe. Não sei o que mais poderiam ser. E ela está largada de lado.

Quando pensei no que estava dizendo, percebi que era absurdo. Uma bola de golfe não tem lados. De modo que não era uma bola de golfe.

— E está largada numa praia? — insistiu ela.

— Exato.

— De modo que não é na Lua.

— Não tem nada a ver com a Lua. — Mas nisso eu estava enganado.

— Que tipo de praia? Uma praia de veraneio, por exemplo?

— Longe disso. Uma praia infinita. Assustadora. Pedregosa. Desolada.

— Reconhece a praia?

— Não. É um lugar que assusta... bom, do jeito que o infinito sempre assusta. Apenas uma extensão enorme de terreno sem nada crescendo nele. Ah, e o oceano. Um oceano sombrio. As ondas são pesadas, como se fossem de chumbo... e lentas. Cerca de uma por minuto reúne forças e escorrega na praia. Eu precisava cronometrar.

Ela falou:

— Nunca se pode confiar no tempo, com os sonhos. — Depois perguntou: — Você disse 'escorrega'?

— As ondas não parecem se quebrar propriamente nessa praia. Elas apenas afundam. — Calei-me em seguida, pensando nessa imagem desolada e no entanto tentadora que me assombrava. — Sinto, de alguma maneira, que já estive lá. O céu. É muito pesado, fechado.

— Quer dizer que acha tudo muito desagradável?

Surpreso, ouvi minha própria voz dizendo:

— Não, não. Eu preciso disso. Há ali a promessa de algo. De algo que vai vir à tona... De dentro do mar, eu suponho.

— Por que deseja parar de sonhar esse sonho, se precisa dele?

Foi uma pergunta à qual não fui capaz de responder.

Enquanto eu me submetia a três sessões semanais com Roslyn, o general passava por sessões muito mais freqüentes com Molly Leviticus. E o P-L6344 aproximava-se célere.

Molly era uma mulher intelectual, tocava um trompete de prata, falava sete línguas, era campeã de xadrez, altamente erótica e inclinada a malvadezas. De cabelos escuros, nariz empinado. Um presentão para qualquer homem. Até para o general Tomlin Willetts.

A mulher do general, Hermione, era cega desde a infância. Willetts tinha lá seu quê de sádico; do contrário, como poderia ter se tornado general? Somos todos cegos, de alguma maneira, seja em relação a nossas vidas privadas, seja no setor público; por exemplo, milhões de terráqueos, sob todos os aspectos muito inteligentes, ainda acreditam que o Sol gira em torno da Terra, e não vice-versa. Isso apesar das provas em contrário e do fato de a verdade ser conhecida há vários séculos.

Esse tipo de gente diria em sua defesa que acredita na evidência dos próprios olhos. No entanto sabemos muito bem que nossos olhos enxergam apenas uma pequena parte do espectro eletromagnético. Todos os nossos sentidos são limitados de alguma maneira. E, porque são limitados, são também equivocados muitas vezes. Até mesmo "provas incontestáveis" referentes à natureza do universo levariam um tranco, graças ao P-L6344.

A natureza sádica de Willetts levou-o a persuadir sua caprichosa namorada, Molly Levaticus, a andar nua pelos aposentos do apartamento do casal, na presença da cega Hermione. Creio que ela simplesmente gostava da diabrura sexual. Roslyn concordava. Era uma traquinagem. Mas os comentaristas viam em Molly ou uma vítima, ou uma mulher tremendamente destruidora.

Ninguém pensou na possibilidade de que a verdade, se é que havia uma verdade única, estivesse em algum lugar entre os dois pólos: de que houvesse uma afinidade entre os envolvidos, o que não é assim tão incomum quanto parece, entre um homem mais velho e uma mulher mais jovem. Molly sem dúvida tinha seus poderes, assim como ele suas fraquezas. Eles brincavam um com o outro.

E brincavam de gato e rato com Hermione Willetts. Por exemplo, ela estava sentada à mesa de refeições, com o general por perto. E lá vinha Molly nuazinha da silva, nas pontas dos pés. Piscadinhas eram trocadas entre os dois amantes. Ela dava a volta na sala, numa dança lenta, as mãos sobre a cabeça, exibindo as axilas não depiladas, numa espécie de *t'ai chi*, movimentando-se pertinho da cega.

Sentindo um movimento no ar, ou escutando um ligeiro ruído, Hermione perguntava humildemente:

— Tomlin, querido, tem mais alguém na sala?

Ele negava.

Às vezes, Hermione dava umas bengaladas. Molly sempre escapava.

— Seu comportamento está muito esquisito, Hermione — dizia o general, severo. — Abaixe essa bengala. Você não estaria ficando doida, estaria?

Ou então estavam os dois na sala. Hermione em sua poltrona, lendo um livro em braile. Molly enfiava suas partes pudendas encaracoladas quase no rosto da senhora. Ela farejava e virava a página. Molly deslizava até onde estava Willetts, abria-lhe o zíper, tirava para fora seu pênis ereto e, com os dedos, manuseava-o como uma tocadora de flauta. Aí então Hermione podia erguer os olhos cegos e perguntar o que o marido fazia.

— Só contando minhas medalhas, querida.

Qual seria a percepção que a pobre Hermione tinha do mundo? Quão equivocada seria? Talvez preferisse não suspeitar de nada, sendo impotente?

Mas o general estava igualmente cego, ignorando os sinais do VAM a indicar a necessidade urgente de uma decisão sobre o que fazer para desviar ou destruir o P-L6344 em aproximação.

Willetts estava preocupado com seus assuntos privados, assim como eu estava preocupado com minhas sessões mentatrópicas com Roslyn. Enquanto nossos corpos seguiam seu curso, os corpos do sistema solar seguiam o seu.

Os asteróides Apolo cruzam a órbita Terra/Lua. Dos dezenove pequenos corpos celestes, talvez o mais conhecido seja Hermes, que em determinada época passou pela Lua a uma distância apenas duas vezes maior que a distância entre a Lua e a Terra. O P-L6344 é uma pequena rocha, de pouco mais de cento e noventa metros de diâmetro. Em sua travessia anterior, a corajosa astronauta Flavia da Beltrau do Valle conseguiu ancorar-se nela, plantando ali uma réplica metálica da bandeira da Patagônia. Na época de que falo agora, o asteróide avançava rápido, com uma inclinação de cinco graus em relação ao plano da eclíptica. Os cálculos mais precisos mostravam que ele se chocaria com a Lua às 23h03 do dia 5 de agosto de 2208, poucos quilômetros ao norte de Hera. Contudo, as ações defensivas foram adiadas devido aos outros interesses maiores do general Willetts.

Mas por que os computadores não foram instruídos por alguém mais e os mísseis não foram armados pelos subordinados? A resposta com certeza está nas absurdas preocupações de todos com seus minúsculos universos, dos quais são o centro percebido. Imersos em Recreações, eles estavam, seja como for, pouco dispostos a agir.

Talvez tenhamos ódio à realidade. A realidade é fria demais para nós. A percepção que temos das coisas é governada por nosso próprio eu. O grande mestre francês, Gustave Flaubert, ao lhe perguntarem onde encontrara o modelo para Emma, a trágica figura central de seu romance *Madame Bovary*, teria respondido: — Madame Bovary? C´est moi. — Com certeza o horror de Flaubert à vida está corporificado no livro. O romance é um exemplo de proto-recreação.

Mesmo no momento em que os asteróides Apolo avançavam a grande velocidade em nossa direção, mesmo no momento em que nos achávamos todos em perigo mortal, eu continuei — sob a orientação de Roslyn — a procurar um significado para meu sonho estranho nas obras do filósofo alemão Edmund Husserl. Husserl me tocou fundo ao rejeitar toda e qualquer presunção sobre a existência e dar preferência à subjetividade das percepções individuais como forma de experimentar o universo.

Homem inteligente, esse Husserl. Mas com pouco a dizer sobre como são as coisas de fato, caso as percepções apresentem falhas. Ou, por exemplo, caso não se percebam a tempo as dimensões da crise iminente apresentada por um asteróide em rápida aproximação.

Viajando no horário, o P-L6344 colidiu. Por coincidência, bateu na cratera Copérnico, aquela mesma cratera que fora o alvo inicial de Joyce Bagreist.

A Lua vacilou em sua órbita.

Todos que moravam em Hera caíram. Hermione, tateando às cegas em busca da bengala, agarrou as partes peludas de Molly Levaticus e gritou:

— Tem um gato aqui!

Muitas casas e carreiras foram arruinadas, inclusive as do general Willetts.

A maior parte dos lunários pegou o Bagreist mais próximo para voltar para casa. Muitos temiam que a Lua fosse sair saçaricando rumo ao espaço com a força do impacto. Eu tinha meu trabalho a fazer. Não gostava das cidades esquálidas da Terra. Mas acima de tudo fiquei porque Roslyn Staunton ficou, e estávamos ambos decididos a decifrar aquele meu sonho. Por algum motivo, por uma transferência mágica, o sonho agora era dela também. Nossas sessões foram ficando cada vez mais conspiratórias.

A certa altura cheguei a pensar em me casar com ela, mas guardei essa idéia comigo.

Depois do choque, todos ficaram inconscientes ao menos por dois dias. Em alguns casos por uma semana. A cor vermelha desapareceu do espectro.

Outro efeito estranho foi que o sonho com a bola de golfe deitada de lado sumiu. Nunca mais sonhei com aquilo. Sentia falta do sonho. Parei de visitar Roslyn como paciente. Como já não desempenhasse nenhum papel profissional em minha vida, pude convidá-la para jantar no restaurante Terrefúgio, onde o anjo-do-mar era especialmente bom, e mais tarde sair com ela para inspecionar o local do impacto, isso depois que as coisas já tinham sossegado um pouco.

Quilômetros de cinzas cor de chumbo estendiam-se adiante, enquanto o carro nos levava para o oeste. Pinheiros de plástico haviam sido plantados nas laterais da estrada, numa tentativa de embelezamento. Os pinheiros cessavam a um quilômetro da cidade, onde a estrada se bifurcava. Paliçadas distantes captavam a luz oblíqua do Sol, transformando-as em espirais de uma fé estranha. Roslyn e eu seguíamos calados, lado a lado, entregues a nossos próprios pensamentos. Tínhamos desligado o rádio. As vozes eram as dos pingüins.

— Sinto falta de Gauguins — disse ela, de repente. — De suas cores vivamente expressionistas. Esta maldita Lua é tão cinzenta... às vezes bem que eu gostaria de nunca ter vindo para cá. O Bagreist fez tudo ficar tão fácil. Se não fosse por você...

— Eu tenho algumas telas de Gauguin em slides. Eu adoro a pintura dele!

— É mesmo? Por que não falou?

— Meu vício secreto. Tenho quase toda a obra.

— Verdade? Pensei que ele fosse um dos grandes artistas esquecidos.

— Aquelas esplêndidas mulheres de nudez achocolatada. Os cães, os ídolos, a sensação de uma presença melancólica...

Ela emitiu um grito melodioso. — Conhece a tela *Vairaumati Tei Oa*? A mulher fumando, uma silhueta pairando por trás?

— E por trás delas a escultura de duas pessoas copulando?

— Céus, e não é que você conhece essa tela! Aquelas cores! A alegria solene! Vamos parar e dar uma trepada para comemorar.

— Depois. Ótimo. Seu sentido de cor, de contorno, de volume. Lagos de vermelho, florestas de laranja, paredes de verde-cromo...

— Seus sentidos eram estranhos. Gauguin aprendeu a ver tudo de uma nova forma. Talvez estivesse certo. Talvez a areia seja rosa.

— Engraçado ele nunca ter pintado a Lua, não é mesmo?

— De fato, que eu saiba nunca pintou a Lua. Ela também podia ser cor-de-rosa.

Abraçamo-nos. Nossas línguas entrelaçaram-se dentro de nossas bocas. Nossos corpos se impuseram um ao outro. Ansiando, ansiando. Famintos de cor. Rachaduras apareceram na estrada. O carro diminuiu a velocidade.

Meus pensamentos fugiram para o mundo que Paul Gauguin descobrira e — uma outra questão — para o que abrira aos outros. Suas telas eram prova de que não havia um acordo comum sobre como era a realidade. Gauguin era a prova de Husserl. Anunciei minha nova compreensão a Roslyn. A "realidade" era uma conspiração e as imagens de Gauguin persuadiam as pessoas a aceitar uma nova e diferente realidade.

— Deus meu, estou tão feliz!

A estrada começou a dar trancos. O veículo autoguiado foi andando cada vez mais devagar. Logo mais, falou: — Nenhuma estrada à frente — e parou. Roslyn e eu enfiamos os capacetes, desembarcamos e andamos.

Não havia ninguém em volta. O local fora isolado com arames, mas nós saltamos a cerca. Entramos na Copérnico por uma fenda que fora construída em suas paredes alguns anos antes. O chão plano dentro da cratera estava espatifado. O calor do impacto o transformara em vidro. Continuamos cautelosos por um traiçoeiro rinque de patinação. No centro daquela mixórdia havia uma nova cratera, a cratera P-L6344, de onde subiam fiapos de fumaça que se espalhavam pelo chão poeirento.

Roslyn e eu paramos na beirada dessa nova cratera, olhando para baixo. Havia uma crosta cinzenta quebrada num certo lugar, mostrando um brilho vermelho por baixo.

— Pena que a Lua estivesse no caminho...

— É o fim de alguma coisa...

Não havia muito o que dizer.

Roslyn tropeçou quando nos viramos para voltar. Segurei-lhe o braço e a ajudei a se reequilibrar. Grunhindo de insatisfação, chutou aquilo em que tropeçara. Uma pedra faiscou frouxamente.

Ela tinha levado consigo o braço manipulador. Seus longos dedos metálicos revolveram a lama e agarraram o objeto —

não era uma pedra. Era um rombóide — fabricado. Em tamanho, não seria maior do que uma garrafa térmica. Surpresos, levamos o objeto de volta para o carro.

O rombóide P-L6344! Técnicas de datação mostraram que tinha em torno de dois milhões e meio de anos. Abria-se quando resfriado a 185 333 K.

Lá dentro havia algo complexo que de início foi considerado algum tipo de máquina elaborada, ainda que miniaturizada. A máquina movia-se devagar, recuperando e projetando uma série de objetos que lembravam varetas e saca-rolhas. As análises mostraram que era feita de diversos materiais semimetálicos desconhecidos e produzidos pelo que teríamos chamado de átomos artificiais, onde pontos semicondutores continham milhares de elétrons. O objeto emitia uma série de clarões.

Essa estranha coisa foi conservada a 185 333 K e passou a ser estudada.

A Secretaria de Recreações entrou na história porque as pesquisas passaram a ser financiadas com o dinheiro arrecadado na mostra: aquela estranha engenhoca de um passado remoto virou curiosidade. Eu não saía do laboratório. Escutando o que as pessoas diziam, à medida que passavam diante do vidro, descobri que a maioria achava a coisa muito chata.

À noite, Roslyn e eu praguejávamos contra "os turistas". Estávamos loucos para ter um universo só nosso. Nem lá, nem na Lua. Seus seios foram os mais inteligentes que jamais beijei.

Conversando com ela sobre aquela estranha coisa que possuíamos, devo admitir que foi ela quem teve a percepção.

— Você a chama o tempo todo de máquina. Talvez seja um tipo de máquina. Mas pode ser que esteja viva. Talvez seja o sobrevivente de uma época em que o universo não suportava vida derivada de carbono. Talvez seja uma coisa viva pré-biótica!

— Uma o quê?

— Uma coisa viva da pré-vida. Ela não está de fato viva porque nunca morreu, apesar de ter dois milhões de anos dentro dessa lata. Terry, você sabe que o impossível acontece. Nossas vidas são impossíveis. Esta coisa que nos foi entregue é tanto possível quanto impossível.

Minha reação instintiva foi a de correr e contar para todo mundo. Sobretudo aos cientistas do projeto. Roslyn foi contra.

— Tem de haver alguma coisa aí para nós. Talvez estejamos com apenas um ou dois dias de vantagem sobre eles, até que percebam também que estão lidando com uma espécie de vida. Temos de usar esse tempo.

Minha vez de ter uma idéia brilhante.

— Registrei todos os clarões de luz que emitiu. Vamos decodificá-los, ver o que estão dizendo. Se essa coisinha tiver inteligência, então existe um significado à espera de ser descoberto...

O universo continuou em seu curso inescrutável. As pessoas levando suas vidas inescrutáveis. Mas Roslyn e eu mal dormíamos, só dormíamos depois que seus pequenos quadris pontiagudos haviam moído os meus. Transformamos as mensagens intermitentes em som, tocamos de trás para a frente, aumentamos a velocidade, reduzimos. Chegamos até a atribuir-lhes valores. Não saía nada.

A tensão nos deixou irritados. No entanto, havia momentos de calma. Perguntei a Roslyn por que fora para a Lua. Já tínhamos lido um ao outro, porém não conhecíamos o alfabeto.

— Porque era muito fácil atravessar o Bagreist mais próximo, de um jeito que meus avós jamais poderiam ter imaginado. E eu queria trabalhar. E...

Calou-se. Esperei até que a frase emergisse.

— Por causa de alguma coisa enterrada nas profundezas de mim.

Lançou-me então um olhar que sufocou qualquer resposta que eu pudesse ter dado. Sabia que eu a compreendia. Apesar de meu trabalho, apesar de minha carreira, atirados sobre mim como um terno folgado, eu vivia para horizontes distantes.

— Fale, homem! — ordenou-me. — Leia-me.

— É a perspectiva longínqua. É onde eu vivo. Posso dizer o que você diz, "por causa de alguma coisa enterrada nas profundezas de mim". Entendo você do fundo da alma. Seu impedimento é o meu.

Ela atirou-se sobre mim, beijando-me os lábios, a boca, dizendo:

— Céus, eu amo você, eu bebo você. Você é o único que compreende...

Eu dizia as mesmas coisas que ela, gaguejando a respeito do mundo que partilhávamos, que com amor e matemática seríamos capazes de alcançar. Tornamo-nos o animal com dois dorsos e uma única mente.

Eu estava no chuveiro depois de uma noite sem dormir quando tive a idéia. Essa semivida pré-biótica, que tínhamos desencavado e que ficara enterrada sob a superfície da Lua por um tempão, não precisava de oxigênio, assim como as minhas percepções e as de Roslyn também não. Que combustível, então, poderia ela usar para fazer funcionar sua mentalidade? A resposta só podia ser: *Frio*!

Reduzimos a temperatura das mensagens luminosas, usando a máquina do laboratório quando o lugar ficou vazio durante as horas mortas. A 184 332 K, a mensagem entrou em fase. Um grau abaixo, tornou-se sólida e emitiu um brilho frouxo. Fotografamos de vários ângulos, antes de desligar a superfrigeração.

O que descobrimos foi um modo matemático inteiramente novo. Era a matemática de uma existência diferente. Escorava uma fase do universo que contradizia a nossa, que fazia nosso mundo remoto de nós e de nosso conceito sobre ele. Não que fizesse do nosso mundo um mundo obsoleto: longe disso, o que fazia era demonstrar, com lógica irrefutável, que não havíamos entendido quão diminuta era a parte da totalidade que estávamos partilhando.

Essa era uma informação cinzenta antiga, muito mais densa que o chumbo, mais durável que o granito. Incontroversa.

Tremendo, Roslyn e eu pegamos a coisa — de novo nas horas mortas, quando são cometidos os piores crimes — e transferimos suas equações para o Crayputador que governava e estabilizava Luna. As informações entraram e num clarão...

Saímos gemendo de um buraco. Ali estava um Bagreist muito maior. Ao penetrarmos na luz mortiça, vimos a perspectiva distante daquilo que sempre tivemos entranhado dentro de nós: aquele oceano desamparado, aquelas ondas de chumbo e aquela praia desolada, há tanto tempo sonhada, seus grãos individuais agora sendo triturados por nossos pés.

Atrás de nós estava a bola que já fora a Lua, perdida de seu antigo ambiente, afundada em sua idade veneranda, imóvel, caída de lado.

Agarramos a mão um do outro cheios de conjeturas malucas e fomos adiante.

Botão de pausa

Apesar dos avanços da engenharia genética, parece que não há mesmo jeito de os humanos melhorarem. Por sorte, surgiu algo para remover pelo menos alguns dos motivos do estresse. Inventaram o Botão de Pausa.

Embora nosso mundo físico esteja agora totalmente explorado e instrumentos automatizados tenham mapeado o planeta Marte, um mundo muito mais complexo nos foi desvendado pela ciência, e atravessou-se a confusão de seus corredores.

A topografia do cérebro foi finalmente compreendida.

Uma pequena empresa de Birmingham decidiu fazer uso prático desse conhecimento. Conrad Barlow era dono de uma loja de motocicletas. Uma vez por semana, saía com o primo Gregory Magee para tomar umas cervejas. Ambos eram fãs de futebol e torciam para o time local. Sob todos os outros aspectos, levavam vidas bem diferentes. Conrad era especialista em tudo quanto é tipo de motor, ao passo que Gregory era cirurgião, especializado em traumas cranianos e cerebrais.

Gregory — conhecido entre as enfermeiras do hospital municipal como Magee "Matusca", em razão de uma ligeira excentricidade — teve que operar um jogador do Birmingham North End, ferido durante um jogo. O rapaz, Reggie Peyton, estava com um coágulo de sangue no lobo temporal direito que foi facilmente removido. Entretanto, Peyton não recobrou a consciência depois de passado o efeito da anestesia, embora parecesse perfeitamente em forma sob todos os aspectos físicos. Durante quase dois dias permaneceu em estado comatoso. Ao acordar, mostrou estar perfeitamente bem de saúde e voltou para casa. Mas não jogou nunca mais.

Em algum lugar ali havia um mistério que só Gregory percebeu. E ele discutiu a questão com Conrad tomando uma caneca de cerveja, no sábado à noite.

— Os transmissores excitantes deixaram de funcionar.

Conrad tamborilava os dedos no balcão. — Diga-me uma coisa, Greg, o coágulo era no lobo temporal direito? Por acaso não é aí que ocorrem os delírios de Cotard? Lembra-se de termos conversado a respeito de Cotard na semana passada?

A partir daquele comentário casual, eles sabiam que estavam na pista de *alguma coisa*.

Cotard, o grande psiquiatra francês, identificara uma síndrome pela qual os pacientes se acreditavam mortos. A ilusão era persistente, apesar das evidências contrárias, como batidas cardíacas, funcionamento perfeito dos pulmões, temperatura estável do corpo. A manifesta impossibilidade de tal noção levava ao desaparecimento gradual da síndrome, com o tempo.

Ali estava a chave para a invenção do Botão de Pausa. Apesar do apelido popular, a microfunção criada por Conrad e Gregory era uma máquina molecular.

Uma pequena molécula posta numa molécula maior fundia-se nesta última, qual uma enzima. Outras moléculas eram acrescentadas até formar uma estrutura complexa. E assim se criou uma nanomáquina controlada por películas moleculares que reagiam a aumentos mínimos de adrenalina no cérebro, da ordem de 0,0001 por cento.

Quando colocada de forma correta no lobo temporal direito do cérebro, o Botão de Pausa, mais adequadamente chamado de Reflexo Funcional Retardado, tem a seguinte função: numa situação de crise, a pessoa munida de um RFR recebe uma pausa. Embora o retardamento seja momentâneo, permite ao sujeito pensar no que pretende fazer. Nossos cérebros foram construídos de tal forma que as emoções sempre superam o intelecto em situações críticas. A ira bloqueia as idéias. O RFR contorna esse nosso traço filogenético.

Com ele, evita-se um bocado de violência. Espancar o cachorro ou o filho, bater na mulher — coisas desse tipo são coibidas. A violência masculina contra suas parceiras estava atingindo índices alarmantes: na Grã-Bretanha, vinte e cinco por cento, nos Estados Unidos, vinte e oito por cento. Muitos desses ataques primários ocorriam quando a mulher engravidava. Mas a partir da introdução do RFR em bases mais amplas, esses números baixaram para onze e doze por cento respectivamente (houve maior aceitação nos Estados Unidos do que na Grã-Bretanha).

De início, Conrad e Gregory só conseguiram vender a engenhoca para os presídios, onde a inserção de um RFR garantia ao presidiário uma redução de cinco por cento da pena.

Um governo esclarecido viu oportunidades ainda maiores. Os motoristas foram seduzidos com a promessa de uma redução na taxa de licenciamento dos veículos, caso se submetessem à operação. A fúria no trânsito tornou-se coisa do passado. Os acidentes diminuíram rapidamente.

O grande público acabou se interessando. Era agradável permanecer calmo. O RFR também evitava que pronunciássemos aquelas palavras que costumavam escapar na hora da raiva. Havia uma harmonia maior entre os parceiros. A euforia tornou-se geral.

Hoje não nos perguntamos mais: "Por que fui fazer uma coisa dessas?". Tampouco dizemos: "Onde é que eu estava com a cabeça?". Agora aproveitamos a chance para entender.

Talvez a mudança mais dramática tenha ocorrido nos hábitos políticos. Nas democracias, os políticos costumam ser eleitos, em muitos casos, para resolver problemas que estão além do âmbito da política, como por exemplo interromper o desperdício dos recursos naturais do planeta, ajudar e educar os destituídos, evitar tensões raciais. Os eleitores talvez até digam que apóiam esses projetos ambiciosos. No entanto, a promessa de uma redução nos impostos pode persuadi-los a pensar de modo diverso. No caso de duas propostas de governo — uma oferecendo a redução de impostos, outra aumentando as verbas para a educação —, não é raro que seja a educação a ir à falência.

De modo que os políticos fazem promessas hipócritas. Juram que farão mudanças que jamais poderiam ser executadas num mandato de cinco anos. Os dois lados se deixam iludir por falsas promessas.

Mas aí entra o efeito do Botão de Pausa.

Todos têm tempo de refletir. Por isso estamos nos tornando mais honestos, mais realistas. Agora temos tempo de pensar no valor da honestidade, de pesar a verdade por trás das promessas — nós, que estávamos tão acostumados a uma dieta de mentiras.

No ano em que Conrad Barlow e Gregory Magee receberam o Prêmio Nobel da Paz, nós elegemos o Partido da Realidade Unido para governar o país.

O grande desafio agora é ligar o RFR à cadeia genética, para que seus efeitos se tornem hereditários.

Claro que isso nos mudará. Nossas sociedades canhestras mudarão. Mais tarde, seres humanos plenamente evoluídos hão de olhar para os tempos de hoje da mesma maneira como nós olhamos os cidadãos da Idade da Pedra.

Três tipos de solidão

I

FELICIDADE AO CONTRÁRIO

O juiz Beauregard Peach deu de escrever à mulher, Gertrude, que fora embora de casa. Ela tinha sua carreira, era advogada bem-sucedida. Mas, depois de inúmeras desavenças sérias com o marido, partira para o sul da França com a filha Catherine, já crescida.

Ali, recebia a visita de um conterrâneo de Oxford, a quem conhecia de outros tempos, um jornalista influente. Os dois velejavam, visitavam muitos restaurantes e bebiam copiosamente, até que ela começou a receber cartas inoportunas do marido.

O juiz não pedia que voltasse. Sua mente funcionava de modo mais sofisticado. Gertrude conhecia, admirava e temia a forma como a cabeça do marido funcionava.

* * *

Minha querida Gertrude, (*escreveu ele*)

Lamento que não esteja aqui comigo em Oxford, uma vez que me vejo em meio a um julgamento que muito lhe interessaria. Talvez o caso acabe mesmo adquirindo grande importância.

As audiências estão ocorrendo no fórum de Oxford. Tão incomum é o problema que a sala está sempre lotada. Os meirinhos têm dificuldade em controlar as multidões que se formam logo de manhã cedo. E há repórteres presentes, não só do *Oxford Mail*, como seria de se esperar, mas também de vários jornais londrinos, além de um correspondente do *New York Herald Tribune*.

O trânsito tem estado regularmente entupido da ponte Magdalen até a estação ferroviária, embora "até aí, nenhuma novidade", segundo o comentário de um pretenso sabe-tudo. Infelizmente, a esposa do juiz resolveu sair de férias, enquanto o marido medita sobre a seguinte questão: o que fazer de um homem, não se trata de um delinqüente comum, na verdade é apenas mais um herdeiro da longa linha de excêntricos que povoam nossa cidade de Oxford, que não quis fazer nenhum mal, mas que inventou uma nova raça ou espécie, ainda que um tanto rígida, cuja taxa de reprodução ameaça a humanidade? (Por falar nisso, que grande ironia vem a ser isso para um homem entrado em anos que se pega subitamente impotente por causa da infidelidade da esposa! Estou certo de que você vai rir ao pensar no assunto.)

O caso não tem precedentes; considero-me um felizardo pela oportunidade. Aliás, devemos considerá-la uma das vantagens de morar em Oxford — quase como se pudéssemos estar presentes àquele debate sobre a evolução, ocorrido no século passado e presidido pelo bispo Wilberforce.

O mundo já está atravancado que baste; já houve danos ecológicos suficientes em nosso hábitat natural. E eis que tenho diante de mim alguém responsável por mais uma explosão demográfica.

O acusado, Donald Maudsley, é um sujeito bastante ordinário no que diz respeito à aparência. Uma barbicha rala, um nariz meio aquilino, cabelo loiro amarrado num rabo-de-cavalo curto. De altura mediana, ou até abaixo da média. Um homem melancólico, mas não de todo burro. Antigo camarada de Oriel, na verdade.

Tem o hábito de contar sua história na terceira pessoa, coisa que achei um tanto irritante, a princípio. É evidente que sofre de dissociação de personalidade.

Eis aqui um resumo de seu depoimento:

Depois de formado, esse homenzinho, chamado Donald Maudsley, entrou para as Ciências da Terra. Participou da Conferência do Brasil, depois do que desapareceu nas selvas sul-americanas. Essa é a essência de sua história.

O homenzinho acabou indo morar nas vizinhanças de uma floresta tropical desconhecida que se estendia até o Pacífico Sul. O sol brilhava, os ventos sopravam, as chuvas chegavam e partiam. Passaram-se dias e anos. Ninguém sabia onde estava o homem. Ele não tinha contato com o mundo exterior. Barco nenhum jamais visitou aquele litoral. Avião nenhum jamais sobrevoou a área. Era o lugar ideal para passar por uma crise de identidade.

O homenzinho colecionava crepúsculos descartados. Varria-os todo fim de tarde, depois de gastos, e guardava-os numa grande gaiola de ouro nas profundezas da mata.

Embora sempre cantasse para si mesmo, em geral uma canção folclórica que falava de um urso polar ermitão, continuava solitário. Raramente via qualquer outra criatura viva, exceto os caranguejos da praia. De vez em quando uma ave branca, um albatroz, aparecia por lá. A visão desse pássaro só fazia aumentar seu sentimento de solidão. A solidão perfurou-lhe o ser e tornou-se parte dele.

Um dia de manhã bem cedo, derrubou uma árvore da mata. De uma parte do tronco, fez um boneco de ventríloquo. Batizou o boneco de Ben. E imbuiu Ben de uma ilusão de vida, para ter companhia.

O homem e o boneco mantinham longas conversas, sentados no toco da árvore derrubada. Quase sempre falavam sobre moralidade e se haveria necessidade dela. O homenzinho era de uma retidão moral impecável, segundo a qual regera toda a sua vida. Enquanto estava em Oriel, conhecera uma jovem linda e inteligente, filha de uma família real estrangeira. Apaixonara-se pela moça. Mas quando ela tentou convencê-lo a dormirem juntos, recusou-se e passou a evitá-la.

Sentindo-se rejeitada, a jovem reagiu com fúria e vitupérios.

Em seguida ele entrara para um mosteiro dominicano, com o objetivo de se tornar padre, mas uma vez mais viu-se incapaz de levar adiante seu desejo e largou o seminário. Desesperado, chegou à conclusão de que seu senso moral o afastara de toda e qualquer companhia humana.

O boneco às vezes era enfático a respeito, dizendo que a moral era tão-somente um fracasso de relacionamento. Para uma coisa de madeira, o boneco era deveras eloqüente. E corria pela praia, tamanha a força de suas convicções. Mas esses argumentos não levavam a parte alguma, assim como a praia tampouco levava.

Gertrude, estou jantando no tribunal, esta noite, e preciso trocar de roupa. Meu criado já está aqui. Vou escrever-lhe de novo em breve, para lhe fazer um relato das conversas ocorridas, segundo Maudsley, entre ele e o boneco.

Com amor,

Gertrude sentiu-se inclinada a escrever um bilhete a Beauregard.

O caso que está julgando no momento traz ecos curiosos de nosso próprio passado. Esse sujeito, o Maudsley, deve estar louco para encontrar o amor num universo sem amor nem deuses. No entanto, segundo seu relato, só consegue encontrá-lo em uma criatura de madeira. Você há de se lembrar de como Hipólito repele os avanços amatórios de Fedra, sua madrasta, com uma frieza cheia de pruridos. Ambos morrem.

Isso com certeza está provocando algumas lembranças em você, levando-o a rememorar as sementes de nossas dificuldades atuais. Não quero ouvir mais nada sobre o caso.

Gertrude

Mesmo assim, o juiz escreveu de novo para a mulher ausente.

O caso continua. Estamos agora no quarto dia.

Maudsley afirma que, por ter sido tratado como entidade independente, o boneco Ben foi adquirindo uma crescente aparência de vida. Ele construiu uma pequena cabana para o boneco, perto da sua, num penhasco acima da praia. Quando cozinhava um caranguejo, ou um peixe, sempre servia um pedaço ao boneco, que o levava embora para "comê-lo" a sós.

Aos poucos, diz ele, começaram a conversar sobre assuntos mais pessoais. O boneco não tinha um passado sobre o qual falar, embora fosse totalmente a favor da necessidade de se abster de comer carne e de crescer para cima, soltando folhagens e frutos no caminho. Isso para ele era como uma religião.

Quando o homem tentou oferecer argumentos contrários, o boneco falou que produzir frutos era a maneira moral de viver, uma vez que era uma forma assexuada de vida. Um abacaxi era o símbolo da moral, da verdadeira moral.

Um belo dia, travou-se a seguinte conversa. Maudsley disse:

— Você não pode defender a idéia de que a reprodução assexuada seja superior à reprodução sexual. Somos tipos diferentes de gente e temos de empregar os métodos que Deus colocou à nossa disposição para aumentar nossa espécie. Argumentar a favor de um ou de outro é criancice.

— No fundo eu sou uma criança — falou o boneco, batendo no peito.

— Mas você não tem nada aí dentro do peito.

O boneco olhou-o com ar estranho. — Que sabe você da minha vida? Ao contrário de você, eu surgi da própria terra. Reprimo meus sentimentos porque nasci de uma árvore. As árvores, na minha experiência limitada, são muito controladas. Tenho sido tão fechado, comporto-me tão rigidamente. Desejo ter um coração. Por outro lado... — e isso foi dito depois de uma certa reflexão —, você não acha que os corações nos fazem tristes?

Maudsley fitou pensativo a expansão do oceano, daquele oceano que possuía algo do vazio da eternidade. Hum. Alguma coisa com certeza me deixa triste. Algo difícil de definir. Sempre achei que fosse a passagem do tempo, não o meu coração.

O boneco soltou uma risadinha zombeteira. — O tempo não passa. Isso é só um mito humano. O tempo está à nossa volta toda, qual uma espécie de gelatina. É tão-somente a vida humana que passa.

— Mas o que estou tentando lhe dizer é que não sei ao certo o que me deixa triste.

— O que significa que não pode ter muito conhecimento de si próprio! — falou o boneco. — *Comigo*, nada me deixa triste, a não ser, quem sabe, um espinho no traseiro.

Em seguida Ben deu alguns passos pela praia, as mãos cruzadas nas costas. Sem olhar para o homem, falou: — Que nada. Eu nunca fico triste. Nunca fiquei, nem mesmo quando eu ainda era novinho em folha. Mas consigo imaginar a tristeza, feito uma espécie de pó de serra. Preocupa-me quando você diz estar triste. Você é como um deus para mim, sabia? Não suporto sua tristeza.

O homem de Oriel soltou uma risada triste. — Justamente por isso tento não lhe contar sobre as dores e anseios que trago no peito.

O boneco aproximou-se e sentou-se ao lado do homem, descansando o queixo na mão. — Não quis aborrecê-lo. A verdade é que isso não é da minha conta.

— Talvez seja da sua conta.

Fez-se um silêncio entre os dois. Ao longe, no fundo do mar imenso, outro crepúsculo reunia forças para acontecer, procurando em sua paleta por um dourado mais vivo.

O boneco rompeu o silêncio.

— Mas, então, o que é mesmo que esse negócio de "triste" significa? Quero dizer, com que freqüência você se sente inclinado a ficar?

— Triste? Ah, a tristeza nada mais é que a felicidade ao contrário. Nós, os humanos, temos que suportá-la. O simples fato de ser humano é um fardo enorme a suportar.

— E você fica toda hora? É por isso que se sente impelido a colecionar esses velhos crepúsculos usados?

Maudsley porém estava contrariado com todo aquele interrogatório de um mero boneco. — Vá embora, por favor. Me deixe em paz. Você é patético e suas perguntas não fazem sentido!

— Como podem não fazer sentido? Minhas perguntas são suas perguntas, no fim das contas.

— E por que lógica chegou a essa conclusão?

O boneco respondeu: — Eu sou apenas seu eco, no fim das contas.

O homem jamais analisara a questão sob esse prisma. Ocorreu-lhe que talvez tivesse passado a vida inteira ouvindo apenas ecos de si mesmo e que sua moralidade, da qual tanto se orgulhara outrora, era tão-só uma recusa de permitir que outros entrassem em sua vida.

Largou o boneco na praia e foi ver como estava indo o crepúsculo. Ao arrastar as cores descartadas para a gaiola, no meio da selva, viu que os outros crepúsculos que salvara estavam aos poucos escurecendo com o tempo, feito jornais velhos ou bandeiras fora de uso.

Quando recebeu esse relato do marido rejeitado, Gertrude ficou furiosa. Estava convencida de que o juiz inventara o caso de Maudsley. Ligou para ele e deixou um recado na secretária eletrônica do gabinete de Beauregard dizendo-lhe para não se comunicar com ela outra vez sobre aquele assunto.

Entretanto, o juiz enviou mais uma carta à mulher, a pretexto de que com certeza gostaria de ouvir a conclusão do caso.

No dia seguinte, enquanto Maudsley caminhava sozinho pela areia, um barco a motor aproximou-se roncando da praia e dele saltou uma mulher. Vestia um costume branco de algodão leve e na cintura levava um cinturão de couro com um revólver pendurado. Embora se comportasse de maneira atlética, quando chegou mais perto ele viu que era bem velha. O pescoço estava murcho. Havia manchas de velhice salpicadas nos braços e nas mãos. Mas o sorriso naquela face vincada era bom e o cabelo tingido de loiro.

— Até que enfim o encontrei — disse ela. — Sou da Comissão Florestal do Chile. Vim resgatá-lo.

Pasmado, Maudsley perguntou se por acaso ela seria a mulher que ele amara e rejeitara, muito tempo antes, em seus tempos de Oriel.

Ela riu.

— A vida não é tão bem arrumadinha assim. Além do mais, eu estava em Wadham. Entre no barco.

Maudsley pensou no boneco e no estoque de crepúsculos gastos. Depois entrou no barco.

Aqui termina o depoimento dele.

Senhoras e senhores jurados (eu disse), graças à negligência deste homem, o povo dos bonecos está agora na casa dos muitos milhares. O boneco original reproduziu-se de maneira assexuada, como continuaram fazendo seus descendentes. Esses bonecos arruinaram a mata tropical — derrubaram quase tudo para que seus corpos fossem construídos —, e aquela parte do mundo está completamente escurecida por um acúmulo de crepúsculos.

A pena de prisão perpétua para crimes contra o meio ambiente parece-me apropriada.

E aqui encerro minha carta de hoje a você, minha querida Gertie. Claro que me sinto solitário sem você, do contrário não perderia meu tempo inventando fábulas. Espero que você e Catherine estejam se divertindo bastante à beira-mar e que se decidam logo a voltar para Oxford. As festividades da Encaenia começam em dez dias; seria tão bom se vocês pudessem me acompanhar — este ano serão realizadas em All Souls.

Você é a esperança e a inspiração de minha vida; adoro sua beleza e a amabilidade de sua alma. Volte logo!

Com amor,

Seu Beau

II

UM ARTISTA COERENTE

Arthur Scunnersman comprou uma mansão nas colinas que cercam Antibes. Alugou uma casa em Santa Bárbara. Adquiriu um iate em Nice que nunca deixou o porto. Deu festas luxuosas em Londres, Paris e Nova York. Doou à Universidade de Oxford dois milhões de dólares para que fosse construído um novo instituto de artes no local da enfermaria Radcliffe. Arthur Scunnersman vestia roupas novas todos os dias.

Ele estava em toda parte. Seu rosto aparecia em toda parte. Suas amigas eram muitas. Tratava todas muito bem, mas de modo superficial; não estava interessado no que tinham ou deixavam de ter por dentro. Corria à boca pequena que às vezes dormia tendo a mulher de um lado e o filho dela do outro.

Um laivo de escândalo que o tornou uma personagem ainda mais interessante.

Arthur Scunnersman era o artista do momento. Ficara famoso já em Oxford. Suas telas e esboços alcançavam fortunas. Seus desenhos cênicos para filmes e balés eram regiamente pa-gos. E seus temas eram também variados. Parecia não haver nada que não pudesse fazer. O nome Scunnersman estava na boca de todos.

Os amigos notavam que ele costumava desaparecer semanas a fio. Voltava com novos trabalhos, abstratos, figurativos, retratos... Ao regressar à sociedade, dava uma festa. Todos os que tinham tido o privilégio de ser convidados compareciam. O próprio Arthur costumava cantar nessas ocasiões. Às vezes cantava músicas que compusera inspirado pelo momento. Todos se encantavam, se emocionavam, se divertiam. Faziam-se lançamentos de discos, com Arthur interpretando as próprias músicas. Todos compravam. Que grande mágico era ele!

Com certeza uma pessoa diversificada. E era a espantosa diversidade de seu trabalho o que fascinava o mundo — claro, o mundo cintilante, rico e na moda que se deslumbrava com Arthur Scunnersman e com tudo aquilo que ele parecia representar; acima de tudo, o sucesso sem esforço.

Até um dia em que um crítico influente classificou sua diversidade como falta de raízes. Aí Arthur desapareceu de cena. Os repórteres do mundo inteiro juraram encontrá-lo. Nunca foi achado.

Não lhes ocorreu procurar numa pequena cidade norueguesa, vinte quilômetros ao sul de Oslo. A cidade se chamava

Dykstad. A casa que Scunnersman comprou era comum e ficava numa rua comum, em frente ao correio.

Na casa de Dykstad, Scunnersman vivia solitário, com uma governanta, uma mulher chamada Bea Bjørklund. Bea era camponesa. Curioso, mas jamais ouvira falar no nome de Scunnersman. Mas sabia um bocado sobre a pesca da cavalinha.

Sem grandes formosuras, Bea era plácida e um tanto rechonchuda, com os cabelos loiros trançados e enrolados em volta da cabeça, de tal sorte que lembrava uma rosca doce enfeitada. Os dentes eram fortes e os olhos azuis. Ela lavava, cozinhava, limpava e, passados dois meses, cedeu às súplicas de Arthur, soltou os cabelos e entrou em sua cama.

Ela insistia para que fizessem amor na posição papai-mamãe. Chegava depressa e serena ao orgasmo. Os dois levavam vidas de mediocridade estreitamente regulada. Oxford nunca foi mencionada. Scunnersman não fazia nada. De vez em quando, saía para dar um passeio nas redondezas — só até a velha ponte de pedra, depois voltava. Não consumia drogas nem bebia, como antes, embora Bea às vezes o convencesse a tomar um copinho de *akavit* com ela, à noite, antes de se deitarem.

De quando em quando iam até a costa no velho Ford enferrujado de Bea e pescavam cavalinha no profundo e irrequieto mar do Norte. Bea ensinou Scunnersman a pescar com vara. Logo também ele conseguia pegar umas cavalinhas, se bem que jamais tantas quanto ela.

Ele não pintava. Estava sem tinta em Dykstad.

Quando chegou o Natal, foi até a grande loja da cidade, não muito distante da rua onde morava, e comprou para Bea algumas roupas de baixo enfeitadas com renda francesa. Por seu lado, Bea foi até a grande loja da cidade, não muito distante da rua onde morava, e comprou para Scunnersman um caixote de tintas a óleo e pincéis.

Ele abriu o presente com espanto.

— O que lhe deu essa idéia?

Ela exibiu duas belas covinhas ao responder:

— Achei que talvez você pudesse gostar de pintar como passatempo. Uma vez eu vi um artista na televisão e ele parecia muito com você. Disseram que estava fazendo muito sucesso.

— Não me diga.

— Quem sabe você pode ter tanto sucesso quanto ele, se tentar. Você aprendeu direitinho a pescar cavalinha! — Ela riu, mostrando seus dentes e gengivas bonitos.

Ele a beijou e sugeriu que experimentasse as roupas de baixo. Ele ficaria olhando.

No Dia de Reis, decidiu pintar. Um canto da sala, de mobília esparsa, o atraía especialmente. Continha uma prateleira com alguns livros sustentados por um vaso pesado de pedra, uma velha poltrona roxa com uma almofada vermelha em cima e uma janela pequena que dava para uma pequena horta, onde plantavam verduras, sobretudo repolhos.

Começou, devagar, a pintar. O pincel sobre a tela lhe parecia estranho. Bea observou tudo sem fazer comentários.

Ele repetiu por sobre o ombro a mesma pergunta que fizera antes:

— O que lhe deu essa idéia?

Dessa vez, ela disse sorrindo: — As pessoas na aldeia não gostam de nos ver morando juntos sem sermos casados. De modo que resolvi fazer de você um artista. Assim eles não se incomodam. Não esperam outra coisa de um artista.

Ele se levantou e beijou seus lábios maduros.

Ela estava meio cética quanto à pintura, depois de terminada.

— É bonito. Mas não parece muito com a realidade.

— Mas qual seria a vantagem de se parecer exatamente com a realidade?

No dia seguinte, pintou o mesmo canto da sala, do mesmo jeito de antes. A resposta de Bea foi igual à anterior.

Ele achou graça. Pintou aquele canto da sala várias e várias vezes. Ela nunca ficava inteiramente satisfeita.

Quando produziu sua centésima tela, ela o beijou com ternura e sugeriu que desistisse:

— Você nunca será um sucesso...

Mas Arthur Scunnersman estava começando a se divertir.

III

CUBOS FALANTES

À guerra seguira-se mais guerra. A guerra civil viera com ferocidade destrutiva. Meu país de adoção estava em ruínas. Muitas centenas de milhares de pessoas tinham morrido. Vários prédios lindos tinham sido arrasados. Inúmeros casebres tinham desaparecido. Cidades inteiras eram agora meros destroços. As pessoas não tinham mais teto. Viviam debaixo de plásticos e ferviam água em fogueiras feitas com gravetos. Muitas morreram dormindo, de raiva, ferimentos ou mágoas.

Eu retornara para lá integrando uma força de paz, como funcionário da Oxfam. Já não era mais jovem e descobri que aquele país que eu amara, onde um dia vivera um amor intenso, sucumbira à velhice. Como poderia voltar a ser jovem? O que fazer para rejuvenescer a mente das pessoas? De que forma Norte e Sul poderiam viver em harmonia outra vez?

Minas inimigas continuavam escondidas em terreno aberto, esperando para explodir as pernas de camponeses e transeuntes. Máquinas inimigas ainda vagavam pelas ruas desoladas

das cidades. Esses caranguejos tecnológicos permaneciam incansáveis em sua programada maldade e disparavam fachos de laser contra qualquer coisa que se movesse, fosse do Norte ou do Sul. Ofereci-me como voluntário para exercer a função de detectá-los e desmantelá-los.

Num belo fim de semana de outubro, tive que participar de uma conferência multiétnica na capital. Havia um bonito hotel internacional construído numa área ainda moderadamente intacta. Um arremedo do que nós chamamos de "normalidade" — nossa versão ocidental de normalidade — fora implementado na região. Essa nossa versão incluía banheiras, chuveiros e refeições servidas à mesa. Refeições pagas com cartões de crédito de plástico.

Na primeira noite, encontrei-me por acaso no bar do hotel com uma mulher que fizera faculdade comigo. Depois disso voltamos a nos encontrar na mesma capital estrangeira, antes que as dissensões no país se transformassem em uma guerra civil. Chamava-se Sushla Klein. Um homem corpulento de cabeça raspada lhe fazia companhia.

Meu coração disparou. Fiquei imóvel. Ela estava sentada, olhando para o homem que se achava em pé, com as costas largas voltadas para mim. Atrás deles, na parede, havia uma cena panorâmica com cegonhas voando ou alisando as penas, de encontro a um fundo preto. Com uma força terrível, dei-me conta de como tudo havia mudado: não apenas as circunstâncias de um país antes próspero, não apenas as minhas circunstâncias, mas sem dúvida as de Sushla também. Por mais dura que tivesse sido minha vida, desde que nos separamos, a dela fora com certeza pelo menos tão difícil quanto a minha — a vida dessa mulher preciosa, destinada inicialmente para a pacata vida acadêmica. Alguma coisa no aspecto truculento de seu parceiro me dizia que ela tivera poucas escolhas, talvez poucas escolhas desejáveis, em seu modo atual de vida.

Fiquei ali parado, indeciso sobre se deveria recuar ou não. As alegrias e as dores de um antigo amor me assaltaram.

O homem troncudo pegou uma cadeira, ainda de costas para mim. De tal sorte que eu podia ver menos do perfil de Sushla e mais de seu rosto todo, à medida que ela voltava o olhar para ele.

Sushla, eu via, tinha envelhecido bastante — como eu. Ela era do Sul, ao passo que eu era do Norte. Seja como for, um dia tínhamos vivido um intenso caso de amor. Eu digo "vivido"; mas o sigilo forçado a que nosso amor fora submetido nos separara; tinha sido uma mistura extraordinária de medo, triunfo, admiração e puro desejo. Ambos sentíamos orgulho de ter por amante um membro da raça rival; contudo na época havia paz, uma espécie de paz, e esperança no futuro, uma espécie de esperança.

Lembranças daquele tempo me invadiram enquanto nossos olhares se cruzavam. Sushla pediu licença para o homem com quem estava e veio até mim, contente. O indivíduo permaneceu sentado, de olhos cravados em nós.

— Sushla, há quanto tempo...

— Ora, pois não foi ontem mesmo?

Sentamo-nos a um canto do bar e tomamos lentas cervejas juntos. Fomos formais um com o outro, meio sem ter o que dizer.

— Embora seja uma coincidência nos encontrarmos aqui — disse ela — estou mais bem preparada para isso do que você.

Lancei-lhe uma pergunta no olhar. Havia fios brancos em seus cabelos.

Ela tirou de uma sacola de compras um cubo pequeno e transparente, talvez de dez centímetros de altura. Empurrando para um lado o cinzeiro, colocou o cubo na mesa entre nós. Olhando diretamente para mim algumas vezes e para o cubo de perspex em outras, ela disse:

— Tirei a tarde de folga. Fui passear pelas vielas antigas do bairro velho. Enquanto caminhava, lembrei-me de você e de como costumávamos andar juntos por lá. Eu amava a cidade, naquela época. Parecia-me tão cheia de vigor. A maioria das barracas já não existe mais. Depois, claro, isto aqui virou capital de uma potência inimiga, do Norte. E você se foi. Bem, os tempos eram outros, quando estávamos na faculdade, não eram? Melhores, por certo.

— Muito, muito melhores, Sushla. — A mão dela repousava sobre a mesa. Cobri-a com a minha.

— Este cubo, eles eram chamados de holocubos, na época... apareceu numa loja de quinquilharias na primeira viela à esquerda da avenida. Comprei-o porque, por coincidência, já tinha encontrado seu par numa loja de uma cidade do Sul, já faz algum tempo. Mas não falemos em sincronia... Agora tenho o par. É um milagre que tenham sobrevivido em meio a tanta destruição. E ainda funcionam. Vou levá-los de volta comigo para Oxford, a semana que vem.

— Vai voltar para Oxford?

— Minha filha trabalha no Museu Ashmolean, no departamento de impressão. Mas você nem sabe que eu tenho uma filha. — Ela me lançou um sorriso por sob as pestanas. — Não sua, é bom esclarecer.

Uma pequena flechada de ciúmes me atravessou o corpo.

— O outro cubo está em meu quarto, o que comprei antes. Gostaria que os visse funcionando juntos. Podemos ligá-los no quarto. Não estou insinuando mais nada com o convite. Estamos velhos demais para essas coisas. Esvaziados de amor. Pelo menos eu estou. E também não posso esquecer que até recentemente você era meu inimigo, ou um deles. Nem as atrocidades que seu povo cometeu contra o meu.

— Meu povo não. Eu não *tenho* mais povo.

— Tem, tem sim. Está escrito na sua cara. Inglaterra. Oxford.

— Ah, isso! Não, eu agora só tenho minas. — Expliquei-lhe então qual era minha ocupação. — Essas minas foram deixadas por ambos os lados. Apesar da paz, elas continuam a matar e aleijar.

— Como os ódios antigos. — Sushla sorriu com tristeza. Viu quando o homem que a acompanhava, provavelmente o marido, apagou com violência o cigarro e saiu do hotel cruzando as portas de vidro.

Acompanhei-a até o quarto. Estava exausto e contente por ter com quem conversar — sobretudo ela. Havia um terno leve de homem pendurado na porta do armário. Seu estojo de barba jazia na mesinha de cabeceira. A cama estava desarrumada.

Sushla ligou para o serviço de copa pedindo café. Descafeinado.

Mantive distância. Meu desejo não era mais por ela e sim por nosso passado, nosso passado mútuo, quando nossas camas viviam sempre desarrumadas.

Lembrava-me muito vagamente da onda dos holocubos. Os amantes gostavam muito deles. Quando os cubos eram ligados, surgia uma cabeça lá dentro, parecendo viva, que falava, sorria e às vezes chorava. A ilusão era conseguida facilmente: um holograma da pessoa era gravado num núcleo de liga de germânio fragmentado. E o objeto adquiria vida quando passava uma corrente por ele, falando através de alto-falantes instalados em sua base. Se outra pessoa tivesse um holocubo semelhante, as duas cabeças podiam dar a impressão de estar conversando.

Sushla ligou um dos cubos. A cabeça de uma mulher com cabelos curtos muito negros, lábios vermelhos e nariz arrogante apareceu. Ela não se mexeu, permanecendo congelada no bloco de gelo artificial. A imagem estava bastante granulosa.

Quando o outro cubo foi ligado, surgiu uma cabeça masculina, jovem, animada, de ossatura larga. Por sob um boné de oleado, saíam mechas loiras de cabelo. Também ele permaneceu imóvel.

Reconheci nosso retrato quando jovens. Fui tomado de pavor. Aquela fora ela. Aquele fora eu.

Sushla aproximou os cubos e fez com que as duas cabeças ficassem frente a frente, o homem e a mulher.

As imagens puseram-se a falar.

Quem começou foi a moça, um tanto hesitante, mas logo depois soltou uma enxurrada de palavras de amor.

— ... não consigo lhe dizer o quanto o amo. Perto de casa, corre um regato de águas limpas. Meu amor por você é como esse regato, sempre puro, sempre renovado. Nunca senti antes o que sinto agora por você, por homem nenhum. Ah, meu amor, sei que vou amá-lo para todo o sempre, amá-lo e ansiar por sua companhia.

A imagem do homem estava mais nítida. Era mais fácil ouvir o que estava dizendo.

— Os tempos estão difíceis. A situação piora a cada dia que passa. Nossos políticos devem ser cegos ou loucos. Esta casa foi baleada a noite toda, ontem. Quero lhe dizer que ainda amo você, mas que é impossível visitá-la no momento. Mas quero que saiba que estou pensando em você.

Ele parou de falar. E a moça começou de novo.

— Mas você esteve em meus braços ontem à noite mesmo. A noite toda você ficou em meus braços. Como foi maravilhoso! Você sabe que eu me dou a você inteirinha, sem reservas, como o chão bebe as chuvas de verão. Seja meu para sempre, meu amor, e... feliz aniversário!

O homem sorriu com certa ternura. Falava em inglês, com a entonação concisa de Oxford.

— Os votos que fizemos dois anos atrás continuam válidos. O problema é que não consigo mais obter um visto para viajar para o Sul. Estou farto dessa situação toda. Na verdade, preciso lhe dizer... vou deixar o país, este país de repente tão cheio de disputas. Vou para o exterior, antes que as coisas piorem...

Enquanto ele se controlava, a mulher falou mais uma vez.

— Ah, obrigada, meu amor, por me dizer que virá amanhã. Podemos ficar juntos no quarto da minha prima. Ela não está. Vou deixá-lo aberto para você. Na verdade, só de dizer essas coisas tão alegres, já me sinto abrindo. Ah, meu querido amor, venha para os meus braços, para a minha cama. Amanhã estaremos juntos outra vez.

O homem disse:

— É um horror que as coisas tenham tomado esse rumo. É bem mais do que esperávamos, não é mesmo? Seja como for, sempre houve diferenças entre nós. Suas maneiras sempre foram, bem, mais atrasadas que as nossas, no Norte. Devia ter vindo para cá quando eu a convidei. Não que eu a culpe por isso. Devíamos ter percebido que a guerra civil estava a caminho. Então agora... é adeus, querida Sushla!

A imagem de Sushla falou:

— Sim, estarei aqui a sua espera. Nenhuma nuvem há de empanar o amor que sentimos um pelo outro. Isso eu juro!... Não consigo lhe dizer o quanto o amo. Perto de casa, corre um regato de águas limpas. Meu amor por você é como esse regato, sempre puro, sempre renovado. Nunca senti antes...

Sushla desligou os cubos.

— Depois disso eles começam tudo de novo. Repetem suas ladainhas sem fim... suas juras de amor.

Com lágrimas queimando meus olhos, eu disse, desconfortável:

— Claro que o holocubo dele foi gravado alguns meses depois do dela. Quando as coisas já tinham piorado muito...

Ela escondeu o rosto nas mãos.

— Ah, nós sabemos que eles não estão de fato conversando, esses dois, esses fantasmas de nossa juventude. As falas pré-programadas são disparadas pelas pausas no monólogo do outro. Mas como corta fundo... — Soluços secos interromperam-lhe as palavras.

Sentindo-me culpado e magoado, eu disse:

— Sushla, eu me lembro desse cubo. A separação me magoou tanto quanto magoou você...

Quando pus o braço em volta de seu ombro, ela se desvencilhou com delicadeza.

— Eu sei disso — falou, erguendo os olhos com raiva, o rosto manchado de lágrimas. — O que aconteceu conosco era da natureza das coisas.

Segurei uma de suas maos. — A natureza das coisas.

Ela deu uma risada bondosa. — Como eu odeio a natureza das coisas!

Quando tentei beijá-la nos lábios, ela virou a cabeça. Implorei e então nossas bocas se encontraram, como tinham feito antes. Embora tivessem permanecido juntas, lábio com lábio, hálito com hálito, desta vez não se tratava de um prelúdio, e sim de um final.

Ao descer pelas escadas — os elevadores não estavam funcionando — pensei, a guerra acabou. Como a minha juventude.

Eu não esperara pelo café. Sushla continuou em seu quarto, com os velhos cubos, as velhas palavras, as velhas emoções.

Steppenpferd

Da perspectiva cosmológica, o Sol era um ente solitário, isolado nas fímbrias de sua galáxia. Era um supergigante. Um supergigante pertencente à classe espectral K5. Visto mais de perto, parecia um globo mortiço, fumarento, uma vela prestes a se extinguir, a fumaça composta por uma miríade de partículas dançantes sob a tempestade solar magnética.

Apesar do tamanho, era o frio, registrando não mais que 3 600 K. Entretanto, como supergigante, alimentara caprichos doentios nas criaturas que dele dependiam. À volta toda de sua circunferência, estendendo-se bem além do plano da eclíptica, uma série de esferas artificiais movimentavam-se a seu serviço. Cada uma delas contendo sistemas solares cativos.

A espécie que impelira essas esferas por vastas distâncias até o supergigante autodenominara-se Pentivanashenii, palavra que muito, muito tempo atrás significava "aqueles que antes pastavam". A espécie canibalizara os próprios planetas e avançara pela grande matriz do espaço, retornando à sua estrela pátria apenas para entregar seus prêmios às órbitas cativas.

* * *

O padre Erik Predjin saiu do dormitório com as primeiras luzes da manhã. Em instantes, viriam as badaladas do sino do mosteiro, hora em que os doze monges e outros tantos noviços acordariam para ir à capela fazer as Primeiras Devoções. Até lá, aquele mundinho da ilha era seu. Ou, melhor, de Deus.

O frio úmido e rasteiro que exalava das bétulas chegou até ele. O padre Predjin estremeceu sob a batina. Gostava da pungência do alvorecer. Com passos lentos, contornou a pilha de madeira desbastada que serviria para refazer o telhado da capela, o monte de pedras numeradas que ao fim fariam parte da abside reconstruída. De quando em quando, espiava a estrutura da velha edificação à qual, com a ajuda de Deus e de sua própria força de vontade, estava devolvendo a vida espiritual.

O mosteiro continuava em mau estado. Parte dos alicerces era do século XI, da época do rei Olav, o Pacífico. A construção principal fora erigida depois, na época em que os sorábios eslavos buscaram refúgio na ilha.

O que o padre Predjin mais admirava era a fachada sul. A entrada em abóbada, ladeada por arcadas entalhadas nas pedras e por vetustas colunas escalonadas. Tudo muito gasto pelo tempo, mas ainda intacto.

— Aqui — dizia o padre Predjin muitas vezes aos supostos turistas — vocês podem imaginar os primeiros monges tentando recriar a face de Deus na pedra. Ele é grandioso, pronto a permitir a entrada de todos aqueles que O procuram, mas às vezes cego a nossas misérias. E a esta altura o Todo-Poderoso já deve estar exausto com as incertezas do tempo na Terra.

Os turistas se mexiam inquietos com esse comentário. Alguns olhavam para o alto, para o lugar onde, além do céu azul, enevoadamente, ainda se via uma faixa da esfera metálica.

O padre sentia-se um tantinho mais contente, essa manhã. Não fez nenhuma tentativa de explicar essa felicidade extra. A felicidade era uma espécie de subproduto, simplesmente algo que ocorria numa vida regrada. Claro, era outono, e ele sempre gostara do outono. Alguma coisa nessa época, quando as folhas começam a fugir diante das brisas do norte e os dias se tornam mais curtos, dava um quê a mais à existência. Com certeza uma consciência maior do grande espírito que informava o mundo natural.

Um galo cantou, celebrando o frescor da manhã.

Voltou as costas largas para o prédio pintado de ocre e foi descendo até a praia pela trilha pavimentada que ajudara os irmãos a construir. Ali, adiantou-se até a beira da água. Esse encontro dos dois elementos, terra e água, era comemorado por um cascatear de pedregulhos e pedras. Pedaços perdidos de flancos de geleiras em retirada. Essas poderosas mós poliram-nos até deixá-los luzidios sob as primeiras luzes matinais, exibindo, para quem se desse ao trabalho de olhar, uma variedade de cores e origens. Tanto quanto o mosteiro, eram prova de uma Mão Condutora fiel. Uma Mão Condutora que ainda assim se permitira ser transportada através de cem mil anos-luz...

Um peixe morto jazia prateado entre o cascalho, o suave bater das ondas do lago dando-lhe um leve movimento, como se ainda estivesse vivo. Até na morte havia beleza.

Caminhando com passos firmes, o padre aproximou-se do pequeno cais. Um velho píer de madeira estendia-se alguns poucos metros por cima do lago Mannsjo, pingando água em seu reflexo escuro. A esse píer chegariam operários e, mais tarde, outro barco com turistas extragalácticos. Bem em frente, do outro lado, a menos de um quilômetro de distância, ficava a terra firme e a pequena cidade de Mannjer, de onde partiam os barcos. Uma fatia cinzenta de poluição espalhava-se em cunha acima da cidade, cortando a imagem negra invertida das montanhas.

O padre examinou as montanhas e os telhados da cidade. Com que perícia se assemelhavam ao que ali existira antes, de verdade. Fez o sinal-da-cruz. Ao menos a pequena ilhota fora preservada, por que motivos não saberia dizer. Talvez chegasse o dia em que tudo voltaria ao normal — se ele perseverasse com suas orações.

Velhos tambores de óleo e restos de equipamento militar boiavam próximos à praia. Até cinco anos atrás, a ilha fora comandada pelos militares humanos para seus próprios fins. O padre Predjin eliminara grande parte dos lembretes dessa ocupação: o grafite na capela, os buracos de bala nas paredes, as árvores despedaçadas. Mas demorava-se em permitir que esses últimos restos militares fossem retirados. Alguma coisa lhe dizia que o velho bote enferrujado de desembarque de tropas deveria ficar onde estava, semi-afundado nas águas do lago. Agora que parara de funcionar, não estava de todo em desarmonia com o ambiente. Além disso, não havia nenhum mal em lembrar tanto aos irmãos como aos visitantes alienígenas as loucuras passadas — e a natureza incerta do mundo atual. Do mundo e, acrescentou para si próprio, de todo o sistema solar, agora encerrado naquela enorme esfera e transportado... Não sabia para onde.

Para algum lugar muito além da galáxia. Mas não para além do alcance de Deus?

Respirou fundo, satisfeito com o chape-chape das águas do lago. Podia ver a oeste de sua ilhota — sua e de Deus — o que já fora a Noruega e uma linha férrea distante. Podia ver a leste as montanhas do que fora a Suécia. O lago Mannsjo ficava no meio da fronteira entre os dois países. Na verdade, a linha imaginária dessa fronteira, conforme projetada pelos governantes mourejando nos gabinetes ministeriais de Oslo e Estocolmo, passava pelo meio da ilha de Mannsjo e, inclusive, pelo meio do velho mosteiro. Daí sua longa ocupação pelos militares humanos, na época em que as opiniões territoriais divergiam e os dois países escandinavos viviam se digladiando.

Por que discutiram tanto? Por que não imaginaram... bem... o inimaginável?

Conhecia as bétulas raquíticas que cresciam prateadas entre as pedras da praia, conhecia todas, uma por uma: divertia-se pensando nelas como sendo suecas algumas, norueguesas outras. Tocou as árvores ao passar. A casca úmida por causa da neblina, com sua textura de papel, lhe era agradável ao toque.

Agora que os militares haviam partido, os únicos invasores de Mannsjo eram aqueles turistas. O padre Predjin pretendia incentivar tais visitas. Um pequeno barco trazia todos eles, um barco que saía de Mannjer, no continente, todas as manhãs do verão, sete dias por semana, e permitia àqueles seres duas horas de estada na ilha. Na época, os turistas eram livres para passear por lá, ou fingir que oravam. E os noviços, que lhes vendiam comidas, bebidas e crucifixos, faziam um dinheirinho extra que ajudava na restauração.

O padre observava o barco que vinha sulcando as águas e os grotescos seres meio eqüinos que transportava e que iam lentamente assumindo as roupas e o formato humano.

Agosto estava desaparecendo do calendário. Logo não haveria mais turistas. Mannsjo ficava a menos de cinco graus ao sul do Círculo Ártico. Não aparecia nenhum turista nos longos meses escuros de inverno. Aqueles seres copiavam tudo quanto já existira antes, inclusive o comportamento.

— Não vou sentir falta deles — falou o padre, baixinho, olhando para o litoral distante. — Havemos de trabalhar durante o inverno como se nada tivesse acontecido. — Admitia entretanto que sentiria falta das visitantes mulheres. Embora tivesse feito o voto de castidade, muito tempo antes, Deus ainda lhe permitia regozijar-se diante da visão de mulheres jovens, seus cabelos ao vento, suas silhuetas, suas pernas compridas, o som de suas vozes. Ninguém da Ordem — nem mesmo o bonito noviço Sankal, tão jovem — poderia igualar as qualidades das mulheres. Qualidades de antílope. Mas, claro, tudo ilusão; na verdade havia sete membros negros desajeitados por trás de cada par enganoso de pernas bonitas.

Os seres entraram na sua mente. Ele sabia. Às vezes pressentia-os ali, feito ratos por trás da madeira de seu quarto.

Voltou-se para o leste, fechando os olhos para beber a luz. Tinha um corpo magro e bronzeado. E o rosto de um homem sério que gostava de rir. Os olhos em geral eram azul-acinzentados e o exame que faziam de seus semelhantes era inquisitivo porém amistoso: talvez mais inquisitivo que aberto, como prateleiras de livros numa biblioteca, cujos dorsos prometem muito mas revelam pouco de seu conteúdo. Dizia-se, entre aqueles com quem o padre Predjin negociara a compra da ilha, que ele não confiava em ninguém, provavelmente nem mesmo em seu Deus.

O cabelo preto, por enquanto apenas levemente salpicado de branco, estava cortado em forma de cuia. Trazia o rosto barbeado. Em volta dos lábios, brincava uma espécie de determinação cordial; seu porte também sugeria determinação. A seu modo tranqüilo, Erik Predjin não percebera o quanto a beleza lhe facilitara o caminho na vida, fazendo com que aquela determinação precisasse ser exercida com bem menos freqüência do que teria sido o caso, em outras circunstâncias.

Lembrou-se do rosto de uma mulher que conhecera outrora e perguntou-se por que os homens não eram mais felizes. Por acaso homens e mulheres não tinham sido postos na Terra para fazer a felicidade uns dos outros? Seria porque a humanidade fracassara de alguma forma, e de maneira dramática, que essa multidão extraordinária de seres descera sobre o planeta para varrer tudo aquilo que já fora considerado permanente?

Como acontecera de o mundo se pegar tão cheio de pecados que fora necessário destruí-lo? Agora aqueles que haviam se isolado em Mannsjo continuariam a prestar-Lhe reverência. Tentariam em sua fragilidade fazer-Lhe reverência. Salvar o mundo e devolvê-lo ao que já fora um dia, torná-lo inteiro e feliz de novo. Sem pecado.

Os pedregulhos rangiam sob suas sandálias. Abraçando o próprio corpo para se proteger do frio, afastou-se da água, subindo por outra trilha que contornava uma imensa pedra. Ali, numa várzea abrigada, galinhas ciscavam. Ali ficava a horta onde a Ordem plantava verduras — batatas, sobretudo — e ervas, além de criar abelhas. Tudo somado, mal tinham o suficiente para sustentar todos, mas o Todo-Poderoso aprovava a frugalidade. Enquanto o padre caminhava entre as verduras, lançando-lhes um olhar de especialista, o sino do mosteiro começou a badalar. Sem apressar o passo, continuou, sob as macieiras, até sua recém-reformada igreja.

Em voz alta, juntando as mãos, disse ao entrar:

— Obrigado, Senhor, por mais um de seus dias maravilhosos a serem vividos. Proteja-nos dos Pentivanashenii. E abençoe meus companheiros de trabalho, para que eles também experimentem Seu júbilo.

Depois das preces matinais, vinha o desjejum. Pão caseiro, peixe fresco do lago, água do poço. O suficiente para encher a barriga.

Pouco depois das dez da manhã, o padre Predjin e dois outros irmãos foram até o cais receber o barco matinal que trazia os operários de Mannjer. Os trabalhadores eram voluntários.

E pareciam incluir não apenas escandinavos como também homens, sobretudo jovens, de outras partes da Europa, além de um japonês que viera visitar Mannsjo como turista dois anos antes e resolvera ficar. Enquanto aguardava para entrar no noviciado, morava em Mannjer com uma mulher aleijada.

Ah, todos tinham sua história. Mas ele os vira da janela, quando pensavam não haver ninguém olhando, revertendo para aquela forma encaroçada, com aquelas imensas mãos quase se arrastando, dc sctc dedos, cinzentas.

Este era o segredo do padre: uma vez que sabia que esses seres eram assimétricos, e não simétricos, ou quase, como eram os humanos, compreendeu que Deus dera as costas para o aspecto deles. Por causa disso, eram maus.

Os monges saudaram os falsos operários e lhes deram a bênção. Depois distribuíram as instruções para as tarefas do dia. Poucos precisavam delas. Os pedreiros, carpinteiros e rebocadores continuaram a fazer o que vinham fazendo.

Será certo permitir que tais alienígenas, seres que odeiam a Deus, participem da construção do Seu edifício? Haveremos de ser amaldiçoados por termos permitido esse erro?

Havia agora uma certa urgência suplementar nos modos competentes dos trabalhadores; o inverno estava chegando. Por sobre o tímpano do domo principal estava sendo colocado um telhado de azulejos quase chato, para protegê-lo das intempéries. Não havia dinheiro, no momento, para o tão sonhado domo revestido de cobre, que seria posto quando houvesse fundos.

Depois de se certificar de que estavam todos ocupados, o padre voltou ao edifício principal e subiu a escada tortuosa que levava a seu gabinete, no terceiro andar.

Era um aposento estreito, iluminado por duas janelas redondas e mobiliado com pouco mais do que uma escrivaninha carcomida de cupins e um par de cadeiras bambas. Além de um crucifixo pendurado na parede caiada atrás da mesa.

Um dos noviços entrou para falar com o padre Predjin sobre a questão do aquecimento durante o inverno. O problema surgia todo ano, por volta dessa época. Como sempre, permaneceu sem solução.

Logo depois entrou Sankal. Devia estar esperando na escada, do lado de fora da porta.

O padre fez um gesto para que se sentasse, mas o rapaz preferiu continuar de pé.

Sankal ficou ali parado, torcendo as mãos em volta do hábito grosseiro, tímido como sempre, mas com cara de um jovem que tem algo importante a dizer e espera apenas uma deixa.

— Deseja deixar a Ordem? — perguntou o padre Predjin, rindo para mostrar-lhe que era brincadeira e que estava somente lhe dando uma chance de resposta.

Julius Sankal era um jovem pálido e bonito, com uma penugem no lábio superior. Assim como muitos outros noviços de Mannsjo, fora acolhido no refúgio do padre Predjin porque o restante do globo estava desaparecendo.

Naqueles dias, o padre costumava ficar diante da igreja, olhando para o céu noturno, vendo as estrelas desaparecerem uma a uma, enclausuradas paulatinamente pela esfera. Era certo que também o mundo estava sumindo, pouco a pouco, para ser substituído por uma réplica vagabunda — talvez por uma réplica sem massa, para facilitar o transporte. Sobre tais coisas, só se podia especular, com uma sensação cada vez mais opressora de ignorância e medo.

Sankal chegara a Mannjer sob a neve. Mais tarde furtara um barco para poder ir para a ilha, atirar-se à mercê do mosteiro arruinado e de seu diretor. Agora tinha por tarefa assar o pão da irmandade.

— Talvez seja preciso que eu saia — falou o jovem, de olhos baixos. O padre Predjin esperava, as mãos em repouso, ligeiramente unidas, sobre o tampo escalavrado de sua mesa. — É que... eu não posso explicar. Eu cheguei a uma crença errada, padre. Muito eu rezei, mas cheguei a uma crença errada.

— Como você bem sabe, Julius, aqui vocês podem seguir uma de uma série de crenças. A primeira coisa importante é acreditar num deus, até que se acabe por enxergar o verdadeiro Deus. Assim acendemos uma luz pequenina num mundo completamente perdido e cheio de trevas. Se sair, irá para um mundo maldito onde tudo é ilusão.

O som das marteladas ecoava acima deles. Novas traves estavam sendo postas no telhado da abside.

O barulho quase abafou a resposta de Sankal, que veio em voz baixa mas firme.

— Padre, eu sou uma pessoa muito tímida, o senhor sabe. No entanto, estou amadurecido. Sempre tive muitos pensamentos interiores. Agora esses pensamentos afluem como um regato para essa crença errada. — E deixou a cabeça pender.

Predjin levantou-se, dominando a silhueta do rapaz, com uma expressão grave e compassiva.

— Olhe para mim, filho, e não sinta vergonha. Toda nossa vida é cheia de marteladas como as que ouvimos agora. É o ruído de um enorme mundo material desabando sobre nós. Precisamos nos acautelar. Essa crença errada deve deixá-lo muito triste.

— Padre, eu respeito sua teologia. Mas talvez o que seja uma crença errada seja certa para mim. Não, quero dizer... É difícil explicar. Chegar a uma crença nítida... isso é bom, não é? Mesmo que seja a crença errada. Então talvez não seja errada, no fim das contas. Talvez seja boa, na verdade.

Com um sinal muito leve de impaciência, o padre Predjin disse:

— Não entendo seu raciocínio, Julius. Será que não poderemos arrancar essa crença errada de sua mente, como se fosse um dente estragado?

Sankal olhou para seu mestre com ar desafiador. Exibiu os punhos cerrados, de nós brancos, sobre a mesa.

— Minha crença é a de que esta ilha não foi fazida — *feita* por Deus. Também ela é uma ilusão, feita pelo terrível adversário de Deus.

— Isso nada mais é do que não-crença.

A resposta veio desafiadora:

— Não, não. Eu acredito que foram os Maus que fizeram o lugar onde moramos. Nossa própria bondade é uma ilusão. Tenho provas de que é assim.

Pensando profundamente antes de responder, o padre Predjin falou:

— Vamos supor por alguns momentos que estamos vivendo numa ilha feita por essas temíveis criaturas que agora são donas do sistema solar, que tudo não passe de ilusão. No entanto, a bondade não é uma ilusão. A bondade jamais é uma ilusão, onde quer que se encontre. O mal é a ilusão...

Mesmo enquanto falava, pensou ter visto algo de furtivo e mau nos olhos do jovem parado à sua frente.

O padre Predjin examinou Sankal com todo o cuidado, antes de perguntar:

— E foi repentina essa sua conclusão?

— Foi. Quer dizer, não. Percebi que sempre pensei assim. Só não sabia disso. Sempre estive fugindo, não é mesmo? Mas ao vir para cá... bom, o senhor me deu tempo para pensar. Percebi que o mundo é mau e está ficando pior. Porque é regido pelo Demônio. Sempre falamos do Demônio em nossa casa. Bom, e agora ele veio sob essa forma de cavalo para nos sufocar a todos.

— E que provas são essas que você tem?

Sankal retesou-se todo para enfrentar o padre raivoso.

— Estão em mim, nas cicatrizes que tenho na mente e no corpo desde menino. O Demônio não precisa bater para entrar. Ele já está dentro.

Depois de uma pausa, o padre sentou-se novamente e fez o sinal-da-cruz, dizendo:

— Deve se sentir muito infeliz por acreditar numa coisa dessas. Isso não é crença, da forma como entendemos a crença, e sim uma doença. Sente-se, Julius, e deixe-me dizer-lhe uma coisa. Porque se acredita seriamente no que está dizendo, então terá de nos deixar. Seu lar terá de ser no mundo da ilusão.

— Eu sei disso. — O jovem parecia querer rebelar-se, mas sentou-se numa cadeira mambembe. As marteladas lá em cima continuavam.

— Eu estava justamente conversando com alguém sobre como vamos nos manter aquecidos no próximo inverno — falou o padre, como quem não quer nada. — Quando cheguei a esta ilha com dois companheiros, conseguimos, nem sei como, sobreviver ao longo inverno. Este prédio estava num estado deplorável, com metade do teto desabado. Não tínhamos eletricidade e não poderíamos ter pagado por ela, caso houvesse.

E continuou:

— Queimávamos a lenha que tirávamos das árvores caídas. Mannsjo, na época, era mais arborizada do que agora. Vivíamos praticamente em duas salas do térreo. E não comíamos quase nada além de peixe. De vez em quando, as pessoas bondosas de Mannjer vinham até aqui de patins, pelo lago, para nos trazer roupas quentes, pão e *akavit*. No restante do tempo, rezávamos, trabalhávamos e jejuávamos. Foram tempos felizes. Deus estava conosco. Ele se regozija com a escassez.

Depois de uma pausa, o padre prosseguiu:

— Com o correr dos anos, fomos ficando mais sofisticados. De início costumávamos nos virar com velas. Depois, com lamparinas e aquecedores a óleo. Hoje estamos conectados de novo com o fornecimento de energia de Mannjer. Não sei como, a eletricidade ainda funciona. Agora temos de nos preparar para um inverno mais longo e escuro, o inverno da Descrença.

— Não entendo o que o senhor espera — falou Sankal. — Esse pedacinho do passado está perdido em algum lugar fora da galáxia, onde Deus... onde seu deus é um estranho completo.

— Eles ouvem menções a respeito, de vez em quando. — O padre falava com muita firmeza. — Os chamados turistas ouvem falar dele. Os supostos operários trabalham a seu serviço. Desde que o mal não entre em nós, faremos todos o trabalho do Senhor, seja onde for que estejamos neste universo.

Sankal deu de ombros. Depois lançou um olhar para trás.

— O Demônio pode entrar em você porque ele é dono de tudo... tudo o que há no mundo foi ele quem fez.

— Você vai acabar doente se continuar acreditando nisso. Essas eram as crenças que tinham outrora os cátaros e os bogomilos. Eles pereceram. O que estou tentando lhe dizer é que é fácil confundir o perigo em que nos encontramos, o perigo mais que mortal, com a obra do Demônio. Não existe Demônio. Existe tão-somente a deserção de Deus, coisa que em si mesma já é extremamente penosa, sob muitos aspectos espirituais. Você está sentindo a falta da paz de Deus.

Por sob as sobrancelhas, Sankal lançou a Predjin um olhar de ódio malvado.

— Com certeza. Por isso desejo sair.

As marteladas acima deles cessaram. Ouviram os passos dos operários andando no alto.

O padre Predjin limpou o pigarro.

— Julius, o mal existe nos homens, em todos nós, com certeza...

Sankal gritou de volta:

— E nesses demônios-cavalos que fizeram isso com o mundo!

O padre teve um estremecimento, mas continuou:

— Temos de olhar o que aconteceu como sendo parte da estratégia divina do livre-arbítrio. Ainda podemos escolher entre o bem e o mal. Temos o dom da vida, por mais dura que ela seja, e nela temos de escolher. Se for embora daqui, não poderá voltar.

Entreolharam-se, cada um de um lado da mesa carcomida. Lá fora, para além das janelas redondas, um sol aguado surgira por trás das montanhas do Leste.

— Quero que fique e nos ajude na luta, Julius. Para seu próprio bem. Podemos arrumar outro padeiro. Outra alma, isso já é diferente.

De novo Sankal lhe lançou um olhar de esguelha.

— Tem receio de que minha crença tenebrosa se espalhe entre os outros monges?

— Claro. Claro que sim. A lepra é contagiosa.

Depois que o rapaz saiu, quase antes mesmo que o ruído de seus passos sumisse na escada tortuosa, o padre Predjin levantou a batina e plantou os joelhos nas tábuas gastas do chão. Juntou as mãos. Curvou a cabeça.

Agora não havia mais ruído nenhum, os operários tinham terminado de martelar, restara apenas o imperceptível tique-taque que um coração é capaz de fazer; e uma borboleta esvoaçou de encontro a uma vidraça, incapaz de compreender o que a separava da liberdade.

O padre repetiu seu mantra rogatório até sentir a consciência acalmada e afundar nas profundezas de uma mente maior.

Os lábios pararam de se mover. Aos poucos, surgiram as escrituras, enrolando-se, desenrolando-se, retorcendo-se sobre si mesmas em sânscrito tridimensional. Havia nessa escrita uma sensação de graça divina, como se as mensagens transmitidas fossem as da boa vontade; no entanto, não poderiam jamais ser interpretadas, a menos que elas próprias fossem a mensagem, a de que a vida é um dom e uma obrigação, contendo um outro significado que permaneceria eternamente fugidio.

As escrituras tinham uma cor que lembrava a do ouro e, enquanto se contorciam e se elaboravam, muitas vezes apareciam indistintas de encontro a um fundo arenoso.

Com a atividade cerebral quase dormente, não havia possibilidade de a inteligência se concentrar em nenhum tipo de interpretação. Nem de chegar a algum julgamento finito. As reviravoltas labirínticas que ocorriam sem descanso teriam desafiado tais tentativas. Sim, porque as escrituras se enrodilharam sobre si mesmas qual serpentes, formando uma espécie de *tugra* por sobre o velino da lacuna neural. Ascendentes estenderam-se para o alto, dando origem a painéis pelos quais rabos abanavam de lá para cá, criando em si galhos policromáticos ou abstrações tufosas de gravetos de amaranto.

Os rebuscamentos continuaram. As cores aumentaram. Anéis imensos formaram uma auto-estrada complexa de escrita e encheram-se com dois arranjos de floreios superpostos espiralados em lápis-lazúli com laivos carmíneos. O emaranhado espalhou-se, ordenadamente, em seu crescimento e replicação.

Agora o desenho todo, que parecia se expandir infinitamente, estava ou recuando ou chegando mais perto, transformado em nota musical. Um ruído que foi se tornando mais aleatório, mais parecido com o frêmito de asas contra uma vidraça. À medida que as escrituras desapareciam, à medida que a consciência voltava como um preamar, o bater de asas assumiu um tom mais sinistro.

Muito depressa — intoleravelmente rápido — rompendo a atmosfera de calma transcendente — aquele rufar já era uma trovoada de natureza inescrutável. Como o ruído de cascos, como se um grande animal estivesse tentando desajeitadamente galgar uma escada impossível. Aos trancos — mas cheio de selvageria, decidido a ter sucesso.

O padre Predjin recobrou a consciência. O tempo passara. Nuvens escureciam o céu no olho sem pálpebras da janela redonda. A borboleta jazia exausta no parapeito. Mas o barulho infernal continuava. Era como se um garanhão estivesse tentando subir a escadaria espiralada do mosteiro.

O padre ergueu-se do chão.

— Sankal? — perguntou, num sussurro.

Correu até a porta e firmou-a com as costas, repuxando apavorado a pele das bochechas, expondo as duas fileiras de dentes. O suor brotava-lhe como lágrimas da testa.

— Salva-me, salva-me, Pai divino e suave, salva-me, maldito sejas! Eu sou tudo o que tens!

Ainda assim a grande besta avançou, com todo o poder dos Pentivanashenii por trás.

Capacidade cognitiva e a lâmpada elétrica

A chegada da nave espacial *Conqueror* ao espaço arcopiano não deixa de ser irônica. Ao mesmo tempo, oferece-nos também a oportunidade de lembrar de nossos antecessores distantes e compreender alguma coisa das sociedades combativas e toscas da época.

Assim que os cadáveres foram retirados da *Conqueror* e levados para nossos museus, enviamos mecanos para examinar a nave, como parte de nossos registros filogenéticos.

A espaçonave estava equipada com antiquados computadores-quanta. A *Conqueror* deixara o velho sistema solar no final de 2095. Levava dez mil embriões humanos em condições criogênicas e vários milhões de outros embriões, congelados de modo semelhante, de gêneros animais terrestres, juntamente com diversas espécies vegetais. Havia também uma tripulação de vinte pessoas, apoiadas por drogas antitanatônicas.

A nave fora construída com capacidade para acelerar a doze por cento da velocidade da luz. Pelos cálculos técnicos, deveria chegar a este sistema (onde apenas dois planetas capazes de sustentar vida derivada de carbono haviam sido identificados) em cento e noventa e seis anos. A fonte de energia era um motor de fusão.

Naqueles tempos muito primitivos, todas as atenções se voltavam para a aparelhagem. Mas foi a bactéria que dizimou a *Conqueror*, matando tripulação e embriões.

Avanços na radiotelescopia revelaram nada menos do que quinze planetas orbitando o principal Sol da seqüência de Arcópia. Pelo menos cinco ambientes sustentáveis. Na Segunda Renascença, ocorrida na terceira década do século XXII, a ordem espiritual dos Exilados de Deus aperfeiçoara um foguete propulsor a íon e equipara outra nave interestelar, a *Pilgrim*. A *Pilgrim* foi lançada da órbita de Plutão em 2151, transportando embriões de novas espécies de animais, frutos e seres humanos. A viagem toda foi governada por quântors; os Exilados de Deus não submeteram os humanos a anos e anos de prisão, como acontecera na *Conqueror*.

Essa viagem levou cento e trinta e oito anos para ser completada. De modo que a chegada se deu em 2289, ou seja, dois anos antes da *Conqueror*, apesar de ter iniciado o trajeto cinqüenta e seis anos depois.

Nesses foguetes propulsores melhorados, podemos ver alguns símbolos da expansão da consciência humana. Tudo está sujeito a mudanças e as coisas vivas, a mudanças evolutivas que marcam sua passagem pelo tempo. Os estudos sobre a evolução da consciência humana não eram sequer reconhecidos como uma disciplina até os vôos interestelares acelerarem os processos conceituais. A necessidade de compreender e lidar com ambientes totalmente novos foi a responsável por essa rápida aceleração em nossa atividade mental. Na verdade, ocorrera uma aceleração semelhante cerca de quarenta mil anos antes, na Europa, quando novos ambientes provocaram uma grande expansão nas metáforas da arte e escultura — todas elas representativas de um avanço na capacidade cognitiva.

O que significa dizer que produzir arte ou ciência é experimentar um encontro de faculdades anteriormente um tanto isoladas, que se combinam para formar um todo maior. Outro exemplo muito conhecido desses acontecimentos quânticos é a Primeira Renascença, época de grandes progressos nas artes, ciências, bem-estar social e administração política.

O filósofo do século XXII, Almond Kunzel, fez uma analogia entre a consciência humana e a lâmpada elétrica da velha ordem. A antiga consciência pode ser comparada a uma lâmpada de quarenta watts — suficiente, em termos, para iluminar um aposento, embora insuficiente para que se vejam os detalhes. A Renascença marca uma mudança de brilho para sessenta watts. Já se pode divisar muito mais, embora a luminosidade não vá muito longe.

Com o século XX, muitas vezes chamado de Século Selvagem por causa das guerras horripilantes, das ameaças de guerra e dos genocídios ocorridos, a lâmpada aumenta de intensidade e passa aos cem watts. Apesar da selvageria, a humanidade está pela primeira vez desenvolvendo uma forma de consciência remota (remsciência, conforme a terminologia atual), para ajudar na exploração de todos os ambientes.

Entre esses ambientes estavam, é claro, o sistema solar, ao qual nossos antecessores se viam confinados, e o cérebro humano. O cérebro já estava quase todo mapeado, ao final do Século Selvagem. Com a capacidade de fabricar geneticamente as funções do cérebro, muitas irregularidades causadas pela forma tosca como esse organismo fora construído acabaram sendo erradicadas. Um pensamento mais claro surgiu como resultado disso. A guerra foi evitada.

No momento, atingimos o estágio, nas palavras de Kunzel, do cérebro de mil watts. Nossos filhos nascem compreendendo a teoria dos fractais.

Essa grande expansão da capacidade cognitiva levou à nova percepção do universo como uma série de contigüidades e à construção terrestre, no ano de 2162, do foguete a fótons. A frota de naves lançada em 2200 chegou a este nosso sistema planetário de Arcópia no ano seguinte.

Nossa cultura estabeleceu-se definitivamente quando chegaram as velhas naves de 2095 e 2151, fósseis de outros tempos. Elas estão atracadas em órbitas muito distantes do planeta onde a humanidade começou — muito antes que houvesse até mesmo uma lâmpada elétrica para iluminar nosso caminho. Registros encontrados nesses velhos brutamontes ousados demostram que, infelizmente, o mundo humano já conteve menos ordem, menos alegria e menos satisfação do que hoje.

Sociedade tenebrosa

... porque embora ele tenha deixado este Mundo inda há pouco, cada hora de que se tem notícia muito acrescenta àquela Sociedade tenebrosa; e considerando-se a Mortalidade incessante do Ser Humano, não se pode conceber que na Terra morram apenas alguns milhares por Hora...

Sir Thomas Browne, 1690.

Milhões de pessoas, mortas e imprestáveis. Marchando pelas ruas enevoadas, tentando articular as tristezas que as afligiam na fase anterior da existência. Tentando articular o que não tinha uma língua. Recapturar alguma coisa...

Um insignificante operador do computador militar de Aldershot introduz uma decisão jurídica de pouca monta na internet, destinada a um posto distante de uma divisão servindo em país hostil. E assim como os micélios do fungo propagam-se por baixo da terra numa massa de filamentos invisíveis, também a rede do sistema da internet espalha-se invisível por todo o planeta, utilizando até mesmo o insignificante operador das Forças Armadas em sua procura cega por mais suporte — e, ao fazê-lo, desperta o ressentimento de antiqüíssimas forças ctonianas contra a nova tecnologia que, em seu cego impulso semi-autônomo de dominação, ameaça os substratos nutrientes dessas forças bem no fundo das vastidões planetárias da consciência humana. O pequeno operador, encerrando seu turno enquanto aquelas forças ocultas já estão — sem maiores considerações ao tempo ou à razão humana — em movimento, agitando-se para restabelecer a si mesmas no universo não astronômico, olha o relógio e vai para o boteco mais próximo.

O batalhão requisitara uma mansão muito antiga e ali ficaria enquanto durasse a campanha. Patentes inferiores foram alojadas nos terrenos da propriedade, dentro do perímetro fortificado. Apenas os oficiais moravam no velho casarão confortável.

Ano a ano, os militares foram destruindo o palacete, arrancando os painéis de carvalho para fazer fogo, utilizando a biblioteca como galeria de tiro, fazendo mal uso de tudo o que fosse vulnerável.

O coronel enfiou o áudio na caixa e virou-se para seu assistente.

— Ouviu bem isso, Julian? O relatório que veio da divisão de Aldershot? O veredicto da corte marcial acabou de entrar. Decidiram que o cabo Cleat é mentalmente instável e não pode ser julgado.

— Vai ser expulso?

— Exato. Ainda bem. Nos poupa a publicidade. Providencie a papelada, sim?

O assistente marchou para a porta e chamou o sargento.

O coronel aproximou-se do fogo que ardia na lareira e aqueceu o traseiro. Fitava pela janela alta os jardins da mansão. Uma cerração matinal limitava a visibilidade a duzentos metros. Tudo parecia bastante tranqüilo. Um grupo de soldados em uniforme de combate reforçava a cerca de segurança. As árvores altas que ladeavam a entrada de veículos eram em si mesmas uma garantia de estabilidade. No entanto, não convinha jamais esquecer que aquele era território inimigo.

Ele não conseguia entender o caso do cabo Cleat. Sem dúvida, era um sujeito meio estranho. O coronel conhecia a família. Os Cleat tinham feito fortuna no começo dos anos 80, com uma cadeia de lojas de aparelhos eletrônicos, que depois fora vendida com enorme margem de lucros a uma empresa alemã. Cleat deveria ter se tornado um oficial; em vez disso, optara por servir como soldado.

Alguma briga com o pai, o idiota. Um costume muito inglês. Foi se casar com uma judia. Claro que Vivian Cleat, o pai, era um empertigado de uma figa, quanto a isso não havia a menor dúvida. Mas conseguira se sagrar par do reino.

Inútil tentar entender os outros. A preocupação das Forças Armadas era pôr ordem, organizar as pessoas, não compreendê-las. A ordem era tudo, no frigir dos ovos.

De qualquer modo, o cabo Cleat era culpado. O batalhão inteiro sabia disso. A divisão lidara da melhor maneira possível com o assunto, uma vez na vida; quanto menos publicidade, melhor, numa época como aquela. Expulsar Cleat do exército e esquecer o assunto. Levar adiante aquela maldita guerra.

— Julian?

— Às ordens, coronel.

— Qual sua opinião sobre o cabo Cleat? Sujeitinho arrogante, não acha? Cabeça-dura?

— Eu não saberia dizer, coronel. Mas me disseram que escreve poesia.

— Melhor entrar em contato com a esposa. Providenciar um transporte para que vá buscá-lo, tirar esse sujeito das nossas mãos. E olhe que já vai tarde.

— Coronel, a esposa morreu enquanto Cleat estava no xadrez. Eunice Rosemary Cleat, vinte e nove anos. Talvez se lembre, o pai dela era herpetologista em Kew. Morava perto de Esher, algo assim. O veredicto foi suicídio.

— Dele?

— Dela.

— Raios. Bom, então ligue para o serviço de auxílio às tropas. Livre-se do sujeito. Tire-o de nossas mãos. Que volte lá para a Inglaterra.

Ele comprou um bilhete para a balsa. Encolheu-se num canto do convés de passageiros, braços em volta do corpo, sentindo muito medo do ar, do movimento e de não sabia mais o quê. No cais, comprou um salgado e o comeu, ao abrigo da chuva. Depois pediu uma carona que o levou até Cheltenham. Dali, comprou passagem num ônibus que ia para Oxford. Precisava de dinheiro, de um lugar para morar. Também precisava de algum tipo de ajuda. Ajuda mental. Reabilitação. Não sabia exatamente o que queria. Sabia apenas que havia algo de errado, que não estava em seu juízo pleno.

Em Oxford, registrou-se num hotel barato da rua Iffley. No mercado, procurou uma barraca de indiano que vendesse roupas em conta e comprou uma camiseta, uma calça jeans desbotada e um camisão de tecido grosso, feito na China. Foi até seu banco em Cornmarket. Viu que ainda tinha uma quantia razoável de dinheiro ali.

Embebedou-se aquela noite com um bando simpático de moços e moças. Pela manhã, não conseguia se lembrar do nome de nenhum deles. Sentia-se mal e saiu do hotel barato de mau humor. Ao deixar o quarto, dera uma olhada por cima do ombro. Alguém ou alguma coisa lhe chamara a atenção. Pensou ter visto um homem muito abatido sentado numa cama desfeita. Não havia ninguém. Outro delírio.

Foi até sua antiga faculdade falar com o tesoureiro. Era período de férias; por trás dos muros gastos e cinzentos de Septuagint, a vida se solidificara feito molho frio de cordeiro. O porteiro informou que o senhor Robbins estaria fora no período da manhã, vendo umas propriedades em Wolvercote. Sentou-se no gabinete dele, encolhido num canto, torcendo para não ser visto. Robbins só voltou às três e meia da tarde.

E pediu um bule de chá.

— Como você deve saber, Ozzie, seu "apartamento" não passa na verdade de um quarto de despejo e voltou a ser usado como tal. Faz o quê, já? Quatro anos?

— Cinco.

— Bom, é meio complicado. — O homem estava na verdade bastante contrariado. — Mais do que complicado, na verdade. Escute, Ozzie, eu tenho uma pilha de coisas para fazer. Suponho que dê para a gente receber você em casa, só por uns...

— Eu não quero isso. Quero o meu antigo quarto de volta. Quero me esconder, ficar fora da vista de todos. Puxa, John, você me deve um favor.

Robbins despejou calmamente seu Earl Grey numa xícara. — Eu não lhe devo coisíssima nenhuma, meu caro. O benfeitor da faculdade foi seu pai. Mary e eu já fizemos o bastante por você, por sinal. Além do mais, nós estamos sabendo o que você andou aprontando, prejudicando sua carreira desse jeito.

Recebê-lo aqui na faculdade seria violar todas as regras. Como você bem sabe.

— Vá se danar! — Virou as costas irado. Mas antes que chegasse à porta, Robbins o chamou de volta.

O depósito sob os beirais da Ala Joshua de Septuagint continuava idêntico ao tempo em que servira de alojamento a Cleat. A luz entrava por uma clarabóia do lado norte. Era um quarto comprido, com uma inclinação forte numa das pontas, onde fazia ângulo com o telhado, como se um gigante tivesse lhe tirado uma fatia com um facão de açougueiro. O lugar cheirava a coisa fechada, ao bolor da antiga sabedoria que se infiltrava pelo assoalho.

Cleat parou, fitando raivosamente uma pilha de velhas poltronas por alguns momentos. Pôs-se a arrastá-las para um dos cantos e descobriu que sua cama continuava no mesmo lugar, bem como a velha arca de carvalho, sua desde os tempos do ginásio. Ajoelhou-se nas tábuas empoeiradas e destrancou-a.

A arca continha umas poucas posses. Roupas, livros, a espada de um aviador japonês, nenhuma bebida. Uma foto de Eunice usando um lenço no pescoço. Fechou a tampa e caiu na cama.

Segurando a foto na luz, examinou a representação colorida do rosto dela. Bonita, sim; um tanto tola, sim. Mas não mais do que ele. O amor fora uma tortura, simplesmente enfatizara sua própria futilidade. Uma mulher chama mais a atenção do que um homem, claro. Não havia nada a esperar dos companheiros homens — nem do maldito pai. Todos aqueles sinais que as mulheres exibem, sem o saber, destinados a provocar interesse...

Tanto a fisiologia como a psicologia humanas tinham sido habilmente projetadas para a inquietude humana máxima, pensou.

Não era de admirar que tivesse transformado sua vida num inferno em miniatura.

Mais tarde saiu e foi até a cidade, onde se embriagou, primeiro com cerveja, depois com vodca e, por fim, com uísque barato.

A manhã seguinte foi péssima. Trêmulo, subiu na cama para olhar pela clarabóia. O mundo parecia ter perdido todas as cores da noite para o dia. Os telhados cinzentos de ardósia de Septuagint reluziam de umidade. Mais além, os telhados cinzentos de ardósia de outros prédios, de outras faculdades, uma paisagem toda de ardósia e de cinzas, com abismos entre os morros pontiagudos.

Depois de um tempo, controlou-se, calçou os sapatos e saiu andando pelo corredor do sótão, antes de descer os três lances da Escadaria Doze. Os degraus de pedra estavam gastos pelos séculos de estudantes que haviam se instalado nos quartos daquele prédio, cada um com sua pequena cela fechada por uma porta de carvalho, tentando absorver quanto conhecimento conseguisse. Os lambris de madeira das paredes estavam arranhados e escalavrados. Igualzinho a uma prisão, pensou.

Chegando ao pátio interno, olhou em volta. A Sala dos Adjuntos ficava a um canto. No impulso, cruzou o lajeado e entrou. A sala fora construída no estilo perpendicular do gótico inglês, com altas janelas e pesados painéis entalhados com motivos ornamentais. Entre as janelas, ficavam os retratos solenes dos benfeitores do passado. O retrato do seu pai fora retirado de onde se achava, quase no final da fila; em seu lugar havia o retrato de um japonês de toga e barrete, com o olhar sereno por trás dos óculos.

Um criado que polia os troféus de prata num canto da sala aproximou-se para perguntar, num tom em que se misturavam a vontade de agradar e a astúcia, e que Cleat conhecia tão bem dos tempos de estudante:

— O senhor deseja alguma coisa? Aqui é a Sala dos Adjuntos.

— Cadê o retrato de Sir Vivian Cleat que ficava aqui?

— Esse é o senhor Yashimoto. Um de nossos recentes benfeitores.

— Eu sei que é o senhor Yashimoto. Estou lhe perguntando sobre um outro benfeitor famoso, Vivian Cleat. O retrato ficava aqui. Cadê?

— Suponho que tenha sido levado.

— Levado para onde? Para onde ele foi?

O criado era alto, magro e ressequido. Como se para espremer a última gota de umidade do rosto, franziu o cenho e falou:

— Temos a Despensa. Alguns de nossos ilustres benfeitores menos importantes foram levados para lá no último trimestre, se não me engano.

Do lado de fora da Despensa, cruzou com Homer Jenkins, amigo de outros tempos, que ocupava a cátedra Hughenden de Relações Humanas. Jenkins fora um ótimo esportista, no seu tempo, remador do time de Oxford, e mantinha a esbeltez ainda aos sessenta anos. Levava uma echarpe do clube Leander ao pescoço, lembrete das glórias de outrora. Jenkins confirmou alegremente que o retrato do pai de Cleat estava agora pendurado atrás do bar na Despensa.

— Por que não está junto com os outros benfeitores da faculdade?

— Você não quer de fato que eu responda a isso, quer, meu caro rapaz? — Frase pronunciada com um sorriso e a cabeça levemente inclinada. Cleat lembrava-se do estilo Oxford.

— Na verdade, não.

— Muito sábio da sua parte. Se me permite o comentário, é uma surpresa vê-lo aqui de novo.

— Muito obrigado.

Ao girar nos calcanhares, o catedrático ainda gritou: — Uma pena sobre Eunice, Ozzie, meu caro!

Comprou uma sopa num Pizza Piazza, sentindo-se mal, dizendo a si mesmo que não estava mais na prisão. Por outro lado, a narrativa de sua vida de algum modo se extraviara e algo assim como um ronco nos intestinos lhe dizia que havia, dentro de si, uma parte que jamais voltaria a conhecer. *Sem ser visto, o câncer pára para lamber os beiços e depois volta a devorar...* Verso de uma poesia de — de quem? Como se importasse.

Uma adolescente entrou no barzinho e falou:

— Ah, aqui está você. Bem que eu achei que iria encontrá-lo por aqui. — Estava estudando jurisprudência em Lady Margaret Hall, contou, e achando tudo meio chato. Mas papai era juiz, de modo que... Suspirou e riu ao mesmo tempo.

Enquanto a moça falava, Cleat percebeu que ela era uma das pessoas do grupo de estudantes da noite anterior. Não prestara maior atenção nela, não que se lembrasse.

— Eu sabia que você era um seguidor de Chomsky — falou ela, rindo.

— Eu não acredito em coisa nenhuma. — Pensou consigo mesmo, sentindo-se mal, mas eu devo acreditar numa coisa ou noutra, só não sei no quê.

— Você está um tanto pra baixo, hoje, se me permite dizer. Mas é que você é poeta, não é? Estava declamando Seamus Heeley, ontem à noite.

— É *Heaney*, Seamus Heaney, ou assim sou levado a crer. Quer beber alguma coisa?

— Você é poeta e criminoso, pelo que contou! — Rindo, segurou-o pelo braço. — Ou será que você disse criminoso e poeta? O que veio antes, o ovo ou a galinha?

Ele não a queria, não precisava da companhia dela, mas lá estava a moça, nova em folha, disposta, desescravizada, primaveril, solta, louca pela vida.

— Quer vir até meu horrendo quarto para tomar um café?

— Depende. Horrendo quanto? — Ainda risonha, provocante, animada, curiosa, confiante, mas ainda assim com um quê de malícia ou algo parecido em torno, fruto de um relacionamento como o deles.

— *Historicamente* horrendo.

— Certo. Café e pesquisa. Nada mais.

Mais tarde, disse a si mesmo que ela queria mais alguma coisa. Ou pelo menos queria em parte, do contrário não teria subido na frente com aquela saia curtíssima pelos labirintos sinuosos da Escadaria Doze, nem teria se jogado, quando chegou ao topo, ofegante e rindo de boca aberta — impecável feito o interior de uma tulipa —, na cama poeirenta do quarto de despejo. Não fora intenção sua apressá-la. De jeito nenhum.

Bem, ela era uma moça legal, que talvez tivesse se dado conta, depois, de que o havia inconscientemente seduzido, um sujeito mais velho marcado pelo mundo, exalando ainda o cheiro do cárcere, uma moça que partira sem pressa indecente, ainda com uma espécie de sorriso nos lábios, um sorriso agora mais parecido com uma zombaria, rumo à segurança ou à ruína, conforme ditasse o caráter. Degradada, derrotada quem sabe, mas cheia de um ânimo — era o que ele se obrigava a esperar — que não admitiria derrota. Não como Eunice.

— Seja lá o que for que nos impele a isso... — disse ele, meio em voz alta, mas não terminou a frase, consciente de sua traição até a si mesmo.

Ali perto, um relé estralou.

* * *

O céu escureceu sobre Oxford. A chuva voltou a cair, como se o ciclo hidrológico estivesse divisando um novo meio de reabastecer o Tâmisa a partir de alguma camada ainda inexplorada da troposfera. A água escorria pelas vidraças de seu quarto de despejo com esplendor antediluviano.

No final da tarde, mexeu-se e aventurou-se até os recessos do quarto. Ali, descobriu um caixote cheio de livros e vídeos velhos. Puxando-o mais para o meio do cômodo, descobriu, escondida em meio à penumbra, a caixa do seu velho computador.

Sem um ato especialmente consciente de volição, tirou o Power Paq da caixa e ligou-o à tomada. Limpou a poeira do monitor com uma meia. LCDs piscaram para ele.

Empurrou para dentro um CD, como a uma língua, e tamborilou os dedos nas teclas. Tinha esquecido como operar aquela coisa.

Apareceu uma cara maliciosa que foi se aproximando, vinda de uma distância vermelha. Conseguiu removê-la e tirar o disco, momento em que teve início um leve zumbido e uma folha de papel A4 começou a sair da fenda do fax. Olhou com espanto nervoso a folha despencar no chão. Desligou o computador.

Depois apanhou o recado e sentou-se na cama para lê-lo. O remetente do fax dirigia-se a ele usando o primeiro nome. O texto não era de todo compreensível.

Oz como era Oz,

Se eu disser que sei onde está. Ação física. Sua comédia vulgar nos marcou, mas isso. É isso. Onde não há nenhum colocado nenhum lugar nenhuma posição que seja referente às padarias.

Ou para dizer só para dizer ou para dizer ainda mais mais tem para dizer feito estames no piracanto. O seu também? Também um ingrediente. Espero que chegue. Tentando.

Limpar a rua. A rua mais limpa. Do jeito errado. Quero dizer o caminho limpo limpar de. Você e eu. Para sempre o.

A existência. Dá para falar de existência daquilo que não existência. Eu limpo a não-existência. Eu inexisto. Fale.

Fale-me. Nova rua não rua limpa limpar comunicação. Lenta. Dificuldade.

Passado.

Eunice.

— Bobagem — disse ele, amassando o papel, disposto a não demonstrar para si mesmo a perturbação que sentia com o simples fato de ter recebido o recado. Um computador assombrado? Besteira, cretinice, idiotice. Alguém estava tentando fazê-lo de bobo; um dos antigos colegas de faculdade, com certeza.

Uma batida peremptória na porta.

— Entre.

Homer Jenkins entrou e surpreendeu-o parado ali, bem no meio do quarto de despejo. Cleat atirou-lhe a bola de papel. Jenkins a pegou sem dificuldade.

— A noite está vindo.

— A chuva deve estar parando.

— Pelo menos está fraca. Não está precisando de uma luz aqui?

Ruídos polidos de europeus do Norte. Jenkins foi ao ponto.

— Uma jovem invadiu o alojamento do porteiro com uma queixa contra você. Ofensa sexual, esse tipo de coisa. Sou perfeitamente capaz de lidar com mocinhas do tipo dela, mas devo avisá-lo de que o tesoureiro disse que, se houver outro incidente do gênero, teremos de rever sua posição, sem dúvida em seu detrimento.

Cleat fez pé firme.

— Aquele seu estudo sobre a Guerra Civil Espanhola, Homer. Já terminou? Já foi publicado ou você continua engasgado no pedaço em que Franco se torna governador das ilhas Canárias?

Jenkins estava inteiramente à altura de Cleat em se tratando de fazer pé firme. A família Jenkins era muito abastada havia várias gerações, desde os tempos do Pó para Pulgas Jenkins (não mais mencionado pelas novas gerações). Eram donos de grandes propriedades na divisa de Somerset. Lugar de caça à raposa e torneios de arco e flecha. Esse histórico deixava Homer Jenkins confiante, quando se tratava de fazer pé firme. E o fez, aliás, com uma espécie de sorriso no rosto e um movimento do queixo.

Com a voz calma, falou:

— Ozzie, você recebeu um certo reconhecimento como poeta, antes de cumprir seu tempo na cadeia, e claro que a faculdade saudou seu sucesso, ainda que menor. Tentamos fazer vista grossa às suas outras tendências, *vis-à-vis* a doação de seu pai para a Septuagint. Entretanto, se quiser se pôr de pé novamente, e restaurar, caso seja possível, sua reputação, fique você sabendo que a benevolência da instituição só vai até certo ponto. A retribuição nunca é agradável.

Virando-se com calma dignidade, tomou o rumo da porta.

— Você até parece o pai de Hamlet! — A exclamação de Cleat não levou Jenkins a se virar.

* * *

Acordou na manhã seguinte com um leve estalido, audível mesmo com o ruído da chuva batendo no telhado em cima da cama. Era mais um bilhete saindo do fax.

Oz era,

Ah estou pegando a coisa o jeito pegar dela. Logo logo campônios nas ruas eu falo você comum. Dificuldade. Lorotas lorotas outras físicas leis. Lendas.

Siga repito me siga.

Siga não fique parado sempre. Parado amei sempre. Parado siga.

Eunice

Ficou ali sentado com a folha delgada na mão, pensando na mulher morta. Veio-lhe um fragmento de poesia à cabeça.

Estar entre os homens cativos
Os homens que o inimigo humilhou
Os homens que se amaldiçoaram
Os homens cujas amadas mulheres
Chegaram antes ao inferno

Começou então a criar um longo poema, em que um homem, cativo como ele próprio, sofria o diabo para se juntar à mulher morta, ainda que isso implicasse uma descida ao próprio inferno. Emocionou-se com a idéia. Talvez pudesse voltar a escrever. Palavras e frases acotovelando-se em sua cabeça, como prisioneiros tentando escapar.

Dessa vez, não amassou o bilhete. Sem necessariamente acreditar naquilo, sentia que uma espécie de crença se remexia dentro dele — fenômeno extraordinário por si só.

Sim, sim, escreveria e deixaria todos pasmados. Ainda tinha — fosse lá o que fosse que tivera antes. Exceto Eunice. Dela, sentiu uma falta inesperada, mas colocou-a de lado, sob o ímpeto de escrever. Vasculhou a arca, mas não encontrou nenhum material adequado. Fazia-se necessária uma excursão até a papelaria mais próxima. Uma imagem boiou diante da sua vista, não da esposa morta, mas sim de um pacote novinho, impecável, de papel A4.

Trancando a porta do quarto, parou alguns momentos na obscuridade do corredor. Ondas de incerteza invadiram-no como uma náusea personalizada. Teria algum valor como poeta? Não fora bom soldado. Nem filho. Nem mesmo marido.

Mas iria mostrar do que era capaz aos Homer Jenkins da vida, ainda que tivesse que passar o diabo para tanto. Só que a melancolia, o abafamento daquele corredor eram opressivos...

Desceu devagar o primeiro lance de escadas. A chuva caía com mais força, rufando forte no telhado. Quanto mais descia as escadas, mais escuro ficava.

Parando num dos patamares, espiou por uma janela estreitinha, quase uma fenda, o pátio lá embaixo. Tão forte era o aguaceiro que estava difícil distinguir qualquer coisa com clareza, além de muros de pedra pontilhados de janelas. Um raio riscou o céu, revelando um vulto apressado que passava carregando o que parecia ser um prato — não podia ser uma auréola! — sobre a cabeça. Outro raio. Cleat teve a impressão momentânea de que a faculdade inteira afundava, que escorregava para as terras argilosas de Oxford, onde jaziam ossos de répteis gigantescos ainda ocultos.

Suspirando, continuou a descer.

Um homenzinho gordo e pálido, de uns quarenta e poucos anos, com água escorrendo dos cabelos e do rosto grosseiro, trombou com Cleat no lance seguinte.

— Que pé d'água, hein? Me disseram que você estava de volta, Ozzie — disse ele, sem grandes demonstrações de alegria. — Tem uma poesia metafísica sua de que eu sempre gostei. Aquela sobre, ah, você sabe... como é mesmo?

Cleat não reconheceu o indivíduo. — Desculpe, faz tanto...

— Alguma coisa sobre primeiras causas. Cinzas e morangos, parece que era. É o seguinte. Da forma como nós cientistas vemos a coisa, antes do Big Bang, o *ylem*, a matéria primordial do universo, não existia em parte alguma. Ele não tinha um lugar *onde* existir. Nada de nada. As partículas elementares liberadas na primeira, eu ia dizer *explosão*, mas você há de convir que *explosão* não é exatamente a palavra mais adequada, talvez vocês poetas consigam inventar uma outra melhor, *ylem* até que é bem boazinha, as partículas no primeiro bang incluíam em seu pacote inicial tanto o tempo como o espaço. De modo que naquele primeiro centésimo de segundo...

Os olhos do sujeito turvaram-se de excitação intelectual. Uma pequena bolha de saliva formou-se em seu lábio inferior, feito um novo universo a surgir. Já começara a sacudir os braços quando Cleat o interrompeu, afirmando que naquele momento não queria entrar numa discussão sobre o assunto.

— Claro que não. — O cientista, rindo, agarrou a camisa de Cleat para que não lhe escapasse. — Mas olhe que todos sentimos o mesmo.

— Não sentimos. Não poderíamos sentir.

— Sentimos, sim, não conseguimos compreender aquele conceito inicial de nada, de um lugar sem dimensões de espaço ou de tempo. Tão *nada* que nem mesmo o nada poderia existir. — Riu de um jeito meio ofegante, qual um fox-terrier inteligente. — Esse conceito me dá um medo danado, um não-lugar desses só pode ser a beatitude ou o tormento eterno. Cabe à ciência tornar claro o que anteriormente era...

Cleat exclamou que tinha um compromisso, mas o outro não desgrudou da camisa.

— Onde a ciência parece encontrar-se com a religião. Esse espaço sem tempo nem espaço, o universo pré-*ylem*, digamos assim, tem mais do que uma semelhança superficial com o paraíso, esse velho mito cristão. O paraíso ainda pode estar perdido por aí, permeado, claro, por radiação fóssil...

O cientista interrompeu seu fluxo com uma gargalhada, aproximando o rosto do de Cleat.

— Ou, é claro, você vai gostar disso, Ozzie, sendo um poeta, ou então o *inferno*! "Isto aqui é o inferno, e nós não estamos de fora...", como escreveu Shakespeare de maneira imortal.

— *Marlowe*! — gritou Cleat. Safando-se das mãos do outro, saiu desabalado pelos degraus da escada.

— Tsc, claro, Marlowe... — disse o cientista, parado sozinho na escadaria. — Marlowe. Preciso me lembrar. O velho Christopher Marlowe.

Enxugou a testa gotejante com um lenço usado de papel.

Mas estava ficando muito escuro. O barulho cresceu. As escadas deram uma guinada no sentido contrário ao dos ponteiros em pétrea tortuosidade, e aí Cleat perdeu o senso do real. Foi um alívio quando os degraus terminaram, desembocando num espaço mais amplo, marcado nas duas extremidades por arcadas para além das quais luziam lanternas em meio à escuridão.

Ele estava um tanto pasmo. Por algum motivo, parecia ter ultrapassado o térreo. A viscosidade do ar com certeza indicava que se achava nos subterrâneos, perdido nas amplas adegas de Septuagint. Lembrava-se dessas adegas, de seus tempos de faculdade; ali não se viam garrafas empoeiradas em parte alguma. A respiração que lhe saía da boca se prendia ao ar, lenta no dispersar.

Avançando com passos hesitantes, passou sob um dos arcos e deu num espaço calçado com paralelepípedos, onde surgiram mais degraus. Não saberia dizer se havia rocha, pedra ou céu acima. Não chovia. Achou estranho que o barulho do aguaceiro tivesse cessado. Alguma coisa o levou a guardar silêncio, não chamar ninguém. Não havia mais nada a fazer, a não ser ir adiante.

Seu estado de espírito era soturno. Não era a primeira vez que não estava de bem consigo mesmo. Por que não conseguia estabelecer um relacionamento amigável com outras pessoas? Por que ser tão desagradável com o cientista gordo — Neil de Tal, sei lá —, alguém, tudo somado e computado, não mais excêntrico do que a maioria dos professores da Universidade de Oxford?

Oxford? Isto não podia ser Oxford, nem mesmo Cowley! Continuou em frente até que, incerto do próprio paradeiro, estacou. Na mesma hora um vulto — Cleat não sabia se homem ou mulher — passou, de aspecto cinzento e vestido com uma túnica comprida.

— Sabe de alguma papelaria por aqui?

O vulto parou, torceu a face na gênese de um sorriso, depois continuou a andar. Quando Cleat recomeçou a caminhada, a figura desapareceu — estava ali, depois não estava mais.

— Merda e *ylem*, muito peculiar — disse ele, ocultando de si mesmo uma sensação bem nítida de desconforto. Desapareceu, desapareceu por completo, feito uma das partículas elementares do Neil de Tal...

Os degraus alargaram-se, tornaram-se rasos, acabaram dando em paralelepípedos. De ambos os lados havia o que poderiam ser, quem sabe, casas; não exibiam o menor sinal de vida. Era tudo muito antiquado e ao mesmo tempo artificial, como uma representação feita no século XIX de uma Nuremburg do século XVI.

Continuou inseguro a descer uma vez mais, até que chegou a um espaço amplo que batizou mentalmente de Praça. Ali, parou.

Assim que parou, tudo começou a se mover. Deu um passo atrás, surpreso: tudo parou. Ele parou: prédios, ruas, se puseram em movimento. Deu mais um passo: tudo parou. Parou de novo: tudo o que dava para ver, os obscuros ambientes de aquarela à sua volta, se pôs em movimento de novo. Uma espécie de movimento à frente, mas circular.

Veio-lhe então a imagem de um caranguejo, o caranguejo que acredita que todos, exceto ele, andam de lado.

Essa relatividade do movimento era o de menos. Porque, quando andava, não só o universo parava como se esvaziava de gente (gente?). Mas, quando ele ficava parado, o universo não apenas começava sua dança do caranguejo como também se transformava em palco para uma agitada multidão de gente (gente?).

Cleat lembrou-se com saudades de sua cela tão segura no presídio do exército.

Permanecendo imóvel, tentou separar os rostos na multidão. A seus olhos mortais, como lhe pareciam mortos e imprestáveis, todos eles! Acotovelando-se, sem dúvida, passando à sua frente e à frente uns dos outros, não porque tivessem pressa e sim porque parecia haver pouco espaço ali: ainda que, com o movimento constante das ruas e avenidas, os vários caminhos dessem a impressão de estar se expandindo a um ritmo constante para acomodar todo mundo. Às roupas, faltavam colorido e variedade.

Era difícil distinguir homem e mulher. Os contornos, rostos, linguagem corporal, estava tudo meio borrado. Descobriu, experimentando, que, mantendo a cabeça bem rígida e deixando que os olhos saíssem de foco, podia divisar alguns rostos: homem, mulher, jovem, velho, escuro, claro, ocidental, oriental, de cabelos compridos, de cabelos curtos, barba ou sem barba, bigode ou sem bidoge, alto, magro, atarracado, gordo, ereto, encurvado. No entanto — qual era o problema com sua retina? —, todos iguais, sem expressão; não só sem expressão, mas aparentemente sem facilidade para pôr uma expressão no rosto. Abstrações de rostos.

Rodeando-o à volta toda havia uma imensa sociedade tenebrosa, que não parecia estar nem viva nem morta. E essa sociedade avançava para lá e para cá, totalmente sem ambição ou objetivo.

Eram como fantasmas. Assustadoramente silenciosos.

Empurravam-se em volta de Cleat até que ele não suportou mais a tensão. Assim que se dispôs a correr, quando retesou os músculos da perna para fugir, a vasta multidão homogênea sumiu, desapareceu no mesmo instante, deixando-o sozinho numa rua imóvel.

— Tem que haver uma explicação científica. — A única que lhe ocorria é que estava tendo uma espécie de delírio terminal. Sacudiu a cabeça com violência, tentando convencer-se a voltar ao velho e conhecido universo em rápida expansão ao qual estava acostumado. Mas aquele mundo atual todo nublado permaneceu onde estava, obedecendo a seus próprios conjuntos variantes de leis físicas.

O que era mesmo que Eunice tinha dito na segunda mensagem? Não era alguma coisa sobre outras leis físicas?

Foi tomado por um horror gelado, que lhe secou a garganta, arrepiou-lhe a pele.

Preparando-se para seguir em frente, disse a si mesmo que, fosse o que fosse que estava acontecendo, fizera por merecê-lo.

Andou e andou até sair finalmente diante de um tipo diferente de construção; uma tentativa, pensou, de uma espécie de... bom, de paço municipal? Aquilo não obedecia a nenhuma arquitetura que conhecesse; era construído de um material esponjoso, com elaborados lances de escada que não conduziam a nenhuma entrada visível, com sacadas para as quais não se divisava nenhum acesso, com imensas colunas que não suportavam nenhum telhado visível, com um pórtico sob o qual ninguém poderia andar. Era absurdo, impossível e imponente.

Parou um tanto assombrado — embora assombro fosse uma qualidade da qual estava sendo rapidamente exaurido.

Assim que parou, o universo se pôs em movimento e o enorme edifício desceu sobre ele qual um transatlântico sobre um nadador acuado.

Continuou grudado no mesmo lugar e assim se viu entrando na grande estrutura.

Uma luz mais intensa do que tinha encontrado até então no mundo enevoado iluminava o interior do saguão. Não fazia a menor idéia de qual seria a fonte dessa luz.

Espalhadas pelo chão, viu pilhas imensas de pertences vários, de aspecto extremamente esfarrapado. Personagens enevoadas fuçavam entre as pilhas. Tudo se mexia em movimentos que lembravam os do caranguejo, perturbadores, como se estivessem todos presos no redemoinho de uma nebulosa espiralada.

Se ficasse absolutamente quieto, poderia enxergar o que estava acontecendo. Descobriu que podia relaxar seu nervo auditivo, assim como o óptico, e assim conseguiu ouvir, pela primeira vez, os sons. As vozes das personagens chegavam até ele, estridentes e rangidas, como se tivessem inalado hélio. Pareciam soltar exclamações extasiadas, à medida que escavavam coisas das pilhas.

Adiantou-se para ver mais de perto. Tudo sumiu. Parou. Tudo voltou. *Não, eu não quero isso...* Mas quando abanou a cabeça, involuntariamente, o prédio se transformou em pouco mais do que um lugar vazio e ecoante a mover-se qual gato sorrateiro.

As diversas pilhas continham antigos pertences estranhos. Montanhas de malas velhas, muitas surradas e gastas, como se humanamente exaustas depois de uma longa e triste jornada. Montes e montes de calçados de todos os tipos: botas de amarrar, sapatos femininos, tamancos, sapatos de verniz de criança, chinelos, borzeguins, sapatos disso, sapatos daquilo, usados ou novos, sapatos em número suficiente para fazerem, sozinhos, o percurso de ida e volta até Marte.

Óculos numa outra imensa pilha vidrada, pincenês, monóculos, armações de osso etecétera e tal. Roupas: inúmeros trapos de todos os tipos indescritíveis numa torre quase até o teto. E — não, sim — cabelo! Cabelo às toneladas, pretos retintos, brancos como a neve, todos os tons intermediários, cabelo de seres humanos, cacheados, crespos, lisos, alguns escalpos ainda com rabos de cavalo presos com fitas. Dentes também, a mais terrível das pilhas, molares, do siso, caninos, até mesmo dentes de leite, alguns com carne grudada às raízes forquilhadas.

Eles desapareceram todos. Instintivamente. É que Cleat se mexera, tremera com a angústia do reconhecimento.

Caindo no chão, permaneceu ajoelhado. O horrendo interior voltou.

Agora via com mais clareza, através do olhar desfocado, as pessoas que vasculhavam aquela sórdida mixórdia. Estavam simplesmente recuperando o que já fora delas, o que continuava sendo delas por direito.

Viu mulheres — sim, quer dizer, mulheres carecas de todas as idades — reivindicando seus cabelos, experimentando-os, tornando-se inteiras de novo.

Muitos outros da sociedade tenebrosa aglomeravam-se em volta, aplaudindo os que, fuçando e fuçando, se tornavam inteiros outra vez.

Então pensou ter visto Eunice.

Claro, ela tinha sangue judeu nas veias. Aqui, neste terrível lugar, talvez fosse possível encontrá-la, entre os injustiçados, os deserdados, os trucidados.

Agachou-se ali mesmo onde estava, sem ousar se mexer, para que ela não sumisse. Seria ela? Uma versão em aquarela da Eunice que um dia amara?

Algo parecido com lágrimas subiu-lhe pelo corpo, um gigantesco remorso por toda a humanidade. Gritou o nome dela.

Tudo desapareceu, exceto o grande salão deserto, imóvel como o destino.

Ele parou. Ela estava se aproximando!

E estendeu a mão, reconhecendo-o.

Assim que estendeu a sua, ela sumiu.

Assim que ficou imóvel, ela e todos os outros voltaram a ser.

— Jamais poderemos estar juntos — disse ela e sua voz trazia uma nota distante e desesperançada, como o grito de uma coruja num bosque encharcado. — Porque um de nós pertence aos mortos e o outro não, meu Ozzie adorado!

Ela sumia e reaparecia o tempo todo, enquanto ele tentava responder.

Depois Eunice ajoelhou-se a seu lado, descansando uma das mãos em seu ombro. Assim ficaram, em silêncio, as cabeças unidas, o homem e a mulher. Ele aprendeu a falar quase sem mexer os lábios.

— Não compreendo.

— Eu nunca compreendi... Mas meu recado chegou até você. Você veio! Até aqui, você veio! Que coragem, a sua.

A essas palavras sussurradas, um pouco de calor o invadiu: quer dizer então que tinha alguma virtude, alguma coisa sobre a qual construir no futuro, fosse qual fosse esse futuro... Olhou-a bem dentro dos olhos mas não viu reação alguma, na verdade achou difícil vê-los como olhos.

Gaguejante, falou: — Eunice, se for você, sob alguma forma, eu *sinto* muito... sinto profundamente, tremendamente. Por tudo. Estou vivendo num inferno só meu. Vim para lhe dizer isso, para lhe dizer isso e segui-la pelo fogo da geena.

Parecia que ela o fitava intensamente. Sabia que não o via mais como outrora e sim como uma espécie de coisa, uma anomalia em fosse lá o que fosse que servia de variante para o contínuo espaço-tempo naquele lugar.

— Isso tudo... — Como quase tivesse feito um gesto, as imensas pilhas sórdidas oscilaram rumo à invisibilidade. — O que estão fazendo *agora*? É... quer dizer, o Holocausto, faz tanto tempo. Tanto *tempo*...

Ela não estava disposta a responder, até que ele insistiu e então ela quase se desintegrou diante dele.

— Aqui não existe *agora*, nem *tempo*. Será que pode entender isso? Aqui não é assim. Aqueles indicadores de tempo são regras arbitrárias na sua... o que seja... dimensão? Aqui, não significam nada.

Ele gemeu, cobrindo os olhos para se proteger de uma esmagadora sensação de perda.

Quando espiou por entre os dedos, o prédio estava outra vez em movimento. Permaneceu rígido — pensando, se não há nenhum *agora* aqui, também não existe nenhum *aqui* propriamente dito — e ultrapassou as paredes para entrar numa espécie de espaço que não era um espaço. Pensou ter perdido Eunice, mas o movimento geral levou-a para perto dele de novo, ainda ajoelhada a seu lado.

Ela falava, explicava, como se para ela não tivesse havido ausência.

— Tampouco existem nomes, outrora ditos com paixão e esquecidos de há muito em sua esfera sempre afligida pelo tempo, que não encontrem morada aqui. Todos, até os mais malignos, têm que se unir a essa vasta sociedade, aumentando seus números dia a dia. — Estaria ela cantando? Estaria ele ouvindo corretamente, em seu estado de profunda perturbação? Seria inclusive possível a comunicação entre eles?

— As miríades que não deixaram lembranças e aqueles cujas reputações sobrevivem através do que você denomina *séculos*, todos encontram seu lugar...

A voz dela foi se desfazendo à medida que chegava mais perto, a implorar, a ansiar por um mundo mais humano. Se ao menos conseguisse levá-la de volta... Mas o pensamento deslocou-se e, de novo, o grande salão ficou vazio e quieto, cheio apenas de um enorme silêncio, tão austero quanto a própria morte.

Mais uma vez foi forçado a permanecer agachado, imóvel, até que os arremedos de habitação e de presenças borradas entrassem de novo no mundo nubloso.

A sombra de Eunice continuou falando, talvez sem consciência de que algo ocorrera — ou talvez de que ele desaparecera de sua variedade de visão.

— ...o rei Haroldo está aqui, removendo uma flecha do olho; Sófocles sarou da cicuta; as tropas estão todas livres de ferimentos; os bogomilos estão de volta; Robespierre recuperou a cabeça; o arcebispo Cranmer e seu bravo discurso absolvidos das chamas; Júlio César, desapunhalado; a própria Cleópatra, a salvo das áspides, bem como da naja de meu pai. Você precisa aprender, Ozzie...

Enquanto ela martelava sua longa, sua imensa lista, como se tivesse a eternidade para especificar a multiplicidade de indivíduos — e na verdade tinha, pensou ele, pasmado —, só conseguia perguntar a si mesmo, sem parar, o que fazer para conseguir voltar a Oxford, o que fazer para conseguir voltar a Septuagint, com ou sem esse fantasma de seu antigo amor?

— ... Magdeburgo, Mohács, Lepanto, Stalingrado, Kossovo, Saipan, Kohima, Azincourt, Austerlitz, Okinawa, Somme, Geok-Depe, Boyne, Crécy...

E será essa sombra capaz de me ajudar?

Interrompeu aquela litania.

Mal movendo os lábios, perguntou:

— Eunice, Eunice, meu pobre fantasma, estou com medo de você. Estou com medo de tudo o que há por aqui. Sabia que o inferno seria horrendo, mas não imaginava que fosse ser assim, deste jeito. O que eu faço para voltar ao mundo real? Me diga, por favor.

O salão continuava ainda maravilhosamente em movimento, como se sua substância fosse a música, não a pedra. Ela, Eunice, estava mais longe dele e sua resposta, por tenebrosa que fosse, chegou-lhe rala e oca, aguada feito um canto de ave, de tal sorte que de início mal pôde acreditar que tivesse ouvido corretamente.

— Não, não, meu tesouro. Está enganado, como sempre esteve.

— Sim, sim, mas...

— Isto aqui onde estamos é o *paraíso*. O inferno é de onde você veio, meu tesouro, o inferno com todas as suas extenuantes condições físicas! Isto aqui é o paraíso

Caiu desmaiado de cara para o chão e, de novo, o grande salão com todas as suas restituições prosseguiu com os magníficos movimentos harmônicos.

Galáxia Zê

OUTONO. O outono chegara à Galáxia Zê. Em bilhões de planetas desabitados, árvores de todos os tipos voltaram as costas para os ventos mais gélidos e despiram-se das folhas como se chorassem lágrimas cor de sépia. Em bilhões de planetas habitados, onde eram permitidas árvores, lá também aquelas que levavam a vida na solidão pétrea das ruas derramaram suas lágrimas castanhas que rolaram pelas pistas das autovias rumo aos Centros de Distribuição. Nesses centros, elas seriam trituradas por máquinas e transformadas em alimento para os pobres que se amontoavam tiritando. Os pobres amontoados lutariam bravamente para se aquecer no novo frio, em bilhões de atmosferas.

TERRAFORMAÇÃO. Para onde podiam fugir, esses indigentes? Para um outro planeta qualquer é que não. O Planeta A era igual ao Planeta B que era igual ao Planeta C que era igual ao Planeta D, sem tirar nem pôr, até bilhões de alfabetos. Todos os planetas tinham sido terraformados, iguaizinhos. Todos os estilos de vida eram iguais. Todos os vales tinham sido preenchidos com montanhas niveladas, todas as montanhas tinham sido rebaixadas. E todos aqueles que viviam nos bilhões de mundos redondos feito bolas de bilhar eram iguais na cor da pele, uma pele perfeitamente sem cor, sem cheiro, sem rugas que, com seus bilhões de quilômetros de textura, cobria todos os habitantes da Galáxia Zê.

OS POBRES. Os pobres não se incomodavam de ser pobres. Havia milhões e milhões deles, todos idênticos. Eram programados para serem pobres a vida inteira. Jamais erguiam os olhos para a riqueza ou para o calor. O Grande Programa não contemplava a possibilidade de misericórdia. Os invernos eram programados para virem depois dos verões nos bilhões de planetas da Galáxia Zê. E eram programados para joeirar os pobres. As geadas cintilavam no ar, os ventos varriam as avenidas qual enormes vassouras, a carne esfriava ao toque. Era época de morrer, de se unir ao grande negrume da noite. Até o final do inverno, centenas de milhões de pobres deixariam de infestar as ruas miseráveis dos arredores das cidades. Nada era deixado ao acaso: tudo era programado. Exceto por um pequeno detalhe: o homem abrigado na Soleira X sobreviveria, ao passo que seu vizinho do lado, abrigado na Soleira Y, expiraria. Mas esse pequeno dado estatístico aleatório não tinha maior importância. A morte era tão sem importância quanto a vida.

OS RICOS. Eram os pobres que não tinham o que fazer. Os Ricos estavam sempre ocupados. Em salas mergulhadas na penumbra, perguntavam a seus terapeutas por que tinham tanto o que fazer. Os mais saudáveis entravam para clubes onde era muito provável que se matassem uns aos outros. Quase todo o tempo era preenchido com reuniões e encontros muito importantes. Tomavam aviões de uma cidade a outra, todas absolutamente idênticas, para falar ou ouvir, ou então para fazer um relatório sobre os que haviam falado ou ouvido. Às vezes, enquanto estavam em reunião, suas cidades explodiam qual corações cansados. Eles custeavam, organizavam ou freqüentavam enormes banquetes. Nesses banquetes, homens e mulheres muito sérios levantavam-se para discorrer sobre tópicos do momento, tais como: "Por que são tantos os pobres?" e "Por que os pobres estão decididos a continuar pobres?" ou "Estará na hora de tornar a caçada ao *hengiss* menos perigosa?".

O HENGISS. Os animais não conseguiram sobreviver em nenhum dos bilhões de planetas da Galáxia Zê. O *hengiss* era um artefato. Como era feito de estelena, um material aço-plástico contendo seu próprio traço genômico do DNA humano, era considerado animal e, de fato, parecia-se com a parte dianteira de um cavalo munido de garras, só que com duas pernas apenas. O *hengiss* alimentava-se de mutantim. Durante dez dias, um *hengiss* era alimentado, exercitado e cuidadosamente torturado, isso para melhorar-lhe o temperamento.

A CAÇADA. A cada dez dias, era feita uma caçada em todas as cidades de todos os planetas. No início da prova, a uniformidade era a regra. O *hengiss* em questão era levado para o centro da praça principal, igualzinha em todas as cidades, e solto no mesmo horário. E lá ia ele desembestado, correndo feito um louco, tentando escapar. Só que não era programado. Esse era o grande crime. Seus movimentos não podiam ser previstos. Entretanto, era essencial que seu fim fosse previsível. E lá se iam também os Ricos atrás dele, todos trajados com mótiles que faziam enorme estardalhaço, acelerando, correndo, trombando uns com os outros, soltando centelhas, muitas centelhas, fazendo manobras malucas, vibrando.

OS VITORIOSOS. Na frente corria o grandioso *hengiss*. Ele abandonava as ruas para trepar pela lateral de um prédio, de um enorme prédio cujas paredes inchavam e queimavam à medida que subia. Atravessava vidraças, queimava, incendiava e explodia seu caminho por salas, portas, paredes e janelas. Os mótiles subiam atrás dele, feito um enxame de vespas. Muitos colidiam. Outros, mais sagazes, aproximavam-se do animal em fuga. Por mais que driblasse, e corresse sem parar, ainda assim o *hengiss* era alcançado — até que, em desespero, se via acuado. Aí então os Ricos mais próximos atiravam-se sobre ele e o espancavam até a extinção com varas nucleares. Seguia-se um banquete para os vencedores.

O UNICRAT. Estacionado em dimensões mais altas ficava o Unicrat, o Fazedor dos Mundos. As dimensões eram múltiplas, espelhando-se umas nas outras, às vezes multiplicando-se, às vezes reduzindo-se. Diminuíam até que o Fazedor de Mundos ficava do tamanho de uma cabeça de alfinete, caso o tamanho existisse como um fator. Ou se dilatavam qual uma nuvem nuclear, até que o Fazedor de Mundos ficasse Ele próprio maior que o universo que controlava — caso tais dimensões utilizassem o fator tamanho.

Essas dimensões tinham sido expurgadas do tamanho e do tempo. A eternidade não existia, nem o tempo: havia apenas uma Agorância estiolada.

O Unicrat abarcava as dimensões.

Sob uma de Suas mandíbulas, no flanco esquerdo, havia uma redução alectrólica da Galáxia Zê. A mandíbula corria o sensor sobre a redução, que lembrava sob alguns aspectos uma câmara escura gigantesca, onde sóis e planetas se moviam segundo rígidas leis físicas — e os seres vivos se moviam junto com eles.

A porção factual do Unicrat conversava com Sua porção judicante na linguagem dos impulsos luminosos que usava para a automeditação.

— Meu plano não está dando certo.

O judicante respondeu:

— A uniformidade triunfou. As leis físicas foram baixadas com rigidez excessiva.

— Eles têm lá seus acontecimentos aleatórios.

— Não o bastante.

— Vejo que o homem na Soleira X sobrevive, ao passo que o da Soleira Y morre. Isso é aleatório.

— Esse mesmo efeito aplica-se a todas as cidades dos bilhões de planetas da Galáxia Zê.

— Devem-se tomar providências?

Então o judicante falou:

— Muitos éons atrás, enviamos um Filho para animar um pouco as coisas e levar novas idéias. Poderíamos repetir a experiência.

— Certo. Mas será que podemos esperar melhores resultados? Sinto que o plano deveria ser cancelado.

— Com certeza. Mas uma última chance...

O FILHO. Exatamente no mesmo momento, ignorando os anos-luz, os filhos do Unicrat materializaram-se em cada um dos bilhões de planetas da Galáxia Zê. O Filho era feito quase inteiro de impervium. Seu rosto era uma máscara benevolente e inamovível, e o coração, impassível, enviava impulsos elétricos. Primeiro caminhou entre os pobres, que tiveram medo e se encolheram à sua passagem. Mesmo assim, não fugiram, na esperança de algum possível benefício gratuito.

— Não se desesperem. Um dia a galáxia será de vocês, e vocês serão os seus donos. — Assim falou o Filho aos pobres.

E as respostas foram, em sua maioria:

— Bobagem!

— Seus filhos são tão magros. No entanto, tão lindos. Permitam que venham até mim.

E as respostas foram, em sua maioria: — Pedófilo!

— O que posso fazer para ajudá-los?

E as respostas foram: — Mate os Ricos!

— Desgraçados infelizes! — disse o Filho com desprezo.

A ARMADILHA Quando o Filho foi até a região onde moravam os Ricos, encontrou um homem gordo de fisionomia sinistra planejando uma armadilha para matar o rival. Fizera encher completamente o décimo quinto andar de seu palácio, a uma profundidade de seis metros, com visgos, sangue e lascas de ossos dos mortos recentes. No décimo quarto andar, serviria um banquete para o qual o odiado rival estava convidado. Depois que o rival se sentasse, bastaria apertar um botão para que toda a imundície do andar de cima jorrasse, afogando o desafeto.

O Filho falou ao homem gordo:

— Estou buscando um pouco de misericórdia, aqui. Não quer perdoar seu rival e com isso salvar seu mundo?

— Está escrito que ele morrerá — disse o gordo. — Consultei meu psiconecessitador e ele disse que meu rival morrerá hoje. De modo que não posso interromper o processo, nem mesmo para salvar este mundo.

O rival chegou, ousado e sagaz. Parou diante da mesa farta do banquete e percebeu que as frutas empilhadas eram de plástico. Uma rápida vistoria feita com um infravermelho oculto revelou o botão vital. Agarrando seu gordo inimigo, enfiou o dedo no botão. O teto abriu-se. E a repugnante enchente despencou. Tanto um como o outro morreram afogados, engalfinhando-se com ódio.

O Filho decidiu que não havia remédio para este mundo.

Todos os Filhos decidiram que não havia remédio para seu mundo.

DESTRUIÇÃO. O trabalho de destruição foi prontamente implementado. Apareceram fendas que eram como bocas vermelhas incendiadas, rasgando o manto dos planetas como se fosse pano. Por essas brechas irromperam os *hengiss*, escapando, por fim, apenas para serem consumidos de imediato. Coisinhas pequenas, como sapatos, saíram em disparada pelo chão torturado, correndo aos milhares pelas paredes dos palácios dos Ricos, alimentando-se da carpintaria, no caminho. Os Ricos tombaram aos berros no chão, enquanto suas casas sumiam qual marzipã. Uma grande tempestade de vento irrompeu, soprando os pobres como fiapos de palha para as labaredas. As montanhas se ergueram. Os vales afundaram. O planeta cantava em sua infelicidade. Até mesmo a atmosfera queimava.

A ESTÁTUA. O Filho, supervisionando tudo, caminhava ao longo da praia de um lago de lava. Ali, em todos os bilhões de planetas, viu uma estátua imensa. A fumaça era seu manto. Era a estátua de uma mulher, cujos cabelos de bronze se agitavam no vendaval. Aproximando-se, o Filho viu que a estátua se mexia. Não era uma mulher. Nem uma estátua, e sim alguma coisa entre estátua e mulher, e o cabelo de bronze era feito de um metal desconhecido.

— Por que está destruindo este planeta? — a semimulher perguntou, com voz grave.

— Todos os planetas, bilhões de planetas estão sendo destruídos. O Unicrat está cancelando a Galáxia Zê. O plano não deu certo.

— A culpa é do Unicrat. É ele que deve ser destruído.

— O Unicrat não pode ser destruído. Mas você sim.

A semimulher disse, com aquela sua voz grave e melancólica:

— Não, eu não posso ser destruída. Eu sou a Controladora da Galáxia Por Quê, onde arranjamos as coisas de um jeito um pouco melhor.

— É mesmo? — disse o Filho, irônico. — Melhor quanto?

— Você, Filho, tem apenas intelecto. Compaixão nenhuma. Emoção nenhuma. De modo que seu plano nunca vai dar certo.

— Mas... — exclamou o Filho triunfante —, eu posso e vou arrasar este planeta. Juntamente com todos os bilhões de outros planetas!

A UNIÃO. Enquanto falava, o Filho bateu palmas. O mundo começou a ferver. Encolheu e a galáxia ao seu redor foi junto, elevando a temperatura a níveis infernais. A escuridão alimentava-se de luz, a luz rompia-se na barriga das trevas. Uma sopa de matéria estava se formando muito depressa, coalhando-se, cuspindo radiação. Elétrons da parte externa dos átomos estavam sendo despedaçados, de tal sorte que um cozido de núcleos e elétrons fervia e ardia. A aniquilação total viria em um milionésimo de segundo e foi então que a semimulher agarrou o Filho em seus braços potentes e arrastou-o instantaneamente para longe, para a Galáxia Por Quê, para formar uma nova união.

O BANG. Espaço, tempo e energia foram consumidos até o nada. A galáxia toda estava contida no espaço de um olho de pulga. A contração foi imediata. E aí, purificado, tudo explodiu uma vez mais numa fúria de energia renovada.

O Unicrat ficou deliciado com o estrondo do Big Bang.

Maravilhas da utopia

Muitos séculos antes, eles tinham sido amantes. As circunstâncias obrigaram cada qual a seguir seu caminho pelas diferentes regiões da galáxia. Ambos serviram onde eram mais necessários.

Em que pese a todos os nanoservidores que tinham no sangue, estavam ambos começando a ficar prontos para a eutanásia. Mas havia algo de atemporal no amor que sentiam um pelo outro. No auge da paixão, celebraram-se num holograma. E continuavam a viver e a se mexer naquele cubo plástico, como tinham vivido e se mexido outrora, para sempre perdidamente apaixonados, para sempre perfeitos, a pele lisa, descuidados dos dissabores do mundo.

Aquele era o milésimo aniversário do discurso do "Alto Lá" — como o pronunciamento acabara ficando conhecido —, feito todos os anos pelo Secretário-geral dos Planetas Reformados. Um milênio antes, toda a raça humana, conjunta, corporativa, intelectual e emocionalmente, decidira ser um povo melhor e livrar-se do bicho-papão do passado. Foi uma operação fantástica de manipulação comportamental. E deu certo.

De modo que os dois amantes idosos foram convocados, de suas regiões diferentes do sistema, para conversar enquanto eram espiados pelas multidões. Encontraram-se e abraçaram-se — não sem um vestígio de lágrimas. Milhões assistiram.

— Confesso que me esqueci de você durante um século todinho — disse ela. — Arrependo-me. Perdão!

— "Cem anos seria pouco para louvar-te os olhos e contemplar-te a fronte" — citou ele, sorrindo.

Ela soltou sua velha risada desconjuntada. — "Uma época ao menos para cada parte. E a última, a que mostrará minha alma."

— Que excelente memória nós temos!

— De fato, excelente!

Começaram então a rememorar os velhos tempos, quando a vida humana dera uma guinada para melhor e os seres humanos conseguiram sair de seu planeta natal.

Ela usava um vestido branco de gaze, sinalizando sua idade e relativa fragilidade. E foi ela quem abriu essa parte da conversa.

— É uma história grandiosa, gloriosa, e surpreendente para aqueles que estavam vivos na época e tiveram a oportunidade de desempenhar um papel nos acontecimentos de muitos e muitos séculos atrás. Estou falando com meu amigo em Marsport, onde ele nasceu. Meu querido, por que não está morando num satélite *light-grav*, na sua idade?

— É que estou resolvendo umas coisinhas antes. Não vou ficar aqui muito tempo. — Seu rosto era limpo, livre de pêlos, a pele esticada, os olhos brilhantes, ainda que afundados. — Então vamos ver o que conseguimos lembrar daqueles velhos tempos, no começo dos vôos espaciais. Uma coisa é certa, tínhamos a mente menos clara, na época... toda atravancada, como um quarto de despejo. Nossa imaginação vivia ocupada com tudo quanto é tipo de criaturas imaginárias impossíveis. Lembra-se desse período estranho de nossas vidas?

— A raça humana devia estar meio ensandecida. Ou talvez devêssemos dizer meio sã. As infelizes gerações que viveram durante os primeiros milhares de anos da existência humana... bem, eles estavam ainda presos em sonhos de um passado subumano. Em pesadelos, pode-se dizer.

— Largar a Terra ajudou no processo de clarificação — disse ele. — A Terra, supostamente, era assombrada por... ah, espíritos malévolos, fantasmas e bestas terríveis, vampiros, duendes, elfos, gnomos, fadas, anjos... Todas aquelas criaturas fantásticas atormentando os primeiros humanos. Suponho que tenham nascido das densas florestas e dos velhos casarões, juntamente com uma falta geral de compreensão científica.

E ela interveio:

— Também poderíamos acrescentar a essa longa lista todos os falsos deuses e deusas do mundo, os deuses gregos que deram seus nomes às constelações, os Baals e as Ísis, os deuses guerreiros dos romanos, o deus Kali dos muitos braços, Ganesh com a cabeça de elefante, Alá, e Jeová com suas barbas e iras, megeras sombrias como Astarte... ah, uma fieira interminável de superseres imaginários, todos supostamente controlando o destino humano.

— Tem razão, doçura, eu tinha esquecido deles.

— A simples idéia do paraíso fazia da Terra um inferno.

— Parece que foi há tanto tempo! Tudo isso são apenas tábuas de assoalho rangendo no porão do cérebro, heranças de nossos dias eo-humanos.

— E o que será — a voz dela fraquejou de leve, ao dizer isso —, o que será que nossos descendentes pensarão de *nós*, daqui a um milhão de anos?

Ele baixou os olhos, mostrando sinais de cansaço. — "Sempre a ouvir, bem rente, o coche alado do Tempo se aproximando..."

— "E além, à volta toda, os desertos da vasta eternidade esperando." Mas isso na verdade é um consolo, meu querido. — E então ela inclinou o corpo e afagou-lhe o rosto, num antiqüíssimo gesto de afeto entre homem e mulher.

De crisálida à borboleta plena

O Grande Sonho foi um sucesso estrondoso, superando em muito a expectativa de todos. Passado um tempo, entretanto, ninguém mais sabia ao certo quem tinha escolhido o Vale Monument para encená-lo. Os organizadores ficaram com boa parte dos créditos. Ninguém mencionou Casper Trestle. Casper desaparecera de novo.

Assim como quase tudo o mais.

Casper vivia desaparecendo. Três anos antes, vagava pelo Rajastão. Um dia, em meio a um lindo descampado onde outrora os veados repousavam ao lado dos rajás, topou com uma região sem chuvas, onde a terra não tinha árvores nem animais; ali, entre choças em ruínas, as pessoas morriam de fome e de seca. Homens de trinta anos de idade permaneciam imóveis qual espantalhos de osso, assistindo com desinteresse enfermo à passagem de Casper; mas ele estava habituado ao desinteresse. Apenas os cupins prosperavam, os cupins e as aves de rapina volteando lá em cima.

Aflito com aquela terra ressequida, embrenhou-se numa área montanhosa onde, milagrosamente, as árvores ainda cresciam e os rios continuavam a correr, e avançou pelo terreno acidentado que ia se erguendo até desembocar na majestade distante do Himalaia. As plantas exibiam flores pensas cor de malva e de rosa, flores que pareciam abajures vitorianos. Lá encontrou o misterioso Leigh; Leigh Tireno. Leigh estava cuidando das cabras, deitado numa pedra, debaixo da sombra rendada de um baobá, enquanto abelhas cantavam baixinho uma toada que parecia encher todo o vale de sono.

— Olá — fez Casper.

— Igualmente — disse Leigh, sem se levantar de sua pedra, com uma das mãos sobre a testa, protegendo os olhos tão castanhos quanto mel fresco. A cabra mais próxima era de um branco opaco de leite e levava um pequeno cincerro batido ao pescoço. O cincerro tilintava em si bemol quando o animal esfregava as costas na pedra de Leigh.

E isso foi tudo o que ficou dito. Fazia calor.

Mas naquela noite Casper teve um sonho delicioso. Encontrou uma goiaba mágica e pegou-a nas mãos. A fruta abriu-se oferecida e ele mergulhou nela o rosto, buscando com a língua, sugando suas sementes para dentro da boca, engolindo-as.

Casper conseguiu um lugar para ficar, em Kameredi. Ele estava meio perdido. Na verdade era um rapaz totalmente perdido, de nariz arrebitado, rosto lívido e cabelos que cresciam para tudo quanto é lado de um antigo corte à escovinha. Embora nunca tivesse aprendido boas maneiras, mantinha a docilidade dos derrotados. E, instintivamente, gostou de Kameredi. Era uma versão humilde do paraíso. Depois de alguns dias, começou a ver que era um lugar de ordem e sanidade.

Kameredi era o que alguns aldeões chamavam de Lugar da Lei. Outros negavam que tivesse ou precisasse de um nome: era simplesmente onde eles viviam. As casas alinhavam-se de ambos os lados de uma rua calçada que terminava como começara, na terra. Havia ainda algumas poucas cabanas na encosta do morro, e a diminuição em seu tamanho era mais do que uma questão de perspectiva. Havia também um regato, um pequeno regato de águas bisbilhoteiras que corria por entre as pedras a caminho do vale. O agrião crescia em volta das piscinas formadas pelas águas.

As crianças de Kameredi eram em número surpreendentemente reduzido. Empinavam papagaios, lutavam entre si, apanhavam pequenos peixes prateados no rio e tentavam cavalgar nas plácidas cabras.

As mulheres de Kameredi lavavam suas roupas no regato, batendo-as sem dó nem piedade nas pedras. As crianças banhavam-se ao lado delas, gritando encantadas por serem crianças. Os cachorros perambulavam pela região, qual vagabundos sem eira nem beira, parando para se coçar ou olhar para os papagaios-águias voando bem alto, por cima dos telhados de palha.

Não se trabalhava muito em Kameredi, pelo menos do lado dos homens. Eles se agachavam em grupos, vestidos de tangas, fumando, conversando e gesticulando com os magros braços morenos. Onde em geral se reuniam, em frente à casa de V.K. Bannerji, o chão era todo manchado de vermelho, por causa do sumo do bétele que cuspiam.

Bannerji era uma espécie de chefe da aldeia. Uma vez por mês, ele e suas duas filhas desciam até o vale para negociar. Iam carregados de favos de mel e de queijos e regressavam com querosene e esparadrapo. Casper ficou morando na casa do senhor Bannerji, dormindo num *charpoy*, uma cama indiana muito leve, já bem usada, debaixo de uma colorida figura de barro de Xiva, deus da destruição e da salvação pessoal.

Casper estava bem caído. Tinha largado as drogas. Tudo que queria no momento era ficar em paz, sob o sol. Todos os dias, sentava-se num rochedo, olhando para além da rua da aldeia, para além do falo esculpido em pedra, para a distância faiscante sob o calor da Índia. Para ele, vinha bem a calhar ter encontrado um lugar onde não se esperava muito trabalho dos homens. Os meninos cuidavam das cabras, as mulheres buscavam água.

De início, havia um certo nervosismo nele, presente o tempo todo. Aonde quer que fosse, as pessoas lhe sorriam. Não conseguia entender por quê.

Assim como também não entendia por que não havia seca, não havia fome em Kameredi.

Sentia uma certa queda pelas filhas do senhor Bannerji, todas as duas muito bonitas. Dependia de seus procrastinados serviços para se alimentar. Elas soltavam risinhos abafados por debaixo das mãos espalmadas sobre a boca, mostrando os dentes brancos. Uma vez que não conseguia decidir qual senhorita gos-taria de enlaçar sobre as tiras de seu *charpoy*, não cortejou nem uma nem outra. Era mais fácil assim.

Seus pensamentos pendiam para o lado de Leigh Tireno. Quando Casper chegou enfim a pensar sobre o assunto, disse para si mesmo que havia uma certa mágica em torno de Kameredi. E em torno das pernas nuas de Leigh. Espiava de sua rocha as pernas nuas de Leigh dando conta de suas tarefas. Não que o rapaz fosse muito mais ativo que os demais; mas de vez em quando se metia nas alturas cobertas de árvores que dominavam a aldeia e desaparecia por vários dias. Ou sentava-se na posição de lótus em sua pedra predileta, mantendo a mesma posição por horas a fio, os olhos fitando sem ver a distância. À tardinha, tirava a tanga e nadava nu em uma das piscinas alimentadas pelo regato.

E Casper cismou de ir passear lá para os lados da piscina onde Leigh nadava.

— Olá — disse ele, ao passar.

— Igualmente — retrucou Leigh, aprimorando suas braçadas. Casper não pôde deixar de notar que Leigh tinha um traseiro branquinho, enquanto o restante do corpo era tão escuro quanto o de um indiano. Com seus dedos esbeltos, as filhas do senhor Bannerji apertavam queijos de leite de cabra tão brancos quanto o traseiro de Leigh. Era muito misterioso e um tanto frustrante.

O senhor Bannerji havia visitado o mundo exterior. Por duas vezes, já, chegara até Délhi. Era a única pessoa em Kameredi que falava um pouco de inglês, além de Casper e Leigh. Casper conseguiu aprender umas poucas palavras em urdu, sobretudo aquelas que tinham a ver com comer e beber. Soube, com o senhor Bannerji, que Leigh Tireno vivia havia três anos na aldeia. Viera, segundo o senhor Bannerji, da Europa, mas não tinha nacionalidade. Era uma pessoa mágica e não devia ser tocado.

— Você não deve tocar em parte alguma — repetiu, examinando Casper atentamente com seus olhos míopes. Em parte alguma.

As duas senhoritas Bannerji soltaram uma risadinha e descascaram bananas de maneiras muito sugestivas, antes de enfiar as pontas em suas bocas rubras.

Uma pessoa mágica. — Mas mágica como? — Casper perguntou. O senhor Bannerji sacudiu a cabeça sabiamente, no entanto não quis ou não soube explicar.

As pessoas que acorreram ao Vale Monument, que haviam reservado lugares no topo das mesas ou que se posicionaram com suas câmeras de vídeo no teto dos ônibus, tinham lá suas dúvidas a respeito das propriedades mágicas de Leigh Tireno. Foi a publicidade que as atraiu. Tinham sido contaminadas pela propaganda maciça em Nova York e na Califórnia. Acreditavam que Leigh fosse um messias.

Ou então não estavam nem aí, na verdade.

Foram para o Vale Monument porque a idéia de uma mudança de sexo os excitava.

Ou porque os vizinhos estavam indo.

— Lugar fantástico para ir — diziam.

Quando baixou o sol, as trevas envolveram Kameredi feito uma velha amiga, com aquela escuridão especial das montanhas que é uma rara variação da luz. Os lagartos se recolhem, saem as lagartixas. Piam os curiangos em antiqüíssimos romances. As choças e casas contêm em suas ramagens de palha o cheiro dourado dos lampiões a querosene. Cheira também o *roti*, um pão ázimo, a que vêm se somar os aromas do arroz cozido com fiapos de carne de bode ao carril. Os perfumes da noite são variadamente quentes e gelados, registrando-se na pele qual dedos umedecidos. O minúsculo mundo de Kameredi transforma-se, durante uma hora, num lugar de sensualidade, oculto do sol. Depois todos adormecem: para existir num outro mundo até o cantar do galo.

Nessa hora oculta, Leigh foi até Casper Trestle.

Casper mal podia falar. Estava semi-reclinado em seu *charpoy*, uma das mãos apoiando a cabeça de cabelos revoltos. E lá estava Leigh, olhando para ele, com um sorriso tão enigmático quanto o do mais abstruso dos budas.

— Olá — disse Casper.

E Leigh respondeu: — Igualmente.

Casper sentou-se com certa dificuldade. Agarrou os dedos do pé e fixou o olhar em seu belo visitante, incapaz de pronunciar nenhuma outra palavra.

Sem mais delongas, Leigh falou:

— Você está no universo há tempo suficiente para compreender um pouco de seu funcionamento.

Supondo que fosse uma pergunta, Casper fez que sim com a cabeça.

— Está nesta aldeia há tempo suficiente para compreender um pouco de seu funcionamento. — Pausa. — Assim, vou lhe falar algo sobre isso.

Isso pareceu um tanto estranho a Casper, apesar de ter passado grande parte da vida rodeado de estranhos.

— Você não pode ser tocado. Por quê?

Quando a boca de Leigh se moveu, saiu uma música própria, separada dos sons pronunciados. — Porque eu sou um sonho. Talvez o seu sonho. Se me tocar, pode ser que acorde. E aí... aonde você iria parar? — E deixou escapar um sonzinho frio, quase como uma risada humana.

— Hum... Nova Jersey, eu suponho...

Ao que Leigh continuou com o que pretendia dizer. Falou que o povo de Kameredi e o de umas poucas aldeias vizinhas eram um tipo especial de rajaputros. Tinham uma história especial. Tinham sido separados dos cidadãos comuns por um sonho especial. O sonho ocorrera quatro séculos antes. Continuava sendo venerado e chamado de o Grande Sonho da Lei.

— Assim como um homem de Kameredi respeita seu pai — falou Leigh —, ele também respeita ainda mais o Grande Sonho da Lei.

Quatro séculos atrás, um *sadhu*, um homem santo, agonizava em Kameredi. Horas antes de morrer, sonhou uma série de leis. Estava reproduzindo essas leis para a filha quando chegou a Morte, vestida de trevas profundas, para levá-lo até Vishnu. Devido à sua pureza, a filha do homem santo tinha poderes especiais e pôde negociar com a Morte.

O espírito do *sadhu* abandonou-o. A Morte permaneceu ao lado do cadáver, enquanto a moça convencia o pai morto a falar e a continuar falando até que lhe tivesse contado todas as leis de seu sonho. Em seguida um vapor escapou da boca do morto. Seus lábios foram selados com o pálido selo da Morte. Foi enterrado em uma hora: no entanto, antes mesmo que as orações fossem entoadas e o corpo enterrado, começou a se decompor. De sorte que o povo sabia que houvera um milagre, ali.

Mas as leis continuavam uma incumbência da filha.

Sua cabeça transformou-se na de um elefante. Sob esse disfarce de sabedoria, convocou a aldeia inteira. Todos se prostraram e jejuaram durante sete dias, enquanto ela recitava as leis do Grande Sonho da Lei.

E as pessoas têm seguido as leis do Grande Sonho desde então.

As leis guiam-lhes a conduta. As leis referem-se às coisas do mundo, não a questões espirituais, porque, quando as questões do mundo são adequadamente observadas, as espirituais vêm naturalmente.

As leis ensinaram as pessoas a viver satisfeitas dentro de suas famílias e em paz entre si. As leis ensinaram a ser gentis com os forasteiros. Ensinaram-nas a desprezar os bens materiais dos quais não têm necessidade. As leis ensinaram as pessoas a sobreviver.

Essas leis de sobrevivência, acima de todas as outras, têm sido rigorosamente seguidas há quatro séculos, desde que o *sadhu* foi levado pela Morte. Assim, por exemplo, as leis falavam muito da respiração e da água. A respiração é o espírito da vida humana; a água, o espírito de todas as formas de vida. Elas ensinaram a conservar a água, a separar um pouco para o consumo humano todos os dias, o quanto poupar para os animais, quanto guardar para as plantas e árvores. As leis ensinaram a cozinhar fazendo o melhor uso possível do combustível e do arroz, a comer de forma saudável e a beber com moderação e prazer.

Por falar em moderação, as leis declararam que a felicidade está muitas vezes no silêncio das línguas humanas. A felicidade é importante para a saúde. A saúde tem importância fundamental para as mulheres, encarregadas de alimentar a família.

As leis falavam dos perigos de as mulheres terem filhos demais e do conseqüente excesso de bocas para alimentar. Mencionaram certos seixos encontráveis no leito do rio, que as mulheres poderiam inserir em seus *yonis* para evitar a fertilização. A lisura dessas pedras, trazidas pelas neves do Himalaia, e suas dimensões foram minuciosamente descritas.

A nudez não era crime; diante dos deuses, todos os seres humanos aparecem nus.

O comportamento também foi tratado. Duas virtudes, diziam as leis, eram as principais responsáveis pela felicidade humana e deveriam ser inculcadas até mesmo em crianças de colo: a abnegação e o perdão.

— Amem os que estão próximos e os que estão distantes — diziam as leis. — Só então serão capazes de amar a si mesmos. Amem os deuses. Nunca finjam para eles porque estarão enganando a si próprios.

Isso no que respeitava à parte espiritual. Instruções sobre a melhor maneira de assar o pão *chapati* ocupavam muito mais espaço.

Por fim, o Grande Sonho da Lei era muito claro no que dizia respeito às árvores. Elas têm que ser preservadas. As cabras não podem comer árvores, nem as grandes nem as pequenas, assim como também não podem comer a menor das mudas. Nenhuma árvore com menos de cem anos deve ser cortada para servir de combustível ou material de construção. Apenas o topo delas, depois de chegarem aos dois metros de altura, pode ser usado para esses fins: dessa maneira, Kameredi e as aldeias vizinhas teriam sombra e clima bom. Aves e animais, que de outra forma morreriam, poderiam sobreviver. Os campos não seriam desmatados e não se tornariam um deserto.

Se as pessoas cuidassem dessas leis da natureza, a natureza cuidaria delas.

Assim falou o *sadhu* na hora de sua partida deste mundo. Assim disse a cabeça de elefante, fazendo eco às palavras dele.

À medida que Leigh Tireno contava essas coisas, parecia ir se tornando, como ele próprio dizia, um sonho. Os olhos foram crescendo, com pestanas que lembravam a ponta dos galhos de arbustos espinhentos, o rosto simples muito grave, os lábios um instrumento musical através do qual soavam músicas de sabedoria.

Contou que, desde o momento em que a filha do homem santo anunciou o Grande Sonho da Lei através de sua cabeça azul de elefante, o povo de Kameredi seguira rigorosamente os preceitos. Aldeias vizinhas, tendo tido conhecimento das leis, não se preocuparam com elas. Desmataram seus bosques, comeram vorazmente e geraram muitos filhos com bocas também vorazes. E assim foi que o povo de Kameredi continuou vivendo muito contente, enquanto os povos menos disciplinados pereceram, sumiram e foram esquecidos com o correr do tempo.

— E quanto ao sexo? — perguntou Casper.

Leigh respondeu com toda a calma:

— Sexo e reprodução são uma dádiva de Xiva. São nossa força contra a decadência. E, assim como Xiva, eles também destroem. — Lançou um sorriso de beleza magoada para Casper e deixou a casa de Bannerji, caminhando com leveza pela escuridão. O curiango cantou para ele, no caminho. A própria noite aninhava-se em seus ombros esguios.

— Quer promover um evento no qual dois loucos dormem juntos? — A pergunta foi feita com muita incredulidade num escritório de publicidade em Nova York. Quinta Avenida, na altura da rua 30. Época de liquidação outra vez, na Macy´s.

— Estamos falando de heteros, gays, lésbicas ou o quê, aqui?

— Alguém já descobriu um novo jeito para isso? Um atalho ou algo assim?

— Esqueça. Hoje em dia a gente pode ver gente trepando em casa toda noite, na segurança do próprio apartamento.

— Mas esses dois não se limitam a trepar. Eles planejam ter um sonho básico.

— Sonho, foi isso que ouvi? Você quer que a gente arrende o Vale Monument para duas bichas de merda terem um sonho? Se manda daqui!

Leigh estava saindo nu da piscina natural. Pequenos fios de água escorriam-lhe da vertente das costas para as pernas compridas. Os pêlos do púbis faiscavam como uma teia de aranha carregada de orvalho. Casper mal suportava ver. Tremia, incapaz de entender o que havia de errado com ele. Jamais experimentara tamanho desejo.

Examinando a relva para ver se não havia alguma sanguessuga por perto, Leigh subiu numa pedra. Espremeu a água dos cabelos com uma das mãos. Suspirando de contentamento, fechou os olhos. Virou o rosto perfeito para o sol, como se para devolver-lhe os raios.

— Na verdade você está um bagaço, Casper. Este lugar com certeza vai ajudá-lo a ficar melhor, a se consertar... a estar em paz consigo mesmo.

Era a primeira vez que falava dessa forma.

— Aqueles sonhos com as leis — Casper falou, para mudar de assunto. — Aquilo tudo não passa de crendice dos indianos, certo?

— Todos nós temos a sensação, lá no fundo da mente, de que houve um tempo, uma época dourada, primordial, em que tudo ia bem conosco. Quem sabe na infância.

— Eu não.

— O Grande Sonho da Lei representa esse tempo para toda uma comunidade. Você e eu, meu pobre Casper, viemos de uma cultura em que tudo, ou quase tudo, foi perdido. Consumismo em vez de comunicação. Comercializar em vez de se alegrar. Não é assim?

Parado ainda no mesmo lugar, com a cara enfezada e secretamente admirando o corpo exposto de Leigh, Casper falou:

— Eu nunca tive o que consumir.

— Mas você queria. No fundo, você queria tudo para si, Casper! — Sentou-se de repente, as pálpebras ainda protegendo os olhos de mel. — Não se lembra de sua casa, do quanto todo mundo comia, de como todo mundo comia e no entanto mal respirava? O sopro da vida! De como havia aquele culto sentimentalóide da infância, enquanto todas as crianças eram negligenciadas, espancadas e só aprendiam coisas negativas?

Casper fez que sim.

— Claro que me lembro. — E passou a mão pela cicatriz no ombro.

— As pessoas não se conhecem mais por lá, Casper. Não conseguem mais respirar fundo e saber quem são. Conhecimento elas têm, mas de fatos. Sabedoria, nenhuma. A maioria tem problemas com sexo. Mulheres presas num corpo de homem, milhares de homens gays querendo ser heterossexuais... A humanidade caiu num sonho mau, rejeitou a espiritualidade, agarrou-se às suas origens biológicas mais reles.

Aí então abriu os olhos, para examinar Casper. Nos galhos do baniano ali perto, pombos arrulhavam como se estivessem zombando.

— Não estou mais tão pirado quanto antes. — Casper não encontrou mais nada para dizer.

— Eu vim para cá para desenvolver o que havia em mim... Quando a pessoa se afasta o suficiente, descobre quem era originalmente.

— Verdade. Feito eu, que dei uma engordada.

Leigh aparentemente ignorou o comentário. — Da mesma forma como nossa respiração é automática, assim também ocorre com os arquétipos que, como acabei concluindo, guiam nosso comportamento, isso quando permitimos. Uma espécie de reação automática.

— Estou meio boiando. Desculpe, Leigh, mas será que dá para falar um pouco mais claro?

O sorriso era gentil. — Você compreende, sim. Claro que compreende, mas rejeita o que não lhe é familiar. Tente pensar nos arquétipos como figuras dominantes, homens ou mulheres, como as que a gente encontra nos contos de fada. A *Bela e a Fera*, por exemplo. Guiando nosso comportamento feito um programa muito básico de computador.

— Pára com isso, Leigh. Vê se cresce! Contos de fadas!

— Os arquétipos foram construídos sobre um vazio, em nossa cultura ocidental. Por isso estão em guerra com nossa superficialidade. Precisamos deles. Os arquétipos se alçam até as alturas rarefeitas da grande música. E descem até o solo de nosso ser, até os reinos obscuros para além da linguagem, onde apenas nosso ser sonhante consegue alcançá-los.

Casper coçou a virilha. Sentia-se constrangido de se ver tomado por alguém inteligente. Isso lhe acontecera tão pouco na vida.

— Nunca ouvi falar em arquétipos.

— No entanto encontra com eles em sonhos, com aquelas personagens que são você mas não são você. Os estranhos com quem está familiarizado.

Casper então coçou o queixo, em vez de coçar a virilha.

— Você acha mesmo que os sonhos são assim importantes?

A risada de Leigh era delicada, não zombeteira como a dos pombos.

— Esta aldeia é a prova. Se ao menos... se ao menos houvesse uma maneira de você e eu podermos sonhar o Grande Sonho da Lei juntos. Para benefício de toda a humanidade.

— Dormir juntos, é isso? Ei! Você não pode! Você é tabu.

— Talvez apenas ao toque carnal... — Descendo da pedra, Leigh encarou-o de frente. — Casper, tente! Salve-se. Liberte-se. Permita que as coisas mudem. Não é impossível. É mais fácil do que imagina. Não se aferre à fase de crisálida. Seja a borboleta plena!

Casper Trestle pegou um pouco de carne seca, algumas frutas e foi para as montanhas que circundavam Kameredi. Ali permaneceu, pensou e teve o que alguns chamariam de visões.

Em alguns dias, jejuava. Aí então parecia-lhe que havia alguém caminhando a seu lado na floresta. Alguém mais sábio que ele. Alguém que conhecia intimamente mas que não era capaz de reconhecer. Pensamentos que não eram pensamentos escorriam dele como se fossem água.

Viu-se refletido numa poça. O cabelo crescera até os ombros e ele andava descalço.

E foi isso que disse para si mesmo, juntando fragmentos de seu próprio reflexo no tecido da mente:

— Ele é tão lindo. Deve ser a própria Verdade. Eu, eu sou um engodo. Arruinei minha própria vida. Ou a arruinaram. Não, eu devo ficar com pelo menos uma parcela da culpa. Dessa forma, posso assumir o controle. Não vou gostar de ser sempre uma vítima. Não mais. Vou mudar. Também eu posso ser belo, o sonho de um outro...

— Eu estava no sonho errado. No sonho burro e indulgente do tempo. No sonho abjeto da riqueza para além de todos os sonhos. Indigência espiritual.

— Alguma coisa houve comigo. A partir de hoje, a partir de agora, serei diferente.

— Certo, tudo bem, estou ficando biruta, mas serei diferente. Vou mudar. Já estou mudando. Estou me transformando em borboleta plena.

Depois de algumas noites, quando o quarto crescente apareceu no céu, ele foi olhar seu reflexo de novo.

Pela primeira vez viu — ainda que aos farrapos — a beleza. Envolveu o corpo com os braços. Na lagoa, de gargantas minúsculas, as rãs gritavam que não havia noite.

Dançou à beira da lagoa.

— Mudem vocês também, rãs! — ele dizia. — Se eu posso, todo mundo pode. — Elas tinham mudado.

Em algum lugar distante, quando a Lua mergulhou na pança acolhedora das montanhas, ele escutou um rugido tremendo, como se houvesse criaturas numa luta mortal nos pântanos desolados.

Das roucas gargantas das máquinas saíam rolos de fumaça. A madeireira Genman PLC estava entrando em ação. Sujeitos de capacete e calça jeans saíam da cantina. Jogavam os tocos de cigarro na lama e rumavam para seus tratores e serras elétricas. No dia anterior, tinham limpado quatro quilômetros quadrados de floresta nas montanhas, num local não muito longe de Kameredi.

O acampamento da Genman era um semicírculo de cabinas portáteis. Os geradores trovejavam, bombeando eletricidade e ar condicionado para os alojamentos. Enormes guindastes móveis, levados àquela região remota a um custo altíssimo, descarregavam as árvores derrubadas numa fileira de caminhões.

Havia ainda muitas árvores para cortar. Caladas, elas aguardavam a mordida dos dentes metálicos. No futuro, muito longe do Himalaia, fariam parte integrante de móveis à venda em arredores baldios de Rouen, Atlanta, Munique ou Madri. Ou então se veriam transformadas em caixotes contendo laranjas de Tel-Aviv, uvas da província do Cabo, chá de Cantão. Virariam andaimes em arranha-céus em Osaka, Pequim, Budapeste ou Manila. Ou lembrancinhas vendidas aos turistas em Bali, Berlim, Londres, Aberdeen ou Buenos Aires.

Ainda era muito cedo, no acampamento da Genman. O sol surgia aos poucos entre camadas de cerração. Alto-falantes despejavam rock para os quatro cantos. Os capatazes xingavam. Os homens estavam tensos, dando a partida nos motores ou trocando pilhérias para adiar o momento em que teriam de suar a camisa na selva.

Máquinas transportadoras de combustível aceleravam. Os buldôzeres da Genman viraram-se qual animais feridos em suas lagartas, espirrando barro e rumando para suas respectivas tarefas.

O acampamento todo era um lamaçal só.

Logo mais as árvores viriam abaixo, expondo antigos solos lateríticos. E alguém obteria lucros em Calcutá, na Califórnia ou no Japão, em Honolulu ou em Adelaide, na Inglaterra, nas Bermudas, em Bombaim ou no Zimbábue...

Os trabalhos do dia começaram. Aí desabou uma chuva forte, vinda do sudoeste.

— Merda — exclamaram os homens, mas continuaram. Tinham os bônus a considerar.

O novo Casper dormiu. E teve um sonho terrível. Como nenhum outro. Se a vida às vezes é como um sonho, esse sonho foi como a vida.

Seu cérebro foi marcado a fogo pelo sonho. Acordou antes do alvorecer e saiu tropeçando pelas trilhas da floresta. Trilhas que desciam. Durante dois dias e duas noites, viajou sem comida. Viu muitos palácios antigos afundando no lodo, qual grandes transatlânticos iluminados sendo tragados pelo Ártico. Viu coisas correndo e lagartos gigantes dando à luz. Olhos de âmbar, olhos de anil, seios de bronze adornavam seu caminho. Assim regressou a Kameredi e encontrou só destroços.

O que fora outrora uma aldeia harmoniosa, com gente e bichos vivendo juntos — sabia agora como isso era raro e precioso —, não existia mais. Tudo se fora. Homens e mulheres, animais, galinhas, construções, o pequeno regato — tudo se fora.

Era como se Kameredi nunca tivesse existido.

As chuvas não chegaram a Kameredi. Elas tinham caído em altitudes maiores. Com as matas derrubadas, os rios mais acima transbordaram. Torrentes de lama escorreram das montanhas. Diante daquele fluxo de lava fria, tudo cedeu.

A população de Kameredi não estava preparada. O Grande Sonho da Lei não dissera nada sobre essa inundação. Todos foram levados, inalando sujeira, afogados, submersos, acabados.

E Casper viu-se a si mesmo caminhando pelo terreno violado, olhando para os cadáveres crescendo feito tubérculos malcuidados daquela mixórdia pegajosa. Viu-se despencando num desmaio.

No Vale Monument, estádios gigantes estavam sendo construídos a todo vapor. Já se faziam reservas para cadeiras que ainda não tinham sido fabricadas. Estradas de emergência foram abertas. Placas, avisos e banheiros públicos foram erguidos. Washington ficou bem preocupado. Tudo quanto é tipo de engodo em grande escala começou a vir à tona. A Liga dos Povos Indígenas Americanos organizava reuniões de protesto.

Um conhecidíssimo artista italiano embrulhava umas das mesas rochosas em plástico azul.

Quando Casper acordou, parecia vazio de todo e qualquer conhecimento. Olhou em volta. O quarto estava escuro. Tudo envolto em penumbra, exceto Leigh Tireno. Leigh estava ao lado do *charpoy*, parecia cintilante.

— Olá — Casper sussurrou.

— Igualmente — falou Leigh. Olharam um para o outro como se por sobre paisagens de estio cobertas por milharais.

— E quanto ao sexo? — Casper perguntou.

— Nossa força contra a decadência.

Casper recostou-se na cama, perguntando-se o que teria acontecido. Como se lesse seus pensamentos, Leigh disse:

— Sabíamos que você estava nas montanhas. Eu sabia que você estava tendo um sonho muito vívido e terrível. Fui até lá com quatro mulheres. Elas o trouxeram até aqui. Você está a salvo.

— Salvo! — Casper gritou. De repente, a mente clareou. Cambaleou para fora da cama e foi até a porta. Estava na casa do senhor Bannerji, que não fora destruída, e as filhas do senhor Bannerji estavam vivas.

Lá fora, o sol reinava sobre a plácida aldeia. As galinhas ciscavam entre as casas. As crianças brincavam com um cachorrinho, os homens cuspiam sumo de bétele, as mulheres, esculturais, lavavam roupa no riacho.

Não existia lama.

Cadáver nenhum tentava nadar por uma rua inundada.

— Leigh, eu tive um sonho tão real quanto a própria vida. Assim como a vida é um sonho, meu sonho era vida. Preciso contá-lo ao senhor Bannerji. É um aviso. Todos devem pegar seus animais e fugir para um lugar mais seguro. Mas será que vão acreditar em mim?

Passou-se um mês sem fim até que encontrassem um novo lugar. Ficava a três dias de viagem da antiga aldeia, de frente para o sul, no topo de um vale fecundo. As mulheres queixaram-se da ladeira íngreme. Mas ali estariam todos seguros. Havia água e sombra. E árvores. O senhor Bannerji e alguns outros homens foram até a cidade e trocaram animais por cimento. Reconstruíram Kameredi no novo lugar. As mulheres queixavam-se da profundidade do novo rio. As cabras comeram cimento e adoeceram.

Uma velha bruxa com um brilhante na narina recitou o Grande Sonho da Lei para todos ouvirem, numa noite em que as estrelas estavam ainda mais parecidas com diamantes e a Lua sobre a nova Kameredi inchava, grávida de luz. Devagar, o novo lugar tornou-se a Kameredi que todos conheciam. Meninos foram enviados com um cachorro para inspecionar o antigo lugar e voltaram dizendo que fora destruído por um grande deslizamento de lama, como se a terra tivesse vomitado a si mesma.

Casper foi abraçado por todos. Seu sonho fora verdadeiro. Os aldeões celebraram o fato de terem escapado da morte. A aldeia passou vinte e quatro horas bebendo e comemorando, durante as quais Casper se deitou com as duas filhas de Bannerji, suas pernas enroscadas nas delas, seu calor misturado com o delas, seus fluidos aos delas.

Em seus *yonis*, as damas haviam colocado seixos bem lisos, como determinavam as leis. Casper guardou as pedras depois, como lembranças, como troféus, como memoriais sagrados de acontecimentos abençoados.

Leigh Tireno desaparecera. Ninguém sabia de seu paradeiro. Estava sumido havia tanto tempo que até mesmo Casper achou que poderia viver sem ele.

Depois de outro ciclo lunar completo, Leigh voltou. O cabelo crescera bastante e estava amarrado com uma fita sobre um dos ombros. Pintara o rosto. Os lábios estavam rubros. Usava um sari. Sob o sari, os seios haviam crescido.

— Olá — falou Leigh.

— Igualmente — disse Casper, estendendo os braços. — A vida na Nova Kameredi é outra. Tudo mudou. Eu mudei. É a borboleta plena. E você está mais lindo do que nunca.

— Eu mudei. Sou uma mulher. Essa era a descoberta que eu tinha que fazer. Simplesmente sonhei que era um homem. Era o sonho errado para mim e finalmente acordei.

Para surpresa de Casper, não estava tão surpreso quanto seria de esperar. Estava se acostumando com a vida milagrosa.

— Você tem um *yoni*?

Leigh ergueu seu sari e mostrou. Ela tinha um *yoni*, maduro feito goiaba.

— É lindo. E quanto ao sexo, agora?

— É força contra a decadência. Dádiva de Xiva. Também é capaz de destruir. — E sorriu. Sua voz era mais doce que antes. — Como eu lhe disse. Seja paciente.

— O que houve com seu falo? Caiu?

— Saiu rastejando pelo mato. Na floresta, menstruei pela primeira vez. Era lua cheia. Onde o sangue caiu, nasceu uma goiabeira.

— Se eu encontrasse a árvore e comesse de seus frutos...

Casper tentou tocá-la, mas Leigh recuou.

— Casper, esqueça seus próprios negócios por alguns momentos. Caso tenha mudado de fato, então já pode olhar para além de seus horizontes pessoais, para algo mais amplo, maior.

Casper sentiu vergonha. Baixou os olhos para o chão, onde as formigas zanzavam como já faziam antes mesmo que os deuses acordassem e pintassem o rosto de azul.

— Desculpe. Instrua-me. Seja meu *sadhu*.

Ela acomodou-se entre as formigas, na posição de lótus. — A derrubada de árvores nas colinas está sendo motivada mais pela cobiça do que pela necessidade. E tem de parar. Não só a derrubada, mas tudo o que ela representa no mundo mercenário. O desprezo pela dignidade da natureza.

A Casper parecia um tanto ambiciosa a idéia de Leigh. Mas, quando se queixou, Leigh disse com muita frieza que a derrubada era uma insignificância e que a natureza era vasta. — Temos que sonhar juntos.

— Como vai conseguir fazer isso?

— Um sonho poderoso, para que se consiga mudar mais do que a pequena Kameredi, mais do que a nós mesmos. Um sonho que cure, sonhado a dois. Já sonhamos separados e deu certo. Como todos os homens e mulheres sonham separados... sempre separados. Mas nós vamos sonhar juntos.

— Vamos nos tocar?

Ela sorriu.

— Você ainda precisa mudar. A mudança é uma continuidade. Não existem estações cômodas na estrada da perfeição.

Em seu peito, o coração deu um salto de medo e esperança ao ouvir essas palavras maravilhosas.

— As coisas que você compreende... Eu adoro você.

— Um dia, talvez eu também adore você.

Unidades especiais da Guarda Nacional foram convocadas para controlar as multidões. Metade dos estados de Utah e Arizona foi isolada com arame farpado. Estabeleceram-se postos contra-revolucionários: Washington tinha receio dos fazedores de sonho. Tanques, caminhões e veículos de transporte de tropas patrulhavam tudo. Construíram-se vias elevadas especiais, de onde motociclistas da polícia montavam guarda, com ordens para atirar contra o povo ao menor sinal de problema. Helicópteros de combate circulavam no alto, estourando os tímpanos do Vale Monument com seu ruído vingativo.

Supervisionavam uma ampla área que trazia todos os sinais de uma paisagem interior de depressão profunda.

Alguém falou:

— Parece que eles estão rodando o filme de guerra que vai superar todos os filmes de guerra.

Automóveis particulares foram proibidos. Ficaram guardados em estacionamentos gigantescos lá pelos lados de Blanding, Utah, ao norte; em Shiprock, Novo México, a leste; e em Tuba City, Arizona, ao sul. Os índios Hopi e Navajo estavam ganhando dinheiro fácil. Uma infinidade de lanchonetes, bares e restaurantes surgiu do nada. Ao longo de rotas autorizadas, brotaram divertimentos sinistros de vários tipos, qual estojos de aquarela se rompendo. Muitos exibiam efígies gigantes de Leigh Tireno, em sua melhor forma, acima de placas com chamarizes como "Mude de sexo pela hipnose — INDOLOR!". Ninguém tocou no nome de Casper Trestle.

Como toda aquela boa gente se acotovelou para chegar ao espetáculo! Estava um calorão danado, ali, em meio à desolação congestionada; o suor se erguia feito neblina, feito uma doença sobre os ombros recurvos. As bactérias estavam se divertindo à beça. Inúmeros citadinos, desacostumados de andar mais que um quarteirão, descobriram que o meio quilômetro que tinham de percorrer a pé, do ponto do circular até o lugar do evento, era um pouco demais e desabaram nas muitas unidades ambulatoriais espalhadas pela região. O descanso custava vinte e cinco dólares por hora. Alguns continuavam o caminho a cantar ou a soluçar, segundo as preferências. Os gatunos misturavam-se à multidão, surrupiando evangélicos empedernidos de todos os tipos. Pregadores pregavam suas melodias de danação. Não era difícil aos menos privilegiados, à medida que as bolhas se formavam em seus calcanhares, acreditar que o fim do mundo estava próximo — ou ao menos que vinha surgindo ao longe, saído dos oceanos de miséria, uma espécie de "tubarão" proveniente da região dos suplícios eternos — ou que o universo inteiro estivesse para se resumir a um pequeno pontinho branco, feito quando se desliga a televisão às duas da madrugada num Bronx soturno. Podia ser, o fim era melhor. Talvez tendo essa possibilidade em mente, boa porcentagem dos adultos avançava como se fosse uma boiada estourada, enfiando comida pronta na boca ou ingerindo líquidos adocicados. Uma mulher gorda, cercada por corpos quentes, foi tomada simultaneamente por congestão e digestão; seus gritos, enquanto caía às cambalhotas pelas pernas que marchavam, foram engolfados pela música esporádica que saía de uma infinidade de aparelhos de som portáteis. Todos os orifícios estavam recheados. Era a lei. Pelo menos ninguém estava fumando. Diversos bonés sacolejando entre o povaréu indicavam crianças, rapazelhos grandes e pequenos lutando para chegar primeiro, berrando, urrando, deglutindo pipoca no caminho. No chão, tudo quanto é tipo de invólucro de material não biodegradável ia sendo pisado, junto com corpos que caíam, pelotas de chiclete cor-de-rosa, peças descartadas de roupa, tampões, solas perdidas. Era um verdadeiro acontecimento digno de toda a atenção da mídia, tão atraente quanto a World Series.

Casper pusera todo o imenso esquema em funcionamento. Agora era responsável apenas por si mesmo e por Leigh. A natureza humana estava além de seu controle. Parou no meio da arena de quilômetro e meio de largura, onde John Wayne um dia cavalgara feito bólide. O senhor V.K. Bannerji estava com ele, aterrorizado com o mero clangor da atenção pública.

— Será que vai funcionar? — perguntou a Casper. — Do contrário, acho que vai haver violência.

Mas às seis da tarde, quando as sombras das mesas gigantescas cresceram como longos e cegos dentes negros sobre a terra, soou um sino e fez-se silêncio. Uma brisa ligeira soprou, mitigando o calor, refrescando muitos sovacos em fogo. O plástico azul-claro com que uma das mesas fora embrulhada estalou de leve. De resto, estava tudo quieto — quieto como fora nos milênios anteriores ao advento da raça humana.

No meio da arena, havia uma cama tamanho gigante. Leigh esperava ao lado da cama. Tirou as roupas sem faceirice e deu um giro completo, de modo que todos pudessem ver que agora era mulher. Subiu na cama.

Casper tirou a roupa, rodopiou também uma vez para mostrar que era homem e deitou-se ao lado de Leigh. Tocou-a.

Passaram os braços um em volta do outro e adormeceram.

Delicadamente, a Boston Pops Orchestra começou a tocar. Era a valsa de Tchaikovsky de *A bela adormecida*. Os organizadores acharam a peça especialmente adequada para a ocasião. Na platéia de um milhão de espectadores, as mulheres choravam e as crianças vomitavam o mais silenciosamente possível. Diante das telas de televisão do mundo inteiro, as pessoas choravam e vomitavam em baldes plásticos.

Foi um sonho antiqüíssimo o que eles sonharam, nascido do âmago remoto do cérebro. Os seres que desfilaram pela tapeçaria primeira dos campos usavam trajes rígidos antigos. Eram personagens investidas de um poder tranqüilo sobre o comportamento humano. Um tranqüilo poder arquetípico.

Antes do sexo havia a vida, aspirando a ascender como água de uma nascente. Depois do advento da reprodução sexual veio a consciência. Antes de surgir a consciência, os sonhos dominavam. Sonhos que foram a linguagem dos arquétipos.

Com a adoção de uma civilização tecnológica, aquelas velhas personagens foram negligenciadas, desprezadas. Herói, guerreiro, matrona, virgem verdadeira, sábio, mãe e bruxo também — finalmente seus caminhos foram torcidos para semear na vida humana a discórdia. Em confusão, um bilhão de vidas foi desperdiçada: guerra, rapina, tormento mental, espanto... Mas Leigh-Cas, na língua do sonho, juraram a essas forças redimir o tempo e pediram em troca — parece — que homem e mulher pudessem se ver livres do crime... e viver em sonhos melhores...

Casper lutou para se desvencilhar das camadas de sono envolvente. Deitado, sentia-se incerto, sem saber onde estava.

Muita coisa transpirara, que ele soubesse: uma mudança de consciência. Os cabelos escuros da mulher Leigh descansavam em seu peito. Abrindo os olhos, viu lá no alto flamejar um céu impressionista, abarcando faixas de crepúsculo cor de canela e romã que acenavam febrilmente de horizonte a horizonte.

Levado por um instinto profundo, apalpou o vão das pernas. Encontrou um ninho felpudo e lábios, ali. O que lhe disseram sem palavras foi estranho e novo. Perguntou-se por instantes se, encharcado pelo sono milagroso, estaria por acaso apalpando Leigh. Delicadamente, afastou-a de seu peito... seus peitos... seus *seios*.

Quando Leigh abriu os olhos e olhou cor-de-melmente para Casper, tinha o olhar distante. Devagar, abriu um sorriso.

— Igualmente — comentou, escorregando um dedo para o *yoni* de Casper. — Que tal uma força contra a decadência?

As multidões estavam deixando o auditório. Os aviões afastavam-se qual águias de volta aos ninhos. Os tanques regressavam aos quartéis. O artista italiano estava desembrulhando sua mesa rochosa. Imaginando estar ouvindo serras elétricas silenciando nas florestas distantes, o senhor Bannerji sentou-se na beira da cama, tampou os olhos míopes e chorou de alegria — a alegria que sobrevive em meio à dor.

Imersas nos próprios pensamentos, as multidões míopes se foram. O sonho diferente estava fazendo efeito. Ninguém se acotovelava. Alguma coisa na unidade da postura, os ombros encurvados, as cabeças baixas, fazia lembrar figuras de um friso muito antigo.

Aqui e acolá, um rosto, um olho, uma careca refletiam as cores imperiais do céu, amarelos arbitrários indicando felicidade ou mágoa, vermelho significando fogo ou paixão, os azuis da nulidade ou da reflexão. Não restava nada, exceto terra e céu — para sempre às turras, para sempre uma unidade. As mesas rochosas repousavam sobre as velhas cidadelas de veludo, construídas sem mãos para celebrar o tempo longínquo.

Embora o povo estivesse silencioso ao partir, com as múltiplas bocas enfim imóveis, uma espécie de murmúrio subia de suas fileiras.

A triste e quieta música da humanidade.

A morte do dia ondulou sua bandeira cada vez mais sombria. Era o pôr-do-sol: a alvorada de uma nova era.

Por um Marte mais branco

UM DIÁLOGO SOCRÁTICO DE TEMPOS POR VIR

ELA Queremos apresentar-lhes a história do desenvolvimento de Marte e mostrar a vocês como foi nosso progresso espiritual. Trata-se de uma história gloriosa e surpreendente, a história da compreensão e da recriação da sociedade humana. Eu participo aqui mesmo de Marte, enquanto meu avatar terreno lhes fala direto de nosso velho planeta genitor. Voltemos por instantes nosso pensamento para a época anterior à mudança, para a Era do Estranhamento, quando ainda ninguém pusera os pés no planeta vizinho da Terra.

ELE Pois então. Voltemos ao século XXI e a um planeta árido. As primeiras descidas em Marte encontraram um mundo vazio, livre de todas as criaturas imaginárias que se supunha assombrarem a Terra: as almas penadas e os espíritos maléficos, as bestas de pernas compridas, os vampiros, os duendes, os elfos e as fadas — todas essas criaturas fantásticas que perturbavam a vida humana, oriundas de matas escuras, casarões antigos e cérebros velhos.

ELA Você esqueceu de mencionar os deuses e deusas, os deuses gregos que deram nome às constelações, os Baals e as Ísis, os deuses guerreiros dos romanos, o Todo-Poderoso vingativo do Velho Testamento, Alá — todos esses superseres imaginários que supostamente controlavam o comportamento da humanidade antes que a humanidade pudesse controlar a si própria.

ELE Tem razão, tinha me esquecido deles. Eram todos tábuas de assoalho rangendo no porão do cérebro, herança dos tempos co humanos. A Terra estava superpovoada de pessoas reais e imaginárias. Marte estava abençoadamente livre disso tudo. Em Marte, era possível começar do zero. Verdade que os homens e as mulheres que chegaram a Marte levavam consigo uma porção de lendas conflitantes a respeito do planeta...

ELA Ah, você está falando daquelas velharias. O Marte dos canais e da cultura moribunda de Percival Lowell. Eu ainda tenho certa nostalgia daquela grandiosa visão de crepúsculo, na errada realidade, mas correta como imagem. E o *Barsoom* de Edgar Rice Burroughs.

ELE E mais todos os horrores que os antigos inventaram para povoar Marte — os invasores da Terra de H. G. Wells, mais do que os delicados Hrossa e pfifltriggi do *Malacandra* de C. S. Lewis.

ELA A vida, sempre essa preocupação bizarra com a vida, por mais fantástica que seja. Lembretes da insuficiência de nossas próprias vidas.

ELE Mas os primeiros homens que chegaram a Marte vinham de uma era tecnológica. Acalentavam outras idéias. Com certeza esperavam encontrar vida, alguma espécie de vida, com toda a probabilidade arquibactérias. Acalentavam a idéia de terraformar o Planeta Vermelho e transformá-lo numa espécie de Terra inferior, de segunda.

ELA Tendo conseguido enfim chegar a outro planeta, desejavam fazê-lo igual à Terra! A idéia nos parece muito curiosa, agora.

ELE Ainda não tinham adquirido o hábito de viver longe da Terra. A "terraformação" era um sonho de engenharia — uma novidade. A percepção tinha que mudar. Mas ali estavam eles, boquiabertos — conscientes pela primeira vez da magnitude da tarefa e de sua natureza agressiva. Cada planeta tinha sua própria santidade.

ELA Até mesmo nos momentos mais importantes da vida, uma voz parece falar dentro de nós, como se a mente comungasse consigo mesma. Percy Bysshe Shelley foi o primeiro a reconhecer essa dualidade. Num poema escrito no monte Branco, comentando uma queda-d'água, ele diz:

Vertiginosa ravina! — quando te fito
É como se, num transe estranho e sublime,
Eu cismasse uma fantasia só minha,

De minha própria, minha humana mente, que passiva
Restitui e recebe velozes influxos,
Mantendo um constante intercâmbio
Com o claro universo das coisas em volta...

ELE Sim, essas palavras tocam na essência mesmo das percepções humanas. Como afirma a fenomenologia, nossa percepção exterior é moldada por nosso discurso interior. Vou lembrá-los de que a grande expedição a Marte não foi a primeira missão científica que zarpou disposta a descobrir um novo mundo. E também não foi a primeira a ter problemas com suas percepções.

ELA Está falando da maneira como o Velho Oeste foi conquistado, no caso da América do Norte? Do morticínio das nações indígenas, do extermínio dos búfalos? Tudo isso não teria sido uma espécie primitiva de terraformação?

ELE Estava me referindo à expedição do capitão James Cook aos mares do Sul no navio *Endeavour*. Nessa embarcação de madeira de trezentas e sessenta e seis toneladas, Cook conseguiu circunavegar o globo inteiro. O *Endeavour* foi também encarregado de observar, em 1769, o trânsito de Vênus pela face do Sol, entre outras coisas. A escolha de Joseph Banks, na época com vinte e três anos apenas, para ser o observador científico foi excelente. Banks tinha um olho bem treinado.

A ilustre Real Sociedade considerava vital que as descrições escritas de todas as novas descobertas fossem acompanhadas por desenhos meticulosos do assunto tratado. Mas os artistas que viajaram com Banks tiveram seus problemas. Os diagramas científicos de paisagens, plantas e animais sofreram a interferência dos conceitos artísticos vigentes. Os preconceitos da época prejudicaram o registro fiel dos povos nativos do Pacífico. Alexander Buchan assumiu uma perspectiva etnográfica e desenhou, livre das convenções do estilo neoclássico, alguns grupos de nativos; enquanto Sydney Parkinson os registrou segundo os ditames da composição. Na famosa tela de Johann Zoffany, *A morte de Cook*, muitos dos participantes do quadro assumem poses clássicas, presumivelmente para aumentar o ar de tragédia grega.

Dessa forma, o não-familiar tornava-se mais palatável, curvando-se aos preconceitos da época.

ELA Hum. Percebo aonde está querendo chegar. Por trás das dificuldades de entrar num acordo com o desconhecido havia um problema filosófico, típico daquele século. A questão era saber se os infortúnios rondando a humanidade vinham do distanciamento da lei natural, ou mesmo de um desafio a essa lei — ou se a humanidade só se alçaria acima das criaturas bestiais melhorando a natureza e dela se distanciando. O morador das cidades ou o nobre selvagem?

ELE Exato. A descoberta das ilhas da Sociedade favoreceu a primeira idéia, a da Nova Zelândia e Austrália, a segunda.

Austrália e Nova Zelândia fomentaram o conceito de melhoria e progresso. Quando o capitão Arthur Phillip fundou a primeira colônia penal na Austrália, em Port Jackson, em 1788, deliciou-se com uma versão setecentista de terraformação. Lá se foram as árvores, lá se foi a vida selvagem — inclusive os nativos —, a região toda foi arrasada e Phillip declarou: "Aos poucos, grandes espaços estão sendo abertos, os planos estão sendo formados, as linhas demarcadas e já se pode discernir claramente a perspectiva de uma regularidade pelo menos futura, que se faz ainda mais espantosa com a lembrança da confusão passada". Ah, a linha reta! — o marcador da civilização, do capitalismo!

A crença esmagadora na *conquista da natureza* — num distanciamento da natureza, de algo do qual somos parte inescapável — teve primazia durante pelo menos dois séculos.

ELA Possivelmente a dicotomia da percepção tenha sido reforçada pelo dualismo cartesiano, que fez uma nítida distinção entre o corpo e a mente — o tipo de coisa a que Shelley se opunha. Uma decapitação metafórica...

ELE Não tenho tanta certeza disso. Talvez seja como você diz.

ELA O que temos de ter sempre presente é que uma crença pode se arraigar de modo muito firme, depois de circular entre o povo. Pouco importa que seja completamente errada. Mesmo nestes tempos de viagens interplanetárias, metade da população da Terra ainda acredita que o Sol orbita em torno da Terra, e não vice-versa. Que conclusões você tira disso — a não ser de que a ignorância tem mais peso gravitacional que o saber?

ELE Ou, quem sabe, a de que temos a mentalidade do enxame, mais do que gostaríamos de crer?

ELA Bem, voltemos a Marte e àqueles primeiros recém-chegados.

ELE Tentemos lembrar qual era a situação naquela época. Com o crescimento do poder econômico dos países do Pacrim, no século XXI, a Linha Internacional de Data fora removida para o centro do Atlântico e o comércio norte-americano estava atrelado ao de seus vizinhos asiáticos. As despesas de todas as expedições a Marte eram pagas por um consórcio formado pelos Estados Unidos, pelo Pacrim e pelas agências espaciais da União Européia. Era o Eupacus, uma sigla há muito esquecida. No entanto, a ONU, então sob a direção de um poderoso e visionário secretário-geral, George Bligh, levou Marte para sua própria jurisdição. Uma vez em Marte, você estaria sob o regime das leis marcianas, não sob as do país de origem.

ELA Foi uma providência sensata. A lição da Antártica — continente inicialmente reservado à ciência — fora aprendida. De vez em quando até que conseguimos aprender alguma coisa com a história! Nós queríamos que o Planeta Vermelho fosse um Marte Branco — um planeta reservado à ciência.

ELE Esse é um brado de guerra muito velho!

ELA Os velhos brados de guerra ainda conservam seu poder. Em meados do século XXI, houve um movimento na Terra chamado Apim, que significava Associação para a Preservação da Integridade de Marte. De início a entidade foi considerada um balaio de gatos que misturava excêntricos e verdes. A Apim queria conservar Marte do jeito que fora durante milhões de anos, como uma espécie de memorial dos sonhos iniciais dos primeiros homens. Diziam que todo ambiente tem sua santidade e que ambientes em número suficiente já tinham sido destruídos na Terra sem que precisássemos começar de imediato a arrasar com um outro planeta — um planeta inteiro.

No entanto, as pessoas que desceram em Marte naquela primeira expedição tinham de justificar os custos. Elas iam se preparar para terraformar. Isso para eles era óbvio. Estavam presos às pressões de suas sociedades um tanto primitivas.

ELE Ah, sim, *terraformação*! Palavra e conceito cunhados por um escritor de ficção científica chamado Jack Williamson. Que atraente e avançada que era, quando de sua criação. Foi mais uma daquelas idéias que se enraizaram com enorme sucesso no solo fértil da mente humana.

ELA Pois é. Não havia nada de sinistro na idéia. Os astronautas simplesmente a aceitavam. Fazia parte da mitologia da época — e com isso quero dizer de uma maneira antiga de pensar. Imaginavam que iriam melhorar o planeta tornando-o igual à Terra. Para seduzi-los, havia desenhos informatizados muito lindos, mostrando Marte inteiro igualzinho à região de Cotswolds num dia ensolarado.

ELE Mas também levavam consigo preconceitos opostos. Marte como um depósito de pedras inúteis "passível de melhorias", algo tirado de um diagrama do "Inverno Nuclear" — aquele velho mito de culpa —, ou então Marte como um corpo celeste, formidável, altivo, resistente. Semelhante às duas idéias contrárias que o capitão Cook alimentara três séculos antes. E...

ELA Saíram de suas naves e pararam qual o robusto Cortez calado no cimo de um pico em Darien, como diz o poema de Keats, descortinando toda a vista do planeta e...

ELE E?

ELA E eles sabiam — era o mesmo discurso de Shelley sobre o mundo interior e exterior —; eles *sabiam* que a terraformação não passava de um sonho, uma fobia informatizada do citadino. Era indesejável. Para usar uma expressão antiga, era blasfemo, contrário à natureza. Você sabe como os habitantes das cidades temem a natureza. Numa espécie de visão, perceberam que esse ambiente não podia ser destruído. Que trazia em si uma mensagem, uma mensagem austera: *Repensem! Vocês já conseguiram muito — consigam mais! Repensem!*

ELE Repensem — e re-sintam — porque foi a experiência que levou a uma revolução na compreensão. Eles sabiam que estavam num ponto crítico da história. Num momento de virada. Mas há muita gente que diz que a decisão vital de não terraformar surgiu de um convincente discurso feito pelo secretário-geral da ONU, George Bligh, que era contra a idéia. Suas palavras foram muito citadas: "A terraformação é uma idéia engenhosa que pode ou não funcionar. Mas o engenho é bem menos que a reverência. Devemos reverenciar Marte, porque ele sempre existiu. Não podemos destruir milhões de anos de solidão apenas com o engenho. Alto lá!".

ELA Acha que os astronautas tinham essas palavras em mente, quando desembarcaram?

ELE Acredito que em parte sim. *Quero* acreditar que sim porque parar e dizer "Alto lá" é quase sempre um procedimento melhor, ainda que menos popular, do que a conquista. Seja como foi, eles fizeram alto. E isso foi o começo de uma nova onda. Felizmente, não se podia explorar Marte: não havia recursos naturais para serem explorados — nada de petróleo nem de combustíveis fósseis de outros tipos, porque nunca houve florestas. As reservas subterrâneas de água eram limitadas. Só existia — só existia aquele espantoso mundo vazio, por tanto tempo alvo dos sonhos e especulações da humanidade, um vastíssimo deserto estendendo-se pelo espaço.

ELA Essa palavra antiquada, por falar nisso, o "espaço", já então fora relegada aos museus etimológicos. Aquela via de partículas fervilhantes já era conhecida como "matriz".

ELE Certo. Milhares e milhares de jovens queriam visitar Marte, assim como, dois séculos antes, eles tinham ido para o oeste, cruzando toda a América do Norte. A ONU formulou as regras para os visitantes. Duas categorias de pessoas tiveram permissão para ir, viajando nas incômodas naves da Eupacus: os Jaes e os Idons. (*Risadas.*)

ELA Foi um arranjo sensato. Ou pelo menos funcionou, tendo em vista as dificuldades da viagem. Os Jaes eram os Jovens Adultos Educados. Tinham de fazer um exame de qualificação. Os Idons eram os Idosos Notáveis. Eram escolhidos por suas comunidades. O preço de uma viagem de ida e volta para cá era salgado. A passagem dos Idons era paga pela comunidade. Os Jaes pagavam com trabalho, prestando um ano de serviços comunitários antes da viagem.

ELE E foi assim que a gigantesca piscicultura do litoral de Galápagos e do estreito Scapa Flow escocês, que a avicultura do Norte canadense e os vinhedos do Gobi floresceram... tudo com trabalho voluntário.

ELA Sem esquecer do florestamento de boa parte do sertão australiano.

ELE E todo esse imenso fluxo de gente que foi a Marte, aquele maravilhoso monte Ayers Rock plantado nos céus, para meditar, explorar, passar a lua-de-mel, realizar-se — todos eles se viram diante da realidade do cosmo. Todos se pegaram atônitos, respirando as leis do universo.

ELA E um deles falou, extasiado: "Que eu tenha vindo até aqui viver tudo isso significa que eu sou a coisa mais extraordinária em toda a galáxia".

ELE Então veio a quebradeira!

ELA Pois é, justamente quando a cabeça de todos estava começando a mudar em toda parte! E a quebradeira marcou o fim de uma certa cadeia exploratória de pensamento. Os eruditos de 2085 diziam que era o fim do Pesadelo do Século XX. O consórcio Eupacus entrou em colapso. Problemas de corrupção interna. Tinha havido um desfalque de bilhões de dólares e, quando os números foram examinados, a empresa toda faliu.

A Eupacus tinha o monopólio das viagens interplanetárias e de todos os arranjos turísticos. Todo o trânsito para Marte foi interrompido. Cinco mil visitantes estavam em Marte, na época, juntamente com dois mil administradores, técnicos e cientistas — Marte, claro, é um excelente ponto de observação para estudar Júpiter e suas luas.

Sete mil pessoas — encalhadas aqui!

ELE Mas Marte é uma ilha deserta colossal. Nessa época, o planeta já tinha uma comunidade complexa, sem ranços de Velho Oeste, com coisas sérias a fazer. Não havia armas em Marte; nenhuma droga destruidora da mente; não havia dinheiro, apenas um crédito limitado.

ELA Outra coisa importante. Não havia animais. Como não houvesse pasto nem possibilidade de fabricar ração, nenhum animal habitava Marte, à exceção de uns poucos gatos. O vegetarianismo tornou-se algo positivo, em vez de negativo. O hábito foi copiado pelos terráqueos. Na verdade, surgiu uma nova onda de preocupação com os animais, com passeatas e *lobbies*, que acabaram levando vários governos a introduzir uma legislação regulamentando os Direitos dos Animais. Alastrou-se um verdadeiro nojo pela tarefa de criar e sacrificar animais para consumo humano. A consciência do homem estava se levantando do sofá!

ELE Você deve estar enganada quanto aos animais. Lembro-me de ter assistido a documentários mostrando cúpulas marcianas cheias de aves de plumagem brilhante. E havia peixes também.

ELA Ah, aves e peixes sim, mas não animais. As aves eram araras e papagaios geneticamente manipulados. Em vez de gritar, eles cantavam docemente. Tinham permissão de voar livremente dentro de zonas limitadas das principais cúpulas, das chamadas cúpulas "turísticas". Eram entes queridos. Ninguém tentou matá-los e comê-los, durante o período em que Marte esteve isolado.

ELE E assim os marcianos permaneceram isolados mas, felizmente, sob uma liderança sábia. Durante o período de isolamento, a água — a água fóssil dos reservatórios subterrâneos — foi severamente racionada. Era necessária à agricultura e passava por eletrólise para fornecer o oxigênio requerido. A comunidade isolada tinha motivos para se unir. Sem união, não havia a menor chance de sobreviver.

ELA O colapso multibilionário da Eupacus levou diversos centros financeiros da Terra a uma crise econômica — Los Angeles, Seul, Pequim, Londres, Paris, Frankfurt. A desilusão com o *laissez-faire* capitalista foi completa. Tanto assim que "Alto lá!" acabou virando uma frase popular. Alto lá, alto lá com mais esse sorvete, mais essa cerveja, mais outro carro, outra casa! As pessoas davam um alto lá por orgulho.

Só cinco anos depois é que foi restabelecido um novo serviço limitado de vôos para Marte. Nesse meio tempo, a idéia de trabalho comunitário arraigara-se, reforçando o conceito de que a população mundial era uma unidade, uma parte da necessária biota da Terra. Descobrir que a comunidade marciana atingira uma utopia frugal, que todos estavam magros mas gozando de boa saúde, foi motivo de grande júbilo — quase todas as nacionalidades tinham um ou mais representantes em Marte Branco.

ELE O exemplo marciano acelerou a mudança do capitalismo explorador para um sistema de gerenciamento que, aliás, já começara. O *laissez-faire* expirou dormindo, como já o fizera antes o comunismo. Iniciou-se a época da Terra apaziguada, com as lideranças concentradas na integração das partes e uma tendência geral para um comportamento mais de vigilante florestal do que de meliante de colarinho branco

ELA É, mas com o aumento de Jaes e Idons fazendo peregrinação ao heróico território de Marte Branco, o planeta acabou ficando sem água. Os reservatórios subterrâneos, que já não eram muitos, secaram. Parecia ser o fim da civilização de Marte.

ELE Não sei se foi tão ruim assim, porque já então as sondas pilotadas estavam avançando pelo sistema, através do reino dos gigantes gasosos, dos poderosos Júpiter, Saturno, Urano e Netuno. Atividades inexplicadas já tinham sido observadas entre Netuno e seu maior satélite, Tritão. De modo que se estabeleceu uma base na lua de Júpiter, Ganimedes.

ELA Eu já fiz uma visita à cidade de Ganimedes. Um lugar muito animado. As pessoas vivem cada dia como se fosse o último. Receio que Marte acabe sendo superado, agora, porque as vistas de Júpiter que se têm de Ganimedes e de outras luas são espantosas, uma maravilha ininterrupta.

ELE De Ganimedes, era só um pulinho até a lua vizinha, Oceania — novo nome da Europa —, de onde a vista de Júpiter é ainda mais estonteante.

Há uma base flutuante em Oceania, construída em cima de uma banquisa de gelo de um quilômetro de profundidade. Debaixo da crosta de gelo, por extraordinário que pareça, há um oceano de água doce — água doce purinha, sem vida, ou pelo menos sem vida até que semeamos algumas por lá.

Água que agora os utriculares transportam direto para Marte. E Marte, aos poucos, vai se tornando um mar de água doce. Seu principal problema está resolvido.

ELA O que significa dizer que Marte está sendo terraformado, finalmente. A raça humana avançou e não precisa mais de um monumento aos velhos sonhos e ilusões.

ELE O período de utopia frugal de Marte não durou muito tempo. Mas o negrume do século XX, com todas as suas guerras, genocídios, matanças, injustiças e cobiças, esfumou-se da mente. De algum modo, encontramos a força para, nas palavras de Bligh, fazer um "Alto lá". A humanidade é mais feliz — menos atormentada — neste momento em que parte rumo às estrelas.

ELA Para se encontrar com todas as outras espécies que ainda não conhecemos... Quem sabe com Deus?

ELE Improvável. Deus era uma daquelas tábuas de assoalho rangendo no porão do cérebro que deixamos para trás, quando chegamos a Marte.

ELA Não posso aceitar isso. O que seria da raça humana se não existisse um deus?

ELE O que foi feito dela durante o século XX, quando supostamente havia um deus? Vocês, os que crêem, talvez digam: "Ele nos salvou da possibilidade de nos autodestruirmos com nossas armas nucleares. Essa era a sua vontade".

Igualmente, se tivéssemos nos destruído, isso também teria sido a vontade de Deus, segundo vocês. Não existe Deus — e no entanto eu o odeio. Odeio a maneira como as crenças religiosas nos levaram a desperdiçar energia, afastando-nos de nossos próprios problemas intratáveis. Ele se interpôs em nosso caminho rumo ao esclarecimento, como a Sombra de Jung, impedindo-nos de aceitar que somos feitos das cinzas caídas dos flancos de sóis extintos. Que somos matéria universal. Que é ao universo que pertencemos.

ELA Você há de me dar licença para discordar veementemente. Deus tem sido nossa inspiração, erguendo-nos acima do material. Nunca ouviu todas aquelas belíssimas músicas sacras compostas em nome dele, nem jamais viu todas as grandes telas que a fé inspirou?

ELE As telas foram pintadas por homens. Deus nunca possuiu nem metade do gênio musical de um Johann Sebastian Bach. Você tem que se livrar dessa ilusão, por mais reconfortante que seja. Livrar-se dela faz parte do processo de amadurecimento.

ELA Não compreendo você.

ELE Está dizendo que não compreende a evolução.

ELA Não seja tolo. A ciência e a religião não estão em conflito.

ELE Não — é a experiência e a religião que estão em conflito.

ELA E o que vamos fazer sem Deus?

ELE Temos que aprender — como estamos aos poucos aprendendo — a julgar a nós mesmos, e a nossas ações.

ELA Você não vai abalar minha fé. Sinto muito que você não a tenha.

ELE Fé? O não se deixar comover pelos fatos? Ora, ora, acho que você não devia se orgulhar de uma cegueira dessas. Pense em como o conceito de Deus nos separou do restante da natureza, nos colocou acima dos animais, deu-nos um exemplo de poderio e rebaixamento. Tornou-nos uns idiotas preocupados exclusivamente conosco.

ELA Isso é besteira e blasfêmia. Até parece que você não é humano, quando diz essas coisas.

ELE Estamos quase nos tornando outra espécie, nós que viajamos pelo espaço. As mudanças físicas e mentais agora são muito rápidas. Desenvolvemo-nos graças a descobertas feitas naquele atormentado século XX, como a do código do DNA e os avanços subseqüentes da engenharia genética. Os utriculares que hoje atravessam a vasta matriz entre Oceania e Marte são entidades vivas, desenvolvidas pela bioengenharia a partir de organismos modestíssimos, as utriculárias.

ELA Você há de se lembrar da emoção quando Ganimedes se tornou habitável, graças à introdução de uma nova qualidade de planta-inseto. Os plansetos foram despachados em sondas não tripuladas. Pousaram sem problemas em Ganimedes, dispersaram-se e reproduziram-se rapidamente, preparando o satélite para nossa chegada. Àquela altura, os plansetos já tinham completado seu ciclo, deixando seus corpos de adubo. Avanços como esse teriam sido impossíveis no princípio dos desembarques em Marte, com sua abordagem mecanicista.

ELE E por acaso Deus caminhou por Ganimedes? Não, só atrapalhou! Por acaso não foi ele a Sombra monstruosa de Carl Jung que impediu que nos percebêssemos como parte intrínseca de todo o cosmo — cinzas de sóis extintos?

ELA Tente amar a Deus independentemente de acreditar ou não na existência dele. O ódio prejudica. Deus foi necessário — essencial, talvez — para as épocas passadas e o Salvador representou uma condição a que podíamos aspirar no longo período de trevas.

ELE (*Risadas.*) Está dizendo que nós nos salvamos?

ELA Estou dizendo apenas que o conceito de um Salvador amoroso nos ajudou, numa determinada época. Sem dúvida que eliminamos o ódio em nossos satélites mais distantes, juntamente com grande parte das doenças; a revisão genética e sistemas imunológicos melhorados acabaram clareando nossas mentes.

ELE Foi a compreensão de que somos parte intrínseca da natureza que transformou nossas percepções ao chegarmos a Marte. Muita coisa se seguiu. O desolado globo de Marte clareou-nos a mente. Uma estimulação de nosso relacionamento simbiótico com a vida animal acelerou o desenvolvimento de plantas de sangue quente. O que mudou radicalmente nosso ser e nosso aspecto. O epífito que você tem crescendo na cabeça, muito semelhante a uma orquídea, é agora a glória suprema das mulheres! Que lhes permite levar consigo uma microatmosfera, um medidor de temperatura e de outras percepções, aonde quer que estejam indo.

ELA Assim como a samambaia que hoje brota em seu venerando crânio. Sob esse aspecto, você tem razão. Somos agora verdadeiramente terrenos, semi-humanos, semivegetais, criaturas da natureza, bem equipados para nos aventurarmos por um universo que nos aguarda.

ELE Bem, foi um prazer conversarmos. Você tem seu caminho a seguir. E eu vou me aposentar; estou ficando velho demais para viajar. Nunca mais nos veremos. Adeus, querido espírito!

Nota

"Superbrinquedos duram o verão todo" foi publicado pela primeira vez na *Harper's Bazaar* em dezembro de 1969. Alguns elementos de "Tentando agradar" foram publicados no *Guardian* de 16 de julho de 1999. "Apogeu de novo" foi escrito para o aniversário de Michael Moorcock. "Sem cabeça" foi publicado pela primeira vez no *Daily Telegraph* de 23 de abril de 1994. "Nada na vida jamais é o bastante" foi publicado pela primeira vez em Paris, em junho de 1999, como "Rien dans la vie n'est jamais suffisant". "Botão de pausa" foi apresentado pelo Channel Four em 1997. "Steppenpferd" foi publicado pela primeira vez na *Magazine of Fantasy and Science Fiction*, em fevereiro de 2000. "Capacidade cognitiva e a lâmpada elétrica" foi publicado na *Nature* de 20 de janeiro de 2000. "Sociedade tenebrosa" foi publicado em *Dante's Disciples* [Os discípulos de Dante], editoria de Peter Crowther, em 1995. "De crisálida à borboleta plena" foi publicado pela primeira vez em "O segredo deste livro", Brian Aldiss, 1995. "Por um Marte mais branco" foi representado na Conferência sobre o Fantástico, em Fort Lauderdale, Flórida, em março de 1995. Todos os outros contos estão sendo publicados neste livro pela primeira vez.

ESTA OBRA FOI COMPOSTA PELO ACQUA ESTÚDIO EM ELECTRA, TEVE SEUS FILMES GERADOS NO BUREAU 34 E FOI IMPRESSA PELA DONELLEY COCHRANE GRÁFICA EDITORA EM OFF-SET SOBRE PAPEL PÓLEN SOFT DA COMPANHIA SUZANO PARA A EDITORA SCHWARCZ EM AGOSTO DE 2001